Illustration de couverture :
Laurence Lager Barruel

L'HÉRITAGE DE MARIA

DU MÊME AUTEUR

Editions Lucien Souny

La Soupe de Maria

L'héritage de Maria

Louise, une femme de la campagne

La Soupe de Maria (Souny Poche)

Lucienne Boulesteix

L'HÉRITAGE DE MARIA

Lucien Souny

Editions Lucien Souny, 2009-2012
Les Allois • 87400 La Geneytouse

Je dédie ce livre à mon amie Judith,
à Henri, Guillaume et Léa.

I

Les années avaient passé, Maria reposait près de Pattô sous une tonnelle de roses rouges plantées par son fidèle Toussaint. Et, chaque semaine, ce dernier venait se recueillir sur sa pierre tombale.

Ce jour-là, en ce printemps 1939, il faisait si chaud que la fraîcheur de la tonnelle le réconforta.

— Mon Dieu, dit-il à haute voix, comme tu me manques, Maria ! Tout a tellement changé depuis que tu nous as quittés ; tes enfants ont grandi et sont dignes de toi, mais Dominique ne parle plus guère, il est semblable à un arbre privé de sève. Tu vois, Maria, je suis presque le seul à venir, il y a tellement de travail à la ferme que les autres n'ont pas le temps, mais ils me chargent de te le dire. Julien et Elodie sont inquiets pour Petite Maria, ils voudraient qu'elle aille au collège, mais elle est comme toi, elle aime la terre et résiste de toutes ses jeunes forces. Aujourd'hui, tu sais, Maria, c'est le printemps ; tu serais si heureuse, assise près de moi sous ce bouquet fleuri !

Emu, Toussaint laissa couler quelques larmes qui inondèrent bientôt son pauvre visage.

— Maria, oh, ma Maria, pourquoi t'ai-je tant aimée ?

Il sentait battre son cœur, revoyant Maria tout près de lui, percevant son souffle, là, près de son cou. Après quelques secondes de silence, il reprit d'une voix psalmodiante :

— Tu sais, Maria, Monsieur Jean a beaucoup changé depuis la mort de sa femme, et je crois qu'il se livre à un commerce bien peu honnête… D'ailleurs, Elodie désapprouve les méthodes de son père et appréhende les conséquences qui pourraient en résulter. Elle en souffre et pleure parfois…

Comme tu nous manques, Maria ! Tu n'es plus là pour la sauver une nouvelle fois, et moi, je ne suis qu'un pauvre vagabond !

Toussaint, avec un infini respect, s'agenouilla et baisa la pierre sous laquelle gisait la défunte.

— Maria, murmura-t-il encore, je t'aime ; attends-moi, je viendrai bientôt te rejoindre.

Quand il se releva, son visage était empreint d'une telle sérénité qu'il irradiait dans la lumière qui traversait la tonnelle. A regret, il recula lentement et quitta les lieux. Le soleil laissait éclater sa chaleur dans sa tignasse blanchissante. C'était vrai qu'il vieillissait, mais il en était heureux.

Petite Maria se hâtait de disposer le couvert sur la table de merisier aux reflets grenat, ses parents allaient bientôt rentrer des champs et elle avait envie de leur faire une grande surprise : elle avait cuisiné elle-même le repas comme s'il s'agissait d'un jour de fête. Il ne manquait plus qu'un joli bouquet de fleurs pour que sa satisfaction soit complète. « Comme maman va être heureuse ! » se dit-elle en disposant dans son vase préféré les quelques roses coupées en hâte. La chienne Cibelle, langue pendante, vint frotter son museau et quémander une caresse à sa jeune maîtresse tout en l'avertissant de l'arrivée de ses parents. Les sabots heurtant la pierre du seuil ne tardèrent pas à se faire entendre. Ereintés, Julien et Elodie revenaient de sarcler. Ils se figèrent un instant, surpris de découvrir l'allure festive de la table.

— Mon Dieu ! s'exclama Elodie, c'est toi, Maria, qui as préparé tout cela ?

— Oui, maman, je voulais te faire une surprise !

Elodie revoyait sa jeunesse, Maria n'était pas morte, elle revivait dans l'âme de sa fille. Elle s'approcha d'elle, la serra dans ses bras, attendrie. Julien aussi se sentit envahi par une bouffée d'émotion. Sa chère grande sœur qu'il aimait tant et à qui il devait son bonheur ! La plaie béante que sa mort avait ouverte dans son cœur n'était pas prête à se cicatriser, mais leur fille, qu'ils avaient appelée Maria en souvenir d'elle, leur prouvait chaque jour son grand cœur, sa générosité et sa ressemblance avec celle qui les avait quittés.

A treize ans, Petite Maria, qui se mit en devoir de servir la soupe, se sentait presque une femme. Cibelle se mit soudain à aboyer et courut au-devant de l'intrus qui pénétrait dans la cour.

— Je vais voir, ne bougez pas, lança la jeune fille qui, déjà sur le seuil, reconnaissait Toussaint, lequel avançait péniblement sous la chaleur accablante, la démarche semblable à celle d'un vieillard. C'est oncle Toussaint, maman ! cria-t-elle en s'élançant vers lui, tout heureuse de sa venue.

Se jetant dans ses bras, elle embrassa ses joues, qu'une barbe de plusieurs jours rendait râpeuses.

— Quel bonheur de te revoir, Petite Maria !

— Viens vite, oncle Toussaint, tu vas manger avec nous. Tu sais, c'est moi qui ai fait la cuisine aujourd'hui ! Tu la trouveras bonne.

Petite Maria n'était pas peu fière de ses premières prouesses culinaires.

Elle entraîna celui qu'elle appelait oncle Toussaint en le tirant par la manche de sa chemise élimée, pleine d'affection pour cet homme aux allures de vagabond, mais au cœur si généreux. Elle avait deviné le grand attachement qui liait Toussaint et sa tante Maria.

Lorsqu'ils pénétrèrent dans la cuisine, Elodie avait déjà ajouté un couvert et l'accueil qu'on réserva au nouveau venu fut des plus chaleureux.

— Assieds-toi, Toussaint, tu dois être éreinté après ta longue marche ! déclara Julien.

Chacun savait le pèlerinage que le vieil homme effectuait chaque semaine sur la tombe de Maria, et toute la famille lui en savait gré et lui vouait une réelle amitié. Toussaint accepta l'invitation de Julien et s'assit en s'épongeant le front de son mouchoir. Petite Maria avait déjà rempli à ras bord son assiette de soupe, dont le fumet aiguisa son appétit.

Alors qu'il mangeait, Elodie sentit son cœur se serrer en dévisageant cet homme qui n'était plus que l'ombre de lui-même, avec sa barbe et ses cheveux qui dévoraient sa mince figure froissée de vieillard. Pauvre Toussaint, triste vie que la sienne, toujours sur les chemins avec pour seule compagne sa solitude ! Il chérissait Petite Maria, et Elodie savait pourquoi il déversait sur cette enfant son trop-plein d'amour. C'était à cause de sa ressemblance avec Maria, dont elle était la réincarnation.

Après avoir fait chabrot, Elodie demanda si la soupe était à son goût.

— Il y a des années que je n'en avais savourée d'aussi délicieuse !

— C'est Petite Maria qui l'a préparée, dit Elodie, fière de sa fille.

— Je l'avais deviné, répondit Toussaint, ému en repensant à la soupe de Maria, cette soupe qui lui avait tant réchauffé le cœur le jour où il l'avait rencontrée. Je vais rester pour vous aider à finir de sarcler. Dominique ne s'inquiétera pas si je ne rentre pas, il me connaît et sait que je resterai toujours un vrai vagabond épris de liberté ! ajouta-t-il, heureux de pouvoir apporter son aide.

Julien et Elodie furent heureux de cette initiative.

Dans ses mains calleuses, la bêche n'était pas toujours docile, et le pied de pomme de terre subissait parfois quelques dommages.

— Ce n'est rien, le rassurait Julien, tu vas t'habituer.

Quant à Petite Maria, elle suivait péniblement, frottant ses reins douloureux en riant.

— C'est dur d'être paysan. Regarde, oncle Toussaint, mes mains, comme elles sont rouges !

Toussaint prit dans les siennes les mains de l'enfant en les retournant et la rassura :

— Sois fière de tes mains, Petite Maria, car tu apprends le plus beau métier du monde !

Ce compliment la conforta dans sa décision et renforça son désir de devenir une paysanne comme l'avaient été sa tante Maria et, avant elle, ses parents.

Dans ce bel après-midi de printemps, la nature éclatait de richesse, le souffle du vent apportait un mélange de parfum sauvage en faisant onduler l'herbe. Petite Maria, attentive, était toujours à l'écoute du moindre frémissement, devinant où nichaient les oiseaux des haies environnantes. Elle percevait ces appels qui se transformaient parfois en véritables chants d'amour, les jacassements des pies qui interdisaient à quelque corbeau noir et têtu l'accès de leur territoire. Appuyée sur le manche de sa bêche, Petite Maria semblait perdue dans ses rêveries, la tête dans les petits nuages qui voguaient dans le ciel d'un bleu pur. Son regard s'était accroché à l'un d'eux. Ce n'était plus un nuage, mais un grand bateau qui s'enfonçait dans les flots d'un océan inconnu. Une colombe blanche aux ailes duveteuses dirigeait les voiles en ployant sa tête vers la terre. Mais, un instant plus tard, le rêve était emporté par les grands courants célestes.

Toussaint l'observait en souriant :

— Alors, Petite Maria, on rêve ?

Elle enleva son chapeau de paille qui emprisonnait ses cheveux.

— Pourquoi n'avons-nous pas des ailes pour pouvoir nous promener là-haut ? lui demanda-t-elle.

— Tu sais, là-haut, ce sont nos âmes qui y habitent, il faut leur laisser leur territoire !

— Alors tu crois que, quand on est mort, on vole là-haut ?

Toussaint allait répondre quand la voix d'Elodie leur parvint.

— Allons, les enfants, dépêchez-vous !

Ils se remirent au travail en oubliant leurs dos douloureux. Mais Petite Maria n'avait pas perdu le fil de leur conversation.

— Dis, oncle Toussaint, est-ce que, tante Maria, elle nous voit de là-haut ?

— Oui, répondit-il, soudain empreint d'une profonde tristesse, tante Maria est toujours près de nous.

L'enfant comprit, en surprenant une ombre dans le regard de Toussaint, qu'elle venait de remuer sa peine et s'en voulut.

— Oncle Toussaint, faisons la course : à celui qui arrivera le premier au bout du rang !

— Et que gagnera le vainqueur ? Un baiser ?

— Alors c'est moi qui vais gagner, dit-elle en riant.

L'enfant adorait Toussaint qui le lui rendait bien.

Au cours du souper qui rassemblait tout le monde autour de la table, Toussaint annonça son départ à l'aube.

— Je serai loin lorsque le coq chantera !

— Pourquoi ne restes-tu pas encore un peu ? insista Petite Maria, triste de ce départ. Au moins, tu aurais de la bonne soupe chaude à manger.

— Tu sais bien que je suis un vagabond qui ne peut pas rester longtemps au même endroit ; j'ai besoin de la solitude de la nature, de cheminer par bois et sentiers. Ma vraie vie, c'est cela, mon enfant, et je n'y peux rien.

— Alors, dit Petite Maria en se levant et en entourant de ses bras le cou du vieil homme, reviens-nous vite, tu me manques déjà !

Il se leva, lui pinça affectueusement la joue et souhaita à tous le bonsoir. La fatigue ayant eu raison de lui, il tombait de sommeil.

Petite Maria et sa mère finissaient la vaisselle dans un silence où résonnaient seulement les bruits des couverts ; leurs pensées avaient pour nom Toussaint.

Dehors, la nuit était douce et vibrante de vie, une boule de feu étincelait dans le ciel. La clarté de la lune attirait les effraies qui, à cette période, étaient nombreuses à profiter de la douceur de la nuit pour pousser leurs cris angoissants.

— Maman, j'ai peur de ces oiseaux si horribles ! s'exclama Petite Maria.

Une effraie venait de frôler le battant de la fenêtre ouverte en poussant son odieux cri. L'enfant en avait des frissons dans le dos. Elodie, malgré son appréhension, tenta de calmer sa fille en lui prouvant que ces drôles d'oiseaux pouvaient être beaux dans la clarté de la lune. Elle la prit par la main et la mena sur le seuil où elles purent contempler deux effraies agi tant faiblement leurs grandes ailes sur lesquelles la lune imprimait des reflets argentés. Ce soir-là, Petite Maria apprit à museler sa peur devant ce tableau unique, offert par la pâle lumière de la nuit, de ces oiseaux qui chassaient dans l'haleine douce et parfumée de la brise.

Revenant de la grange, Julien trouva la mère et la fille blotties l'une contre l'autre, admirant l'astre de la nuit qui grimpait dans le ciel étoilé.

Allongée entre ses draps frais, Petite Maria, qui ne sentait plus sa fatigue, pensait à Toussaint. Elle s'interrogeait sur l'étrange mode de vie qui était le sien. Sans domicile fixe depuis la mort de Maria, allant et venant au gré de sa fantaisie, toujours libre et sans attaches. « C'est un homme comme lui que je prendrai pour mari », se plut-elle à rêver avant que le sommeil l'emporte dans son monde imaginaire.

Toussaint se réveilla brutalement, tourmenté par un cauchemar qui le laissa anéanti, le corps en nage. Il venait de revivre la mort de Maria, de revoir son corps sans vie avec sur ses lèvres closes un vague sourire. Il éprouva le besoin de respirer la fraîcheur de la nuit, aussi se leva-t-il sans bruit et à tâtons, et enfila ses vêtements. Il ramassa sa musette qu'Elodie avait remplie d'un bon casse-croûte et d'une bouteille de cidre, caressa Cibelle et traversa la cour encore dans la pénombre. Dans l'écurie, il entendit le tintement des chaînes des vaches qui s'entrechoquaient. Encore sous l'effet de son rêve, il ne put s'empêcher de penser à Maria, à ce jour où Elodie et Julien s'étaient unis et à sa maladie qui avait commencé à se déclarer. Il revoyait ce filet de sang qui perlait entre ses lèvres, ce secret qu'il était seul à détenir et cette promesse faite à Maria de n'en rien dire. Comme il regrettait de ne pas avoir trahi cette promesse ! « Peut-être serais-tu là aujourd'hui ? » Il passa près de l'abreuvoir des vaches où scintillait l'eau, posa sa main sur la pierre froide, devina son ombre ondulant à la surface et, durant une fraction de seconde, il lui sembla voir au fond de l'eau Maria qui se débattait comme une âme en détresse, l'appelant à son secours.

— Mon Dieu, dit-il à haute voix, je deviens fou !

Il s'assit sur le rebord de la pierre et déversa ses larmes. Les nuages avaient voilé la lune et une brume légère et ouateuse se forma. Toussaint essuya d'un revers de manche son visage mouillé, se promettant d'être fort, de continuer à vivre pour fleurir la tombe de celle qu'il aimait.

Marchant dans le silence de la nuit, ménageant son pas, il savait qu'il lui faudrait la journée pour arriver à destination, et encore à condition d'emprunter quelques raccourcis. Mais Dominique ne l'attendait pas avant ce soir.

Le bruit de ses pas dérangea quelques animaux qui se faufilaient entre les haies en faisant craquer les ronces sèches. Toussaint, en parfait connaisseur de ce monde de la forêt, savait quel animal fuyait. Cette vie de solitaire errant dans la nature l'aidait à se sentir plus près de sa Maria. La brume teintait l'horizon de rouge, signe que l'aurore pointait. Les oiseaux, autour de lui, s'égayaient dans les peupliers qui bordaient les rives d'un petit ruisseau. Il traversa un grand pré pour éviter la route. La vue qui s'offrit alors à ses yeux le laissa muet de stupéfaction. Ce pré, en surplomb du cours d'eau, était habillé d'un léger manteau de rosée où miroitaient des perles transparentes, argentant le vert tendre de l'herbe. Le ciel se teintait d'un pourpre, puis d'un rose qui tirait sur le violet.

C'était un matin féerique de printemps qui soutira à Toussaint des larmes d'émotion.

Ce moment était si précieux dans sa beauté qu'il décida, en avisant une vieille souche moussue, de s'asseoir et de manger un quignon de pain. En découvrant ce que lui avait préparé Elodie, Toussaint se laissa gagner par l'appétit : un bon quart de tourte, un pot de grillons, du jambon et deux grosses pommes. Il se mit à mastiquer en silence et s'abîma dans la contemplation de cette aube naissante.

Quelques sauterelles vinrent rebondir sur ses sabots, attirées par les victuailles. Toussaint ressentait une paix profonde loin de l'animation du village, bercé par le chant des oiseaux et le murmure de l'eau qui bouillonnait. Le soleil avait absorbé les dernières gouttes de rosée et l'herbe ondulait sous le souffle d'un petit vent.

Après avoir bu au goulot une dernière gorgée, Toussaint pensa qu'il était temps pour lui de reprendre son chemin. Il suivit la sente qui traversait le pré et, arrivé au petit pont qui enjambait le ruisseau, il sauta sur la route, ses sabots scandant le rythme de ses pas. Son esprit, qui continuait à voguer, le ramena au temps où il voyageait en compagnie de Flèche, son fidèle mulet. Lorsque ce dernier, vieux et malade, ne put plus se lever, il avait dû le faire abattre et avait juré de ne jamais le remplacer. Quelle douleur de se séparer de ce cher animal doté d'une intelligence peu commune et qui avait commencé à dépérir après la mort de Maria ! Flèche avait-il deviné qu'il ne reverrait plus Maria et s'était-il laissé mourir ? Après toutes ces années, Toussaint se posait toujours la question.

Le soleil, continuant son ascension, faisait perler des gouttes de sueur sur le front du marcheur qui devait encore suivre la route pendant quelques kilomètres avant de prendre à travers champs. Les arbres que le printemps avait habillés de feuilles toutes neuves apportaient ombre et fraîcheur. Vers midi, lorsque le soleil parut être à son zénith, Toussaint avisa un talus ombragé par une haie d'aubépines dont les fleurs au parfum envoûtant régalaient une myriade d'abeilles. Cet instant de repos fut le bienvenu et permit au vagabond de reprendre quelques forces en achevant les restes de son casse-croûte.

Attentif à toute cette vie bourdonnante, Toussaint ne perdait rien de ce ballet qui se déroulait au-dessus de sa tête. C'est le bruit d'un moteur d'automobile qui le tira de sa contemplation en le faisant se lever, inquiet face à ces engins qu'il n'aimait pas.

Une traction noire, luisante sous les rayons du soleil, s'arrêta à sa hauteur dans un grand bruit de freins.

— Mais que fais-tu ici, Toussaint ? Monte, je vais t'emmener !

C'était Monsieur Jean, fier dans cette nouvelle auto que Toussaint ne lui connaissait pas.

— Non merci, Monsieur Jean, votre engin ne m'inspire pas confiance ! répondit poliment Toussaint.

Monsieur Jean se mit à rire, d'un rire moqueur qui se voulait presque insultant à l'égard du pauvre hère.

— Tu seras bien toujours le même, mon pauvre Toussaint, un vagabond bon à rien. On finira par te chasser dans les villages, tu verras !

Avant de redémarrer en trombe, il lança à Toussaint :

— Alors bonne route, et ménage tes sabots !

Toussaint n'avait rien trouvé à répondre, Monsieur Jean était redevenu un fanfaron qui délaissait Elodie, sa fille, et se livrait à de mauvaises pratiques qu'il valait mieux ignorer. Reprenant sa route, Toussaint bifurqua au bout d'un kilomètre dans un vieux sentier dont l'herbe était desséchée à force d'être piétinée. Il passa ses doigts noueux dans sa chevelure en broussaille, se sentant rafraîchi par l'ombre des buissons d'épines. « Au moins, ici, pensa-t-il, pas de risque de croiser l'auto de Monsieur Jean. » La fatigue due à sa nuit écourtée commençait à se faire sentir, il bâilla et se décida à faire un somme. Un vieux chêne déraciné lui offrit un dossier contre lequel il se cala et ne tarda pas à s'assoupir.

Pendant qu'il dormait, le ciel s'était couvert de nuages menaçants, et l'orage était tout près d'éclater lorsqu'une voix d'enfant le tira de ses songes en le secouant avec insistance.

— Monsieur. Eh ! monsieur, réveillez-vous, vite, l'orage arrive !

Encore ensommeillé, Toussaint vit devant lui un garçonnet apeuré qui s'excusait de le réveiller ainsi. Mais le vent poussa alors si fort son haleine qu'il courba la haie, hurlant sa colère.

— C'est grand-père qui m'a prévenu de l'orage, je dois rentrer chez ma mère !

Les nuages noirs s'amoncelaient, poussés par un fort vent, et Toussaint prit conscience que l'orage allait être violent et que la Providence avait mis cet enfant sur son chemin.

— Je m'appelle Jeannot ; monsieur, que faisiez-vous dans ce chemin ?

L'eau qui commençait à tomber dru empêcha Toussaint de répondre. Il prit Jeannot par la main et ils se mirent à courir dans la direction indiquée par l'enfant. Puis, au détour d'un chemin, un hameau apparut. Toussaint suivant son jeune guide, ils contournèrent deux petites maisons basses et s'engouffrèrent dans l'une d'elles, accompagnés d'une gerbe de pluie.

— Maman ! Maman ! cria Jeannot. Regarde, j'amène un monsieur qui dormait.

Il s'ébroua comme un jeune chien. L'obscurité de la pièce ne permit pas à Toussaint de voir autre chose que les braises qui se consumaient dans la cheminée. Une frêle silhouette se dessina dans la pénombre et une voix aux accents très doux l'accueillit.

— Entrez, monsieur. Jeannot, allume la lampe, il fait si sombre par ce déluge.

Jeannot s'exécuta et bientôt la faible clarté de la lampe à pétrole se diffusa dans la pièce. Toussaint distingua alors les traits de la maman de Jeannot, debout devant la cheminée, tenant les pincettes. Elle l'invita à se rapprocher et à prendre la chaise qu'elle lui présentait. Puis elle jeta sur les braises une brassée de bois qui se mit à crépiter avec entrain. Elle avait l'air jeune et, contrairement aux paysannes de sa connaissance, elle était blonde avec des yeux d'un bleu profond. Son visage, éclairé par la flamme, apparut dans toute sa joliesse. Toussaint, tout d'abord muet, se devait de se présenter.

— Je me nomme Toussaint, dit-il en tendant sa main calleuse à la jeune femme.

— Eh bien, je suis la maman de Jeannot et je m'appelle Jeanne, répondit-elle dans un sourire. Voulez-vous partager notre repas ? Ce n'est pas un temps pour repartir !

Jeannot avait déjà posé sur la table la petite marmite qui dégageait une odeur de ragoût. Pendant que Jeanne disposait trois assiettes, Toussaint, les jambes allongées sur un chenet, regardait autour de lui. La petite cuisine, malgré sa vétusté, respirait la propreté. Elle était meublée d'un haut vaisselier, d'une maie, d'une vieille salière et d'une commode que la lampe à pétrole habillait de reflets dorés, ce qui accentuait le charme rustique du bois.

Les cheveux et la barbe de Toussaint, qui avaient séché devant la flamme, frisottaient en grappes grises sur un visage d'où un regard inoubliable filtrait. Jeanne le remarqua. Ce regard unique, nul ne pouvait y rester indifférent. Toussaint, qui ne parlait que rarement de lui, se surprit à dévoiler, à la fin du dîner frugal, quelques aspects de sa vie.

— Vous savez, Jeanne, je suis un vagabond, j'ai toujours vécu ainsi jusqu'au jour où j'ai rencontré Maria. C'était une paysanne au cœur d'or, belle et douce, et j'étais amoureux fou d'elle. Elle était pourtant mariée et mère, mais cet amour je le lui ai offert sous la forme d'une amitié à toute épreuve. C'est elle qui a fait de moi un autre homme que le vagabond que je suis aujourd'hui redevenu. Puis, après de terribles souffrances que j'étais seul à partager avec elle, elle est partie pour toujours. Depuis, j'erre, comme le font les âmes en peine, ne pouvant rester longtemps au même endroit. Chaque semaine, je vais la retrouver sur sa tombe, où elle m'attend. Vous savez, je l'aime toujours autant malgré les années qui ont passé.

Toussaint avait parlé d'une traite. Ses propos furent suivis d'un silence religieux que seuls brisaient les coups de tonnerre. Jeanne, émue, regardait cet inconnu dont les joues étaient mouillées de larmes.

— Mon pauvre ami, comme vous avez dû souffrir !

D'un revers maladroit de sa main, il essuya ses yeux en esquissant un timide :

— Merci, Jeanne.

Jeannot, qui avait écouté en silence, avait lui aussi les yeux brillants d'une émotion mal contenue. Jeanne remarqua le cœur tendre de son fils et l'appela près d'elle.

— Elle est bien triste, l'histoire de notre ami, mais c'est un peu ce que la vie réserve à chacun d'entre nous.

Elle passa affectueusement sa main dans les cheveux blonds de son fils et reprit :

— Jeannot, tu vas prêter ton lit à monsieur Toussaint, tu veux bien ?

— Oh oui, répondit l'enfant, fou de joie.

Toussaint fut pris au dépourvu, mais la nuit était sombre et menaçante, et le village de Dominique encore si loin, alors il accepta.

— Jeannot m'en voudrait de vous laisser repartir, reprit Jeanne en se levant. Je suis couturière et je dois achever ma commande pour demain, expliqua-t-elle en se retirant dans la pièce du fond.

Jeannot, resté seul avec son invité, rassembla les couverts et les porta à l'évier.

— Maman travaille beaucoup ; aussi, quand je serai grand, je l'aiderai pour qu'elle soit plus heureuse.

Il n'y avait pas l'eau courante, mais une petite pompe permettait d'obtenir l'eau nécessaire. L'enfant avait l'habitude de faire la vaisselle.

Toussaint observait cet enfant débrouillard et dévoué qui recouvrait de cendres le reste des braises. Il poussa la porte de la pièce où sa mère travaillait pour lui souhaiter le bonsoir et, tirant Toussaint par la manche, il le guida vers sa chambre. C'était une pièce minuscule dont la porte, cachée par l'obscurité, avait échappé à Toussaint.

— Entrez, c'est chez moi !

Un petit lit, une chaise et un guéridon sur lequel l'enfant posa sa bougie meublaient cette sorte d'alcôve. Jeannot se retira après avoir souhaité à Toussaint une bonne nuit.

— Bonne nuit, Jeannot. Mais, toi, où vas-tu dormir ?

— J'ai un petit lit qui sert à grand-père quand il vient et qui sent bon l'odeur de son tabac !

Toussaint, rassuré, regardait la bougie dont la flamme vacillait et menaçait de s'éteindre. Il se sentait bien et se glissa dans les draps en écoutant la pluie qui continuait à tomber en frappant les tuiles avec force. Un bruit de machine à coudre lui parvenait, étouffé par la distance. Toussaint s'interrogeait sur ce curieux destin qui lui avait fait achever sa route dans cette maison dont les habitants étaient si hospitaliers. Il ignorait l'existence de ce hameau bien qu'étant situé sur une route qu'il empruntait souvent. Il bénit cet orage qui avait mis sur son chemin Jeanne et Jeannot, puis il s'endormit d'un sommeil lourd et réparateur où il croisa dans ses songes les visages de Jeanne et de Maria.

Quand il se réveilla, le lendemain matin, il faisait encore nuit. La pluie avait cessé et les premiers chants d'oiseaux lui parvenaient, de merveilleux chants d'amour et de liberté. Il se leva sans bruit, pensant que ses hôtes devaient dormir. Il fut surpris de découvrir un rayon de lumière filtrer sous la porte et un léger frôlement de pas. Lorsqu'il ouvrit, il fut accueilli par Jeanne qui lui demanda comment s'était passée sa nuit.

— Très bien, merci, Jeanne, répondit-il, un peu penaud. Je suis impardonnable de vous occasionner tout ce dérangement.

— Non, ne dites pas cela, je vais préparer le café.

Elle gratta la cendre où quelques braises rougeoyaient encore et fit repartir le feu en y ajoutant des brindilles, sur lesquelles elle souffla. Bientôt, de belles flammes vinrent lécher la crémaillère. Elle avait disposé deux bols et coupé deux tranches de pain pendant que le café bouillait dans une petite marmite munie de trois pieds, d'un bec et d'une poignée. Elle fit griller les deux tartines.

— Voilà, dit-elle, c'est prêt !

— Je suis servi comme un roi !

Jeanne sourit ; elle avait si peu l'habitude d'avoir des visites que cette compagnie la distrayait de son travail si absorbant.

Toussaint mordit dans ce pain, essuya ses moustaches après avoir vidé son bol. Ce déjeuner, il ne l'oublierait pas de sitôt. Dehors, l'aube se levait, l'orage avait fait place à une brume qui emprisonnait la campagne dans son écharpe.

Quand Toussaint sortit, il huma longuement cette odeur généreuse qu'il aimait tant et qui montait du cœur de la terre. Il lui fallait repartir, reprendre son chemin. Se retournant, il vit Jeannot, les yeux gonflés de sommeil, qui s'élançait vers lui.

— Vous allez partir ? demanda-t-il, tout chagrin.

— Oui, Jeannot, on m'attend là-bas au village, mais je reviendrai. Maintenant, je connais la maison, ajouta-t-il en avisant le regard suppliant de Jeanne.

Serrant les mains de Jeanne et de son petit garçon, Toussaint les remercia une dernière fois pour leur bonté et, sans se retourner, s'enfonça dans le manteau de brume qui s'épaississait et voilait le cercle blanchâtre du soleil. Il était ému de cette rencontre due au hasard. C'était la première fois depuis la mort de Maria que son cœur ressentait un tel émoi ; Jeanne était toute frêle et si belle, et son fils n'était pas sans lui rappeler Petit Justin au même âge.

Ses sabots, en résonnant, lui rappelèrent qu'il arrivait maintenant sur la route. La brume se dissipa, seuls quelques petits nuages échevelés s'étiraient sur le ciel bleu. Le soleil avait repris sa place et ses droits, inondant les êtres de sa chaleur. Toussaint sentait la sueur se coller sur son front et ses cheveux. C'était une chaleur lourde et l'orage menaçait encore. La nature explosait de vigueur sous la générosité de ses fréquents orages. Les bourgeons prêts à éclater, les chatons suspendus aux branches des noisetiers étaient autant de parures que la campagne offrait à l'œil averti du promeneur.

— Maria, comme tu aimais le printemps ! Pourquoi tes yeux se sont-ils fermés si tôt ?

Au fur et à mesure que Toussaint avançait vers la ferme où avait vécu Maria, il s'imaginait toujours qu'elle serait là, debout devant la porte, l'attendant. Il portait en lui cette blessure que seule Jeanne avait eu le pouvoir de lui faire oublier l'espace d'un instant.

Midi sonnait à la pendule quand Toussaint apparut dans la cour. Boby, qui avait reconnu son odeur, aboya à peine. Hélène sortit, inquiète du retard pris par Toussaint. La fille de Maria était devenue une belle jeune fille qui s'occupait de la maison de son père.

— Oncle Toussaint ! s'exclama-t-elle, comme tu nous as fait attendre ! Avec cet orage, nous étions si inquiets !

Toussaint serra sur son cœur cette enfant qui avait tremblé pour lui.

— Allons, Hélène, dit-il, un vagabond n'est jamais en peine, il se débrouille toujours… Hum ! je sens l'odeur de la bonne soupe !

— Tu ne changeras pas, plaisanta la jeune fille, tu ne penses toujours qu'à manger !

— Ton père est-il là ? demanda Toussaint au moment où Dominique arrivait, son grand corps plié en deux, prématurément vieilli, ses cheveux dégarnis et épars.

— Bonjour, Toussaint, dit-il avec un sourire un peu forcé sur les lèvres. Alors, l'orage ne t'a pas encore emporté !

Toussaint serra fortement la main tendue de Dominique.

— L'orage qui m'emportera ne m'emportera pas tout seul ! répondit Toussaint en riant.

Hélène, qui avait mis le couvert, ajouta celui de Toussaint en pensant qu'il mettrait un peu de gaieté dans leur monotonie.

— Petit Justin est-il toujours dans sa forêt ? demanda Toussaint. Il faudra que je lui rende une petite visite.

— Nous ne le voyons presque jamais, dit Dominique d'une voix triste.

— Tu sais, ajouta Hélène, mon frère est tellement amoureux de sa forêt que ses arbres comptent autant pour lui que des êtres chers.

— Je savais qu'il serait capable de la gérer, cette forêt, parce qu'il l'aime ! dit Toussaint.

On parla du temps, des récoltes qui, grâce aux fréquentes pluies, s'annonçaient prometteuses.

— Je n'ai pas fini de sarcler, tu pourrais rester quelques jours pour m'aider, fit Dominique.

Toussaint accepta. Il vivrait ainsi encore plus près du souvenir de Maria, sur les lieux où elle avait vécu, empruntant les sentiers où elle avait effleuré l'herbe tendre, mangeant à sa table. Un baume pour son cœur douloureux.

Le lendemain, ils eurent la surprise de la visite de Petit Justin. Superbe avec ce hâle que lui avait donné le grand air, svelte dans sa tenue de cavalier, le jeune homme rayonnait de jeunesse. Il attacha la bride de son magnifique cheval roux à une boucle de l'écurie et rejoignit son père occupé à étendre de la paille fraîche sous de jeunes veaux.

Il fut heureux de retrouver Toussaint et annonça que sa forêt était splendide ; de nombreuses commandes l'obligeraient à embaucher bientôt de nouveaux ouvriers.

Dominique ne répondit pas, il savait que son fils préférait la forêt à la terre et qu'il ne serait jamais un paysan comme lui.

— Bravo, dit Toussaint, qui considérait le jeune homme un peu comme son fils. Avec toi, notre forêt va enfin vivre !

Ils déjeunèrent tous ensemble à la grande joie d'Hélène.

Toussaint raccompagna Petit Justin jusqu'à sa monture. Le cheval, dont le poil luisait de santé, piaffait d'impatience. Petit Justin le détacha et, passant une main sur son encolure, il confia ses tourments :

— Oncle Toussaint, papa est triste, il ne comprend pas pourquoi j'ai préféré la forêt à la ferme. Depuis que maman est partie, il ne vit plus. Pourtant, toi aussi, tu l'aimais autant que lui, et tu ne fais pas porter le poids de ta peine sur les autres.

— C'est vrai que l'amour que j'éprouvais – et que j'éprouve encore – ne ressemblait pas à celui que ton père lui vouait, mais il s'est trop refermé sur sa douleur, il n'a pas voulu voir ses enfants grandir, il s'est usé à la tâche et ne cherche pas à ouvrir son cœur qui, pourtant, pourrait refleurir dans l'amour de ses enfants. Il laisse saigner sa blessure. Tu sais, ni toi, ni moi, ni personne n'y pouvons quelque chose. Vis ta vie dans la forêt, puisque c'est ce que tu aimes.

Petit Justin grimpa lestement sur la selle et dit en se retournant :

— Je t'attends un de ces jours là-bas, je veux que tu sois fier de moi !

— Bientôt, je viendrai, dit-il en donnant une claque sur la croupe du cheval roux, j'ai envie de respirer l'air de la liberté.

Le cheval démarra en trombe, faisant rouler les cailloux sous ses sabots qui mordirent la terre de la cour.

Toussaint passa deux jours à la ferme à subir la morosité de Dominique. Il était si taciturne que sa conversation en était limitée. Heureusement, Marie et Justin, qui avaient sympathisé avec Toussaint, se joignirent à eux. Marie était toujours aussi émue lorsqu'elle était en présence de Toussaint qui lui rappelait le souvenir de son amie Maria.

— Je ne pourrai jamais la remplacer, dit-elle en laissant couler quelques larmes.

— Marie, essuie tes larmes. Maria serait fâchée de te voir ainsi.

Toussaint la rassura en lui prouvant qu'elle avait rempli son devoir en faisant d'Hélène, que Maria lui avait confiée, une jeune fille accomplie. Marie considéra cet homme si sensible et si généreux en se demandant encore une fois ce qui le poussait à vivre seul et à courir les chemins.

Dans le champ, les légumes montraient leur vigueur, après le magistral binage auquel ils avaient eu droit. Toussaint, déjà, s'ennuyait de sa solitude et pensait à partir, bien que le dîner en compagnie de Marie et de Justin fût convivial et animé. Cette ambiance à laquelle il était si peu soumis l'avait épuisé, et il s'était endormi sur le coin de la table dès la fin du repas.

Dehors, la nuit était douce, et Hélène s'attarda un long moment en écoutant le bruit des sabots qui s'éloignaient, le cœur triste de penser qu'elle allait de nouveau se retrouver seule face à ce père si absent. Le souvenir de sa mère, si belle, d'une maison remplie de sa chaleur et de son sourire, s'imposa à son esprit, et elle ressentit plus que jamais ce manque que personne n'était venu combler, malgré l'affection de Marie qu'Hélène adorait. En rentrant, elle vit Toussaint toujours endormi et l'envia de pouvoir se reposer n'importe où. Puis elle disparut dans sa chambre.

Toussaint s'était réveillé. Sa mauvaise position lui avait endolori les membres, et il grimaçait en s'étirant lorsque la pendule égrena ses quatre coups. Les oiseaux commençaient à piailler leur impatience, ce qui incita l'homme à aller humer l'air frais du dehors. Le jour naissant commençait à dessiner à l'horizon une faible lueur qui semblait sortir du ventre de la terre. Le chant du ruisseau apportait à Toussaint un murmure apaisant. Il s'assit sur la grosse pierre devant la porte et écouta la campagne qui se réveillait. Des instants uniques. Ne vivant qu'au contact de la nature, sa sensibilité lui permettait de reconnaître tous les bruits, même les plus imperceptibles, tous les parfums, tous les oiseaux ; même une goutte de pluie était pour lui un bienfait du ciel. Près de lui, Boby communiait dans ce silence religieux. Un rideau de brume grisâtre emprisonnait le lit de la rivière, contrastant avec la blancheur de l'aurore.

Toussaint souffla sur les braises qui couvaient sous la cendre, jeta quelques brindilles sèches, qui craquèrent bientôt sous l'ardeur des flammes, lesquelles montaient vers le gouffre noir de suie en léchant la crémaillère. Accroupi devant la plaque de fonte, Toussaint surveillait la marmite de café. Soudain, il revit cette petite maison dans la montagne, près du couvent où Elodie était retenue prisonnière. Maria était là près de lui, si belle qu'il ressentit le désir monter en lui, terrible et puissant. « Mon Dieu, pensa-t-il, pourquoi suis-je toujours poursuivi par de telles tentations ? » La chaleur des flammes avait inondé son corps d'une étrange émotion, lorsqu'un bruit de pas le tira de sa torpeur. Hélène et Boby l'entouraient de leur présence.

— Bonjour, oncle Toussaint, dit Hélène en l'embrassant et en entourant ses bras autour de son cou, j'ai eu si peur que tu sois parti !

Toussaint, émergeant, honteux, de ses songes, revint à la réalité.

— Allons, partir sans te dire au revoir, ce ne serait pas digne d'oncle Toussaint, répondit-il en s'emparant de la cafetière dans laquelle bouillait le précieux nectar.

Ils grillèrent les tartines et disposèrent les bols en attendant l'arrivée de Dominique que l'odeur de café avait encouragé à se lever. Il salua du bout des lèvres et, comme à l'accoutumée, avala en hâte son bol de café sans un mot, disant seulement, avant de s'éclipser, à l'intention de Toussaint :

— Tu diras à Petit Justin que le fils de Marie voudrait travailler dans la forêt.

Hélène tressaillit, regarda son père, étonnée que Marie ne lui en ait rien dit.

— Elle n'en savait rien, c'est hier soir que Justin m'en a touché un mot, répondit Dominique d'une voix bourrue. D'ailleurs, c'est une affaire d'hommes !

Toussaint n'eut pas le temps de répondre, Dominique avait déjà disparu en direction des écuries.

— Tu vas faire la commission à mon frère ? fit Hélène.

— Bien sûr, ce jeune homme, vois-tu, a bien d'autres ambitions que la ferme de son père. Regarde ton frère comme il est heureux, bien plus que s'il était resté ici !

— C'est vrai, mais eux ce sont des garçons et ils font ce qu'ils veulent de leur vie, ajouta Hélène avec une pointe d'amertume.

Le jour avait maintenant levé son voile, c'était le moment pour Toussaint de partir en laissant Hélène à ses sombres pensées.

— Reviens vite, oncle Toussaint, je suis si seule !

Toussaint avait le cœur retourné de voir aussi triste cette jeune fille qui avait autant de mérite à s'occuper de son père et de leur ferme avec courage et opiniâtreté.

— Tiens, dit-elle en lui tendant un paquet, c'est pour toi et Petit Justin ; vous le mangerez ensemble, c'est un poulet rôti !

Toussaint glissa le paquet dans sa musette à côté de son casse-croûte.

— Quel grand cœur t'a donné Maria, mon enfant ! Elle doit être fière de toi de là-haut. Allons, il faut que je parte, dit-il en l'embrassant. Sois heureuse, je reviendrai bientôt.

Toussaint prit le chemin de la forêt, il emprunta un sentier que Petit Justin avait fait ouvrir depuis qu'il y travaillait. Ces vieux sentiers tellement ravinés par le temps, Petit Justin les avait nettoyés avec ses ouvriers, ce qui permettait de raccourcir les distances. Bien que ne s'y étant pas aventuré depuis longtemps, Toussaint connaissait parfaitement la forêt. Il allait faillir à sa fidélité sur la tombe de Maria, ne pouvant s'y rendre cette semaine. Mais comment aurait-il pu refuser son aide à Dominique, à Elodie et à Hélène ? Et puis, il avait promis à Petit Justin de lui rendre visite dans son domaine forestier.

Ses sabots s'enfonçaient sur le tapis de rosée, étouffant un bruit mat. Seul parmi la faune sauvage, il était heureux. Ce n'était plus le même homme qu'à la ferme ; il se sentait appartenir à ce monde qui l'entourait ; il était frère de l'arbre, de l'oiseau, du papillon, même de ce petit nuage qui jouait avec le vent. S'enfonçant dans le sentier, sa musette ballottant dans son dos, tout son être était tendu vers cette merveilleuse vie de solitude qu'il avait choisie. Le soleil s'infiltrait au travers des arbres, rehaussant les verts tendres des feuilles froissées par leur récente éclosion. Ces chauds rayons étaient de véritables doigts de fée qui dansaient autour de lui. Il eut une pensée pour Jeanne et son fils. Elle n'avait rien livré de sa vie, en femme secrète et prudente. Où était son mari ? En avait-elle un ? Dans son regard clair, Toussaint avait cru lire de la détresse.

— Je reviendrai te voir, Jeannot, dit soudain à haute voix Toussaint, qui fut surpris d'entendre sa voix, insolite, dans ce décor sauvage.

Il marchait toujours, enfonçant ses pas dans la terre molle, quand le sentier rencontra une succession de rochers où il perçut un suintement entre les racines. Des renards avaient établi leurs terriers entre de vieilles souches. Ces animaux tranquilles et libres prenaient parfois trop de hardiesse, poussant Petit Justin à leur faire la chasse. Toussaint ne pouvait imaginer qu'on pût tuer un animal aussi beau malgré sa fourberie. Le soleil dardait droit ses rayons, signifiant à Toussaint que l'heure du casse-croûte était venue. Il s'installa confortablement sur une jeune souche qui lui permit d'admirer, par-dessus la haie, un champ de blé vert qui ondulait sous la caresse du vent. Qu'il était doux de déguster le pain et le pâté d'Hélène dans un tel cadre ! Il mordit comme un enfant dans la croûte épaisse et dorée. Il ne se sentait pas vieillir lorsqu'il était au milieu de cette nature si apaisante.

Un coucou l'avertit de sa présence. Perché sur la branche d'un vieux châtaignier, il gonflait sa gorge pour mieux laisser éclater sa voix. Puis, se sentant observé, il s'envola en poussant au-dessus de la tête de l'intrus un « gr-gr » de mécontentement.

— N'aie pas peur, je suis ton ami. Ecoute, moi aussi je parle ton langage !

Et Toussaint se mit à imiter le chant de son nouveau compagnon. L'oiseau, intrigué, revint se percher sur la branche qu'il venait d'abandonner et chercha qui lui parlait ainsi ; ce ne pouvait être qu'un de ses frères. Ce manège, qui amusait le vagabond, dura quelques minutes, mais l'oiseau agacé se lassa le premier et reprit son envol.

Toussaint descendit de la souche, s'équipa de sa musette et reprit son chemin. Il avait prévu de n'arriver que le soir, aussi prit-il le temps de flâner et de goûter pleinement sa chère solitude. Rafraîchi par les orages, le printemps avait couvert la nature d'un manteau de fleurs, la brise charriait des senteurs parfumées. Il traversa un bosquet où le lierre, tel un amant trop passionné, étouffait les arbres de son étreinte. Bientôt, des champignons viendraient parfaire cette harmonie du sous-bois.

Toussaint huma pour tenter de percevoir leur odeur si caractéristique.

Lorsqu'une heure plus tard, il quitta le sous-bois, il fut assailli par la chaleur du sentier taillé dans le rocher, sur les parois duquel paressaient de petits lézards. La terre était aride, difficile d'accès et couverte de ronciers ; Toussaint ne marchait plus dans l'herbe ou sur la terre, mais sur une roche dure où résonnaient ses sabots et que le soleil faisait étinceler de milliers de petites particules. Cette roche, pensa-t-il, pourrait être une source de richesse pour la région si elle était exploitée.

Le sentier, d'abord bordé de noisetiers dont le tapis de chatons, comme pour charmer l'intrus qui les meurtrissait, exhalait un parfum unique, s'enfonça ensuite entre deux bosquets d'acacias qui avaient dû être coupés il y avait de cela trois ou quatre ans, à en juger par les touffes épaisses et vigoureuses que formaient ces haies quasi impénétrables.

Le soleil amorçait sa descente lorsque Toussaint fut en vue de la forêt. Un quart d'heure plus tard, il avait atteint un large chemin, tracé tout spécialement pour le transport des bois. Il était maintenant sur le domaine de Petit Justin. Il s'arrêta, ému, respira une grande bouffée, laissant pénétrer cet air pur dans sa poitrine. De chaque côté, des grands chênes s'élançaient vers le ciel. Cette forêt, c'était Monsieur Jean qui lui en avait fait cadeau, et Petit Justin, à qui il l'avait transmise, en était désormais le maître. « Monsieur Jean, pensa Toussaint, comme il a changé ! Le mariage de sa fille Elodie l'a amené à de meilleures dispositions, mais la mort de Maria et de son épouse l'ont perturbé au point de le rendre méconnaissable. Maintenant, on le craint, on se méfie de lui et de ses amis, des gens sans foi ni loi. » Toussaint soupira en regardant ces arbres superbes qui auraient pu rester inexploités. Il hâta le pas pour ne pas être surpris par la nuit, pensant au poulet qui attendait d'être dégusté.

Lorsqu'il arriva devant la « baraque », comme l'appelait Petit Justin, il en eut presque le souffle coupé. Que de transformations depuis qu'il était venu ! Le lieu débordait d'activité et il dut laisser passer de gros percherons qui traînaient des troncs entiers. Un grand bâtiment tout en bois avait été construit pour loger les bûcherons. A gauche lui apparurent les quartiers de Petit Justin. Il arrivait juste au moment où ce dernier sortait de son bureau. Les deux hommes s'étreignirent chaleureusement, heureux de se retrouver en ce lieu.

— Oncle Toussaint, j'espère que tu vas rester quelques jours, je voudrais tant te montrer le chantier.

— Oui, sois tranquille, la forêt est si belle à cette saison, j'ai besoin d'entendre battre son cœur.

Ils pénétrèrent dans le baraquement qui servait de cuisine et où une immense cheminée permettait de brûler des arbres entiers. Toussaint posa sa musette sur la table et déballa le poulet offert par Hélène.

— Pauvre Hélène, elle n'a pas une vie facile avec papa ! déclara Petit Justin, ému par la générosité de sa sœur.

— Non, mais elle possède un dévouement sans bornes, comme sa mère.

La nuit tombait sur le chantier ; les ouvriers rentraient, tenant les chevaux par la bride. Petit Justin alla à leur rencontre.

— Ce sont des garçons sérieux et travailleurs en qui j'ai toute confiance.

— Justement, aurais-tu de l'ouvrage pour le fils de Marie ? C'est son père qui m'a chargé de te le demander.

Petit Justin connaissait très bien Antoine. Le garçon était secret et solitaire, il ne se livrait que rarement, mais il voyait en lui un vrai paysan. Quelle force le poussait à abandonner la terre au profit de la forêt ?

— A ma prochaine visite, j'irai le voir, j'ai besoin de jeunes travailleurs comme lui.

Puis Petit Justin, montrant le poulet, déclara qu'ils mangeraient tous les deux et qu'il fallait en aviser le chef cuisinier.

Toussaint le suivit. Ils entrèrent dans une vaste pièce où Paul servait les repas à tous les hommes du chantier. Deux grandes tables formées de planches sur des tréteaux en occupaient le centre, avec autour des bancs taillés dans des troncs. Deux grosses marmites devant la cheminée laissaient échapper une bonne odeur de soupe. Toussaint admirait Petit Justin qui, en quelques années, avait créé ce chantier. « Il ira loin », pensa-t-il en le regardant faire le tour des tables et s'assurer que ses ouvriers n'avaient besoin de rien.

— Paul, je dîne ce soir chez moi avec oncle Toussaint. Quand tu auras servi les ouvriers, tu seras libre.

Les hommes arrivaient en amenant avec eux l'odeur de la forêt qui se mélangeait à celle des légumes. Ils avaient une démarche rude et pesante ; leurs corps représentaient une masse musclée qui se dessinait dans l'échancrure de leur chemise ; leurs visages hâlés et burinés par le grand air reflétaient la force et la fierté. Toussaint, en les observant, se sentait un peu des leurs, et il suivit Petit Justin un peu à regret. Il aurait aimé s'asseoir parmi eux.

Une fois qu'ils furent seuls, Toussaint voulut savoir si ces hommes avaient une famille.

— Oui, ils partent parfois un jour ou deux, mais ils ont choisi cette vie dans la forêt.

Ils dégustèrent le poulet en buvant du cidre, les pieds sur les chenets. Dehors, par la fenêtre entrouverte, on entendait les bruits de la forêt. La nuit, toute une vie secrète s'établissait : longs appels, glapissements, cris de terreur ou d'agonie. Seuls, les grands arbres apportaient leur force apaisante à ceux qui y trouvaient refuge. Les deux hommes, bercés par la douceur des flammes, parlèrent longtemps, se couchèrent tard, fatigués mais heureux.

A l'aube, Toussaint fut réveillé par les ouvriers du chantier qui attelaient les chevaux. Il pensa encore une fois à Flèche, cet animal qui était son ami et avec lequel il avait fait un si merveilleux voyage en compagnie de Maria. Ses souvenirs affluaient en masse dans son esprit torturé. Il se leva et sortit respirer cette haleine fraîche apportée par la forêt. Deux splendides percherons passaient, conduits par un bûcheron qui s'en vint saluer Toussaint d'une cordiale poignée de main. Petit Justin arrivait au galop, monté sur son cheval qui écumait. Il avait déjà fait le tour du chantier.

— Allons déjeuner, oncle Toussaint, dit-il en l'entraînant.

Près du grand feu, Paul remplissait les bols d'un café odorant. Toussaint prit place à table parmi les hommes et en ressentit un profond bien-être. Les bancs se vidèrent peu à peu, alors que le vieil homme était perdu dans ses pensées.

— Un autre bol de café ? lui demanda Paul.

— Oh oui ! il est si bon, Paul, que j'en prendrai volontiers un autre !

Paul s'empressa de lui verser une louchée encore fumante de ce nectar réconfortant. Le souffle de cette belle matinée de printemps entrait par les fenêtres grandes ouvertes.

Petit Justin avait amené sa calèche devant l'entrée.

— Es-tu prêt, oncle Toussaint ?

Toussaint s'empressa de finir son café et enjamba le banc pour retrouver son hôte, non sans avoir salué et remercié Paul. Il grimpa aux côtés du jeune homme en constatant qu'il n'avait plus la même souplesse qu'autrefois, et le percheron, dont la grosse croupe pommelée remplissait les brancards, démarra.

La forêt se réveillait dans de grands bruits de chaînes, de scies, de sabots et de hennissements. De tous côtés, on entendait le martèlement des haches contre les troncs. Petit Justin avait emprunté un chemin rendu cahoteux par les ravines. La calèche tremblait dans les ornières, tandis que le conducteur, ne semblant y prendre garde, continuait ses explications :

— Tu vois, oncle Toussaint, dit-il en arrivant au milieu d'une immense étendue de ronces et de fougères, plaie béante au cœur de la forêt, Monsieur Jean a fait abattre toute cette surface uniquement dans l'intention d'y construire un pavillon de chasse.

Maintenant, le sentier s'enfonçait à travers une couverture épaisse où filtrait à peine la lumière, apportant une agréable sensation de fraîcheur. Toussaint ne s'était jamais aventuré aussi profondément dans le massif forestier, aussi était-il subjugué par le paysage qui s'offrait à lui.

A dix heures, ils arrivèrent près d'un amoncellement de fûts, véritable montagne de bois près de laquelle se démenaient des ouvriers. Une forte odeur de tanin les saisit. Petit Justin arrêta son attelage et descendit, suivi de Toussaint dont les sabots furent aspirés par la boue. Le passage incessant des chevaux avaient tracé de profondes ornières.

Après de chaleureuses poignées de main, Petit Justin répartit le travail entre ces hommes qui aimaient et respectaient leur jeune patron. Toussaint remarqua la main de Petit Justin qui caressait avec amour les troncs rugueux.

— Regarde ce bois, il est de la meilleure qualité grâce à la qualité du sol. Et tu vois ces jeunes plants. Dans quelques années, ils seront semblables à ceux-là.

Ils remontèrent dans la calèche et continuèrent dans le même sentier où tout un côté de la forêt était dénudé. L'homme était passé par là ; à perte de vue, ce n'étaient que rondins savamment alignés et empilés. Petit Justin expliqua que tout ce bois allait bientôt partir. Toussaint était émerveillé par le travail accompli par l'équipe de bûcherons que gérait le jeune homme.

— Je n'aurais jamais été capable de m'en occuper, dit-il ; elle est bien mieux entre tes mains, cette forêt.

Le cheval avançait plus difficilement dans cette terre meuble et collante qui les menait sur un autre lieu d'abattage. On entendait les haches résonner avec fureur. Les scieurs, armés de leur passe-partout, achevaient la mise à mort de ces majestueux hôtes de la forêt. Un grand chêne s'abattit soudain dans un bruit sourd qui fit frémir Toussaint, assis sur la banquette.

Son écho se prolongea tel un soupir de regret. Cet arbre se vidait de sa sève en ce jour de printemps où l'espérance gonflait ses racines.

L'heure du déjeuner s'annonçait. Tous les ouvriers s'assirent en rond sur des billes, et d'un grand panier qui passa de main en main sortirent pains, saucissons et pâtés. Tels des loups affamés, ils mordirent le pain à grosses bouchées et burent à même le goulot. Toussaint regardait ces hommes dont les mains calleuses s'harmonisaient avec leurs traits burinés. Lui n'avait plus cet appétit, et, alors que Petit Justin lui tendait le pain, il se contenta de lui demander un peu d'eau. En réalité, la mise à mort de tous ces arbres lui avait coupé l'appétit. Un claquement de lame de couteau qui se referme donna le signal : la pause du repas s'achevait, le travail allait reprendre.

Petit Justin et son invité remontèrent en calèche pour continuer leur exploration des lieux.

— Hue, Major !

Remuant ses petites oreilles toujours à l'écoute des consignes de Petit Justin, le cheval, tendant ses muscles, démarra. Heureux d'avoir Toussaint à ses côtés, le fils de Maria guidait Major sur un autre sentier herbu. La calèche filait, presque silencieuse, vers le cœur de la forêt. Les arbres centenaires défilaient sous les yeux émerveillés de Toussaint, et le vieil homme se laissa emporter vers l'un de ses rêves favoris : ce n'était plus Major qui conduisait, mais Flèche, et ce n'était plus Petit Justin qui était près de lui, mais sa chère Maria. Ses paupières se fermèrent pour mieux vivre son rêve, puis une somnolence s'empara de tout son corps. En découvrant que son invité dormait, Justin fit halte. Il observa son passager, qui ronflait maintenant. Ses cheveux et sa barbe, jadis d'un roux flamboyant, étaient devenus blanchâtres, bien que toujours aussi fournis et broussailleux. Il se demanda d'où venait cet homme, qui était sa vraie famille. Mais ce qui était certain, c'est que sa mère lui avait fait promettre de toujours veiller sur lui et de ne jamais l'abandonner. Et il comprit en cet instant à quel point il avait aimé sa mère puisqu'il lui avait consacré sa vie.

Ce fut le claquement sec que fit Petit Justin pour écraser un frelon qui réveilla Toussaint.

— Je suis impardonnable de m'être endormi, dit-il, un peu honteux, mais je me fais vieux, vois-tu.

La calèche repartit, et le soleil déclinait dans l'océan azuré du ciel quand ils vinrent se ranger devant les bâtiments du chantier. Toussaint avait vécu une merveilleuse journée et, un peu fatigué, il traînait le pas en accompagnant Major dans l'écurie où l'attendaient d'autres congénères. Les animaux, las et fourbus, avaient hâte d'être dételés et aspiraient eux aussi à un repos bien mérité. Certains avaient tiré des chargements et leurs robes étaient encore luisantes de sueur.

Assis près du foyer où une grosse bûche achevait de se consumer, Toussaint, le visage soutenu dans le creux de ses mains, regardait la forêt depuis la fenêtre. L'air du soir fraîchissait et le coucher du soleil empourprait le faîte des arbres.

— On est bien ici, n'est-ce pas, oncle Toussaint ? déclara Petit Justin qui avait deviné le sentiment du vieil homme.

— C'est vrai, la forêt n'est-elle pas le meilleur endroit pour un vagabond de mon espèce ?

Ils soupèrent seuls, parlant de mille et une choses ; ils avaient toujours tant à se raconter.

— Je partirai demain matin, dit soudain Toussaint, je dois passer au cimetière. As-tu quelque chose à dire à Maria ?

Petit Justin resta quelques instants silencieux, déçu d'apprendre qu'il partait déjà. Il se leva, se dirigea vers sa chambre et revint quelques minutes plus tard, tenant dans le creux de sa main un minuscule caillou.

— Regarde, je l'ai trouvé dans une souche.

Toussaint reconnut le minerai qu'il avait remarqué sur sa route en venant.

— Mon garçon, je crois bien que le sous-sol de ta forêt recèle une véritable richesse et que, si tu l'exploitais, tu deviendrais très riche ! Mais quel dommage pour ces beaux arbres !

— Alors tu le savais.

— Oui, mais je garderai le secret de cette richesse et personne ne touchera à ta forêt.

— Alors tu mettras ce caillou sur la tombe de ma mère, dit-il en le confiant à Toussaint.

Ils achevèrent la soirée à la lueur que diffusaient les braises de la cheminée.

Le lendemain, après une courte nuit, Toussaint, qui avait eu du mal à trouver le sommeil, puisa son énergie dans la pensée de se rendre au plus vite sur la tombe de Maria. Petit Justin était déjà parti, ses hommes ayant requis sa présence pour le tracé d'un nouveau chemin dans une zone accidentée pour y effectuer le débardage.

Après une toilette rudimentaire, Toussaint se dirigea vers la cuisine de Paul, guidé par l'odeur du café. Il était seul, tous les hommes étaient déjà au travail malgré l'heure matinale.

— Alors, Toussaint, vous repartez déjà ? demanda Paul en lui apportant un bol fumant.

— Eh oui, je suis un vagabond qui a besoin de changer de lieu, bien qu'ici je me plaise beaucoup !

Mettant sa musette en bandoulière, Toussaint serra la main de Paul en lui demandant de lui garder une bolée de son excellent café pour sa prochaine visite. Il sentait dans son dos, à travers la toile de sa musette, le pain et la bouteille bien calés entre les deux livres que Petit Justin envoyait à Petite Maria.

Il suivit les empreintes laissées par les charretiers. Marchant difficilement, il évitait de son mieux les profondes ornières remplies d'eau. Sous la voûte protectrice des grands arbres, l'humidité régnait à longueur d'année, aussi le soleil peinait-il à traverser cette épaisse frondaison. Il n'avait de cesse de trouver un chemin plus carrossable. Enfin, à un carrefour, il décida de suivre un sentier herbu et fut soulagé de marcher plus aisément. Le soleil qui montait aspirait les dernières gouttes de rosée. Le gazouillis des oiseaux lui parvenait, harmonieux, et il goûta cet instant de plénitude sacrée où il retrouvait sa chère liberté. Il aperçut soudain une biche, suivie de son faon, qui broutait avec cette grâce délicate qui lui est caractéristique. Toussaint s'immobilisa, observant la scène presque religieusement. Puis, l'instinct en éveil, l'animal dressa la tête, pointa ses oreilles dans sa direction et disparut en une fraction de seconde, laissant Toussaint sous le charme. L'homme n'osait pas bouger. Avec d'infinies précautions, il avança néanmoins jusqu'à l'endroit où la biche avait brouté, imaginant qu'elle était toute proche avec son petit, cachée dans les taillis. Seul dans ce désert de végétation, sans que la solitude ne lui pesât, Toussaint fut soudain pris de lassitude et, avisant un tapis de fougères entourant une souche de châtaignier, il s'assit pesamment.

— Enfin un peu de repos pour mes vieilles jambes ! dit-il à haute voix. Pourvu que j'arrive chez Elodie avant la nuit !

Allongeant ses jambes dans la verdure, il tira de sa musette un morceau de pain. Il mastiqua lentement son pain. Assis sur cette souche, avec sa tignasse qui reflétait la lumière, sa longue barbe qui lui dévorait la moitié du visage, Toussaint ressemblait à un diable qui aurait terrorisé n'importe quel promeneur isolé. Mais il n'en avait cure. L'essentiel était qu'il fût en parfaite communion avec la nature, qu'il sentît vibrer en lui le vieux tronc sur lequel il s'appuyait, comme un cœur battant sous l'écorce. Il écoutait la sève qui montait des racines, puisant sa vigueur au plus profond de cette terre aimante et généreuse. Il ferma les yeux, envahi par un bien-être extrême, se laissa porter par ce langage secret et s'assoupit.

Le vent soufflait sans relâche, berçant son sommeil.

Les jambes engourdies, la nuque raide, Toussaint s'éveilla, puis se leva en chancelant d'avoir dormi trop longtemps.

— Mon Dieu, la nuit sera bientôt là !

Ramassant en hâte les restes de son repas qu'il enfouit dans sa musette, il reprit sa route d'un pas qui se voulait alerte. Le soleil baissait et de petits nuages poudraient de blanc le bleu du ciel déjà pâlissant. Il n'avait pas traversé toute la forêt et il lui faudrait encore atteindre le bourg où Maria l'attendait. La fraîcheur qui tombait l'aida à hâter le pas.

Lorsqu'il atteignit l'orée de la forêt, l'horizon noyait le soleil d'un grand disque d'or. Il eut une dernière pensée et un dernier regard vers l'étendue sylvestre, mystérieuse et envoûtante, qu'il venait de quitter. La campagne s'étendait devant lui à perte de vue, ouatée d'une légère brume qui s'exhalait du sol, pour habiller la terre d'une fine écharpe de soie.

Le bourg, en bas dans la vallée, s'endormirait bientôt. Le chemin qu'il suivait traversait des prés et des champs de blé, puis, en haut d'un coteau, il enfila un rang de vigne qui lui sembla avoir été tiré au cordeau. Le paysage avait été tracé par la main de l'homme. En passant sur le pont enjambant la rivière, Toussaint s'attarda dans la contemplation de l'écume qui, ballottée, n'en finissait pas de se briser dans le courant. Lorsqu'il se remit en marche, une douce brise souleva délicatement l'écharpe de brume. Comme il aurait aimé dormir là, dans cette magnifique couche d'herbe, bercé par le murmure mélancolique du ruisseau !

Pourtant, il marchait d'un pas devenu allègre ; ses sabots, cognant les pierres du chemin, résonnaient sur le sol.

Il faisait nuit lorsqu'il franchit la porte du cimetière, après avoir contourné le village pour ne pas être vu. A gauche, au fond de la grande allée, sous la tonnelle de roses épanouies qui diffusaient leur parfum enivrant, elle était là qui l'attendait.

— Me voilà enfin, Maria, je ne t'oubliais pas. Comment le pourrais-je ? Je t'aime tant !

Toussaint parlait doucement, la voix teintée de tristesse de n'avoir jamais pu assouvir cet amour éperdu. Puis il se mit à prier, avec toute la ferveur de son cœur, car les prières, les vraies, il ne les connaissait pas. La grosse pierre blanche dessinait une masse claire qui rehaussait la pénombre de la nuit. Toussaint s'y assit, son corps pénétré par une douce sensation de chaleur. Il revit Maria endormie à jamais dans cette boîte de bois, ses cheveux auréolant son visage exsangue. Ses larmes coulèrent longtemps, roulant sur ses joues saillantes pour se perdre dans la broussaille de sa barbe. Le vent agitait les pétales des roses qui recouvraient la tombe d'un tapis de velours rouge en exhalant davantage leur fragrance. Toussaint raconta ensuite à Maria la forêt de Petit Justin. Cherchant dans sa poche le caillou, il le posa à l'endroit où il pensa que reposait son cœur.

— Ton fils me l'a donné pour toi.

Il rassembla quelques pétales et improvisa un écrin incarnat à ce trésor. Dans la paix de ce cimetière, Toussaint était comme chez lui ; il s'allongea sur la pierre encore tiède et rêva à cet été brûlant vécu aux côtés de Maria. Il avait le cœur aussi pur que celui d'un enfant, n'éprouvant ni haine ni jalousie. Maria lui avait donné son amitié, sa tendresse et toute sa confiance. Seul le chant des grillons, qui avaient établi leur territoire dans la pelouse, troublait le repos des morts, et Toussaint s'endormit, heureux et serein, malgré l'étrangeté du lieu.

Il se réveilla à l'aube, tout courbaturé par la dureté de la pierre qui avait raidi son corps. Le soleil rougissait à l'horizon, il lui fallait partir vite, il ne voulait pas être vu ici à cette heure matinale. C'était la première fois qu'il passait la nuit dans le cimetière.

— A bientôt, Maria, je reviendrai vite, dit-il en baisant avec respect la pierre froide.

L'air frais stimula sa marche, il avait le ventre aussi vide que sa musette dans laquelle ballottaient les deux livres destinés à Petite Maria. Toussaint estima qu'il avait encore deux heures de marche avant d'atteindre la maison d'Elodie. En traversant le bourg, il entendit le marteau du maréchal qui résonnait sur l'enclume et la cloche sonna sept heures. Un voile de brume s'étira entre les peupliers qui bordaient la rive. L'énorme rideau sombre que formait la forêt était maintenant derrière lui.

Soudain, un grand coup de klaxon le fit sursauter. Il n'avait pas prêté attention à la voiture qui venait de s'immobiliser à sa hauteur.

— Alors, Toussaint, toujours en chemin ? Allez, monte, puisque toi aussi tu vas chez Elodie ! ordonna Monsieur Jean, un sourire moqueur aux lèvres.

Toussaint hésita quelques secondes, mais, sentant sa fatigue, il accepta de prendre place à côté du conducteur.

— C'est que je n'ai guère confiance en ces engins-là ! dit-il en se laissant convaincre.

Il se cala sur le siège en pensant que, malgré ses appréhensions, cette voiture irait plus vite que ses pauvres jambes, mais la présence de Monsieur Jean l'intimidait et le désarçonnait toujours autant. Monsieur Jean démarra en trombe dans un nuage de fumée noire, comme pour éprouver davantage son passager. Pourquoi cet homme, qui n'était pas lui non plus de la première jeunesse, son visage rubicond était creusé de rides profondes qui en accentuaient la dureté, ressentait-il le besoin de faire étalage de sa richesse et de se comporter ainsi ?

On fut bientôt en vue de la ferme. Toussaint allait voir la fin de son cauchemar. Monsieur Jean freina brutalement, si bien que son passager faillit être violemment projeté dans le pare-brise.

— Alors, Toussaint, elle va plus vite que tes pieds, ma voiture, hein ?

Toussaint, encore tout tremblant, s'extirpa de son mieux de cet engin, tout étourdi, en se jurant bien qu'on ne l'y reprendrait plus. Il subissait une fois de plus la supériorité de cet homme qui, depuis son enfance, l'humiliait sans cesse. Pourtant, lorsqu'il avait ramené Elodie, Monsieur Jean avait montré sa bonté et sa générosité en lui donnant cette forêt ; il ne l'oublierait jamais.

Elodie attendait sur le seuil avec à ses côtés Cibelle qui aboyait de joie en reconnaissant les arrivants. Monsieur Jean embrassa sa fille. Toussaint suivait gauchement, impressionné par cette si belle jeune femme qui resterait toujours pour lui mademoiselle Elodie.

— Alors, Toussaint, papa ne t'a pas trop secoué ? demanda-t-elle en embrassant son vieil ami. Comme tu as été long ! Petite Maria s'impatientait, ajouta-t-elle tout bas afin de ne pas être entendue de son père.

— J'ai deux livres pour Petite Maria, de la part de Justin.

Toussaint raconta sa visite dans la forêt.

— Maria a un fils digne d'elle, ajouta-t-il, c'est un homme accompli et responsable.

Elodie ne répondit pas. A l'évocation de Maria, son cœur se serrait, car elle n'oubliait pas que c'était en la sauvant que la sœur de Julien avait contracté cette méchante maladie qui l'avait emportée. Elle prit affectueusement la main de Toussaint et l'entraîna dans la cuisine.

— Viens, tu dois avoir faim !

Déjà, Monsieur Jean était attablé, attendant qu'Elodie apportât le pain et le pâté.

— Où sont Petite Maria et Julien ? demanda Monsieur Jean.

— Ils terminent de sarcler et ne rentreront qu'à midi.

Toussaint décida de les rejoindre pour les aider. Des bras supplémentaires seraient les bienvenus. Monsieur Jean se mit à rire.

— Toussaint, tu es toujours aussi brave, tu y laisseras ta peau ! dit-il à son intention.

Elodie eut le cœur brisé par les paroles de son père. Toussaint possédait une noblesse de cœur dont son père, tout noble qu'il était, ne pouvait se prévaloir. Après le départ de Toussaint, Monsieur Jean dévisagea sa fille, sans cacher un certain mépris.

— Si ta mère te voyait déguisée en paysanne, elle en mourrait de honte. Regarde tes mains, regarde-toi ! Es-tu heureuse au moins ?

— Ma vie vaut bien la tienne, père. Je suis fière d'être une paysanne et j'aime mon Julien, et ta petite-fille a l'intention de suivre la même voie. Tu vois, il doit y avoir dans notre lignée quelque ancêtre qui, comme nous, avait foi dans la terre. Tu crois que la richesse mène au bonheur ? Regarde Toussaint, il est plus heureux que toi, parce que lui au moins il sait donner et aimer et il inspire confiance !

Elodie avait parlé d'une traite en fixant dans les yeux cet homme qui était son père.

— Oh, oh ! ne te fâche pas, Elodie. D'ailleurs, je pars ; des amis m'attendent, dit-il, un peu déstabilisé par les propos de sa fille.

Et il partit dans un crissement de pneus, laissant Elodie en pleurs. Pourquoi ce père qu'elle aimait ne pouvait-il pas comprendre son choix ? Puis elle eut pitié de lui, il n'avait pas été heureux, sa mère l'avait trop souvent délaissé. Puis il y avait eu Maria, cette femme qu'il avait aimée malgré son mépris de la pauvreté. Il avait lutté contre cette attirance, et lorsqu'elle était morte il avait changé. Elodie avait peur pour lui à cause de ses mauvaises fréquentations.

La chienne précédait Toussaint et aboyait pour prévenir ses maîtres de l'arrivée de leur ami. Petite Maria, le corps ployé, bêchait avec ardeur, mais, malgré tous ses efforts, son père la devançait toujours.

— Je crois bien que nous avons de la visite, dit-elle en se redressant.

C'est à ce moment-là que Toussaint déboucha de derrière la grande haie.

— Papa, cria Petite Maria, regarde, c'est oncle Toussaint !

Courant à travers les planches de haricots, elle vint au-devant de lui, et c'est palpitante de joie qu'il la reçut sur son cœur. Elle retira son chapeau de paille, dévoilant ses cheveux trempés de sueur et lui montra ses mains rougies et durcies par le manche de la bêche.

— Je n'ai pas changé d'avis, je veux toujours être paysanne ! dit-elle avec fierté.

Toussaint caressa ses cheveux, sa main se perdant dans ses boucles brunes si semblables à celles de Maria. Julien avait achevé la planche de sa fille avant de venir donner une cordiale poignée de main à Toussaint, qui s'empara d'une bêche et joignit ses efforts aux leurs. Les deux hommes échangèrent les nouvelles sans détourner leurs regards de la terre qu'ils retournaient.

Midi sonnait quand Elodie, impatiente, vit arriver Cibelle, la langue pendante de soif. Elle ressentit une immense bouffée de joie en découvrant ces trois personnes qui comptaient beaucoup pour elle. Posant la soupière sur la table, elle les invita à prendre place.

— J'ai essayé de la cuire comme Maria me l'a appris, mangeons-la en pensant à elle.

Chacun dégusta en silence, et seul le bruit des cuillères rompait leur recueillement. Elodie demanda où Toussaint avait rencontré son père, elle était toujours soucieuse à son sujet. Julien souffrait de savoir sa femme malheureuse à cause de son père, aussi changea-t-il de conversation.

— Toussaint, j'ai eu des nouvelles de mes sœurs de Paris : la situation du pays n'est pas bonne, il y aurait une menace de guerre ; as-tu entendu dire cela ?

— Non, je n'ai pas eu vent de cette rumeur ; même Petit Justin, qui côtoie beaucoup de monde, ne m'a rien laissé entendre. Au contraire, il parle d'agrandir son chantier.

— Ce ne sont peut-être que des racontars après tout, des querelles de politiciens. En tout cas, cela donne à réfléchir, et j'ai pensé que je sèmerai davantage de blé à l'automne prochain.

Le discours de Julien avait assombri les esprits ; pourtant, dehors, les oiseaux chantaient leur joie à l'annonce de l'été.

Toussaint, assis à l'ombre du cerisier, somnolait et se serait sûrement endormi si Petite Maria ne s'était glissée près de lui, ses deux livres dans les mains.

— Oncle Toussaint, tu crois qu'il y aura la guerre ? demanda-t-elle, soucieuse.

Le vieil homme soupira, il aurait voulu rassurer cette enfant débordante de jeunesse et porteuse d'espoir, mais comment lui faire savoir que le monde est cruel, rempli d'êtres qui ne pensent qu'à s'entre-tuer pour assouvir leur besoin de pouvoir et d'argent ?

— Tu sais, Petite Maria, les responsables sont ceux qui nous dirigent, et nous, pauvres gens du peuple, nous ne pouvons pas toujours comprendre les instincts qui guident leurs gestes. Ce qui est certain, c'est que nous subissons leurs actes, mais ne gâche pas ce beau sourire par des pensées aussi tristes.

Puis, pour échapper à ce sujet, il lui demanda ce qu'elle pensait des livres envoyés par son cousin. Elodie vint les rejoindre, admirant la future récolte qui commençait à virer au rouge, bien cachée sous l'épaisse ramure du cerisier. Cet instant de repos dans ce décor où tout inspirait la détente était propice au dialogue. Aussi Petite Maria se plongea-t-elle avec délice dans la lecture pendant que sa mère bavardait avec Toussaint.

La ferme de Julien offrait toutes sortes de fleurs et de fruits qu'il cultivait avec amour pour le plaisir et le bien-être de sa femme et de sa fille. Ils avaient perdu tout espoir de voir naître d'autres enfants, aussi Julien misait-il tout sur Petite Maria, heureux qu'elle aimât cette terre. Elle voulait perpétuer cette lignée de paysans qui se transmettaient l'amour de la terre depuis des générations. Lorsque Julien rejoignit Elodie sous le cerisier, Toussaint, la tête penchée sur l'épaule, ronflait. Elodie entraîna son mari dans la maison.

— Il est fatigué et tellement habitué à dormir n'importe où. Pauvre Toussaint ! je trouve qu'il a bien vieilli, remarqua-t-elle avec tristesse. Que deviendra-t-il d'ici quelques années, lui qui ne veut se fixer nulle part ?

Elodie, en guise de réponse, trouva le réconfort dans la chaleur des bras de son mari.

*
* *

La saison des foins arriva si vite que Julien fut très vite débordé de travail. Le temps humide avait activé la pousse et offrait une fenaison ondulante sous la brise. Julien profita de la présence de Toussaint, qui s'était stabilisé depuis deux semaines. Il ne put malgré tout l'empêcher d'aller au bourg, les bras chargés d'une énorme brassée de fleurs.

La chaleur rendait la marche de Toussaint pénible. Il traversa le bourg sous l'œil narquois des enfants de l'école, mais il restait toujours indifférent aux regards qu'on lui portait. Une petite voix derrière lui l'interpella :

— Monsieur le vagabond, vous aussi, vous aimez les fleurs ?

Toussaint se retourna et découvrit une petite fille qui le dévisageait de ses grands yeux innocents.

— Oui, je les aime, et je crois que toi aussi, répondit-il, surpris et ému par le courage et l'audace de l'enfant. Tiens, continua-t-il en lui tendant une rose blanche qui offrait un cœur constellé de jaune à la lumière du soleil.

— Oh ! merci, monsieur, répondit-elle en rougissant, je vais tout de suite lui donner à boire.

Les fleurs de Toussaint se flétrissaient sous la chaleur de ce début d'été. Les autres enfants s'écartèrent, muets de surprise, pour laisser le passage à la petite fille qui, intriguée, se retourna pour demander à Toussaint à qui était destiné ce si beau bouquet.

— Il est pour une jeune et jolie dame qui s'est endormie et qui se repose là-bas, dit-il en désignant le cimetière. Depuis qu'elle m'a quitté, je lui apporte chaque semaine un bouquet pour qu'elle sache que dans mon cœur son regard ne s'éteindra jamais.

Subjugués par le discours de Toussaint, les enfants s'étaient tus ; certains avaient des larmes dans les yeux. La petite fille revint vers le vagabond et lui prit la main.

— Cette belle dame dont vous parlez devait être une fée ! Excusez-moi, monsieur, mais je croyais que les vagabonds comme vous n'avaient pas de cœur, maintenant je sais qu'ils en ont un.

Un instant plus tard, tous les enfants avaient disparu, Toussaint restait seul, son bouquet dans les bras, sous la chape de feu du soleil. De petits nuages à crêtes blanches montaient dans le ciel ; Toussaint ne s'en inquiéta pas et continua son chemin jusqu'au cimetière, ému par les paroles de cette petite fille.

Formant un écrin incarnat, les roses de la tonnelle protégeaient le sommeil éternel de Maria. Il disposa le bouquet avec soin dans le vase destiné à cet effet.

— Tiens, Maria, ces fleurs sont celles de Julien, et c'est Petite Maria qui les a cueillies pour toi.

S'asseyant sur le coin de la tombe, il s'épongea le front dégoulinant de sueur.

— Tu vois, Maria, continua-t-il, le temps se met à l'orage, tu n'aimerais pas ce temps.

Il lui parla longtemps, intarissable, dans la paix et le silence de ce lieu dans lequel il se sentait si bien. Quand la fatigue envahit son corps, il s'allongea et s'endormit.

Un bruit assourdissant le réveilla. L'orage qui menaçait était prêt à laisser éclater sa fureur. Un éclair fulgurant zébra le ciel, suivi d'un roulement de tonnerre. Toussaint chercha un abri et le seul qu'il put trouver fut l'auvent d'un caveau. Il eut à peine le temps de s'y abriter qu'une pluie torrentielle s'abattit sur la campagne. Ses pieds baignèrent bientôt dans une mare d'eau qui ne parvenait pas à s'évacuer. Les éclairs se succédaient, embrasant le ciel de mille éclats. Toussaint, recroquevillé dans le recoin du caveau, ferma les yeux en attendant la fin de ce déluge qui continua une heure encore. Le ciel et la terre s'étaient unis en une même colère, l'horizon était obscurci par un épais rideau grisâtre qui empêchait de voir.

Lorsque le calme fut revenu, il sortit de son abri, trempé et les membres engourdis par l'inaction. Son estomac vide lui donnait quelques crampes. En évitant les flaques, il se dirigea vers la tombe de Maria et constata, horrifié, l'état misérable du rosier déchiqueté dont les fleurs arrachées jonchaient le sol, tandis que les branches pendaient lamentablement à terre. Le vase qui contenait le bouquet s'était renversé et fracassé, et les fleurs gisaient, éparpillées dans la boue. Il les ramassa et récupéra quelques boutons de rose qu'il piqua dans le sol.

— Maria, dit-il, ému, je t'en apporterai d'autres et tout redeviendra comme avant.

Il lui fallait s'incliner devant la colère de Dieu. La nuit ne faisait que renforcer l'impression de dévastation. Toussaint dut se résoudre à quitter ce lieu qui lui était cher. A la ferme, on devait s'inquiéter de son absence. Il rentra donc sous une épaisse bruine qui obscurcissait le crépuscule. Il tremblait, tant l'humidité avait transpercé ses vêtements, et serrait son vieux paletot sur son ventre creux. Il devait ménager ses forces, la route était encore longue.

D'ordinaire, il avait avec lui sa musette où traînait un quignon de pain pour l'accompagner dans son cheminement, mais aujourd'hui il s'était laissé surprendre par son sommeil et cet orage. Il se dirigeait difficilement dans cette brume dense, les yeux fatigués de scruter la route. Il entendait l'eau qui ruisselait dans les fossés, et le niveau de la rivière était monté jusqu'en haut des arches du pont. Des branches cassées jonchaient la route et parfois elles le faisaient trébucher. Des effraies lançaient leurs cris lugubres et Toussaint ne pouvait réprimer des frissons lorsqu'elles frôlaient sa tête de leur vol bas. Leur présence prolongeait l'anxiété de cette soirée troublée par la colère des dieux. Toussaint ne sentait plus ni sa faim, ni sa fatigue ; il ne pensait plus qu'à avancer, courbé sous le poids de ce destin qui avait fait de lui un homme errant et solitaire.

La brume s'était encore épaissie lorsqu'il pénétra dans la cour de la ferme, accueilli par la chienne qui en aboyait de contentement. Il caressa sa fourrure douce et épaisse, si rassurante.

— Mon Dieu, Toussaint ! laissa échapper Elodie qui était sortie sur le pas de la porte. Comme j'étais inquiète !

Toussaint était désolé d'être à l'origine de l'angoisse d'Elodie. Il se fit pardonner en serrant Elodie dans ses bras. Mais il n'en restait pas moins honteux de cette escapade qui s'était achevée par une mésaventure bien indépendante de sa volonté.

— L'essentiel est que tu sois là ; viens, dit Elodie, la soupe t'attend.

Toussaint s'installa le dos à la cheminée et avala une bonne assiettée de soupe chaude qui le ragaillardit. Après avoir fait chabrot, il remercia Elodie de l'avoir attendu. Julien et Petite Maria avaient gagné leur lit après leur dure journée de travail. Toussaint se leva péniblement, son corps raidi de fatigue ne lui obéissait plus comme autrefois, et gagna son lit qui lui sembla un paradis.

Elodie alla se blottir près de Julien, le visage rongé de doutes au sujet de son ami qui l'inquiétait par cette inconscience qui pourrait lui jouer de mauvais tours.

Ce fut le cri d'une effraie qui réveilla Toussaint. L'oiseau rasait les vitres de la fenêtre et il put le distinguer dans la clarté de la lune. Toussaint transpirait, pourtant il était parcouru de longs frissons glacés.

— Mon Dieu, suis-je malade ?

Assis sur son séant, il scrutait les moindres mouvements de l'effraie. L'oiseau poussa de nouveau ses cris désagréables. « Quel maudit oiseau qui ne sait pas chanter ! » pensa Toussaint. Il y avait pourtant quelque chose de majestueux dans son vol. Toussaint se leva, marcha jusqu'à la fenêtre et l'ouvrit. L'air frais lui fouetta le visage et lui laissa une sensation de froid, mais, obsédé par la vision de l'effraie, véritable fantôme ailé, il resta debout, accoté au chambranle, à observer ses déplacements dans la clarté de la lune, même s'il savait qu'on la disait oiseau de malheur.

Les grenouilles coassaient dans la mare ; les arbres, sous la caresse du vent, jouaient avec leur ombre pour former des formes fantasques et, là-haut, sous la voûte étoilée, un minuscule nuage voguait à la recherche de l'âme sœur. Toussaint soupira, ébloui par la poésie de cette nuit. Transpirant et frissonnant, il regagna son lit, mais ne put trouver le sommeil.

A l'aube, Elodie gratta les cendres à la recherche de quelques braises et disposa devant sa marmite d'eau. Puis, assise devant le feu, elle actionna la manivelle de son moulin à café. Bientôt, il se dégagea un arôme de grains écrasés qui chatouilla les narines. Elle vida le petit tiroir dans la marmite d'eau frémissante et la cuisine fut envahie par cette odeur qui annonçait le déjeuner et qui fit revenir Julien des étables. La brume s'était levée, une belle journée se préparait.

— Le soleil après l'orage d'hier, c'est bon pour la terre, dit-il, satisfait, en s'asseyant devant son bol fumant. Toussaint n'est pas levé ?

— Non, Julien, je suis un peu inquiète, hier soir il avait l'air mal en point.

C'est à ce moment que Petite Maria fit son entrée, toute guillerette, distribuant des baisers sonores sur les joues mal rasées de son père, puis sur celles, douces comme du velours, de sa mère.

— J'ai faim, et comme il sent bon, ton café !

— Ne fais pas de bruit, Toussaint dort encore, lui conseilla Elodie.

Petite Maria se tut et ne posa pas de questions, accoutumée à la vie instable d'oncle Toussaint.

Dans sa cuisine, Elodie guettait le réveil de Toussaint et, voyant la pendule sonner dix heures, n'y tenant plus, elle frappa à sa porte. Sans réponse, elle décida d'entrer. Toussaint lui apparut grelottant sous les couvertures et respirant avec gêne ; elle s'approcha et posa sa main sur son front brûlant.

— Toussaint, es-tu malade ?

Il ouvrit des yeux étonnés. Sa gorge réussit à restituer un drôle de son rauque. Elodie comprit qu'il avait contracté un refroidissement et qu'il lui fallait garder le lit.

— Ne bouge pas, je vais te préparer une tisane dont la recette m'a été donnée par Maria et qui va te remettre sur pied en deux temps trois mouvements.

Toussaint sentit son corps qui, sous l'emprise de courbatures, était enveloppé d'une grande lassitude. Comme c'était terrible pour un homme tel que lui, habitué à courir les chemins par tous les temps, d'être cloué au lit !

La tisane de Maria agit et, une heure après, Toussaint, détendu, dormait paisiblement.

Petite Maria disposait le couvert pour le souper quand elle vit s'ouvrir la porte de la chambre. Toussaint s'était levé, il se sentait mieux, bien qu'encore un peu faible et ayant perdu la notion du temps. Il regardait par la fenêtre le soleil qui se couchait.

— Mon Dieu, est-ce possible que j'aie dormi tout ce temps ? dit-il, un peu ahuri.

— Mais oui, tu étais si malade et si fatigué !

Il tendit machinalement ses mains vers la flamme en s'asseyant près du feu.

— Tu vas manger la soupe ?

— J'ai un petit creux, la tisane de ta maman est formidable !

— C'est toi qui es formidable ! dit Petite Maria en tirant une chaise près de lui.

Ils humaient les volutes de vapeur odorante qui s'échappaient de la marmite. Petite Maria regardait le visage rongé par la barbe hirsute. Toussaint lui apparut soudain vieilli. Cette vision lui serra le cœur, elle tremblait à l'idée de ne plus le revoir.

— C'est vrai que tu veux être paysanne, Petite Maria ? lui demanda-t-il.

Le silence qui régnait avait établi une communion entre eux.

— Tu en doutes ?

— Non, mais, à ton âge, on peut encore changer d'avis.

— Pas moi, oncle Toussaint. Je suis chez moi dans la nature, entourée de nos animaux dont l'amitié envers nous est sans limites. Où trouverais-je un meilleur endroit pour être heureuse ? Regarde grand-père avec son maudit argent qui fait toujours pleurer maman ; je ne veux pas lui ressembler, je veux vivre comme toi, libre et la main tendue vers les autres.

— Mon Dieu, comme je suis fier de toi et heureux que tu m'appelles « oncle Toussaint » ! J'essaierai d'en être digne.

Cibelle vint annoncer à sa manière l'arrivée d'Elodie et de Julien, ce qui coupa court à leur discussion. C'était l'heure de tremper la soupe. L'enfant coupa des tartines de pain et, munie d'une louche, les arrosa de bouillon.

Lorsque Elodie franchit la porte, elle sut que Toussaint était tiré d'affaire. Julien avait décidé de partir au marché le lendemain et d'emmener avec lui Petite Maria. Il demanda à Toussaint s'il se sentait assez fort pour seconder Elodie aux écuries.

— Après une bonne soupe comme celle-là et une bonne nuit de sommeil, je suis ton homme !

La nuit tomba, légère et enivrante ; des papillons de nuit virevoltaient autour de la lampe à pétrole, se brûlant parfois les ailes en dégageant une odeur de grillé. Les chauves-souris chassaient les moustiques et les hannetons. Elles logeaient dans une petite grotte où Maria les avait surprises, accrochées dans leur drôle de posture, la tête en bas, à la fois ridicules et passionnantes à observer.

Cibelle, qui était sortie depuis un moment, revint en portant dans sa gueule un petit chat blessé. Aussitôt, Petite Maria s'empara de l'animal au corps maigre qui ne tenait pas sur ses pattes. Son poil jaune était strié de brun. Elle le réchauffa auprès du feu en se demandant d'où il pouvait bien venir. Rassuré par la chaleur, l'animal ouvrit les yeux et essaya de miauler. Sûrement demandait-il à manger. Après quelques efforts et de la patience, elle parvint à lui faire avaler quelques gouttes de lait sous la surveillance attendrie et le regard maternel de Cibelle. La chienne lécha le petit chat de sa langue douce sous les yeux ahuris de Petite Maria et d'Elodie.

— Cibelle souffre de la mort de ses chiots, expliqua Elodie en dirigeant le chat vers la mamelle de la chienne dont les tétines étaient encore gorgées de lait.

Cibelle se laissait guider par sa fibre maternelle et le chat retrouva son instinct de succion. Tout le monde regardait ce spectacle unique et attendrissant.

— Quelle leçon d'entraide nous donnent les animaux ! remarqua Toussaint en voyant Cibelle soumise à son nouvel enfant.

Petite Maria restait en admiration, émerveillée devant le petit chat qui se mit à ronronner.

A l'aube, Julien était prêt : il fallait arriver tôt à la foire pour vendre volailles et lapins qui s'entassaient à l'arrière de la carriole. Petite Maria recommanda son protégé à sa mère et courut vers son père qui l'attendait.

Toussaint se sentait complètement guéri et heureux de rendre service à Elodie. Dans l'étable, les animaux attendaient leurs soins quotidiens. Toussaint se sentait rajeunir en obéissant à ce que lui dictait sa jeune amie. Il nettoya les écuries, vidant les brouettes de fumier chargées à ras bord, et étendit de la paille fraîche sous les jeunes veaux. Ses mains calleuses saisissaient le manche de la fourche avec maladresse, mais avec volonté. Julien avait fait installer l'électricité dans les granges et les écuries. Quelle merveille pour Toussaint de tourner le gros bouton de porcelaine et de voir briller cette lumière ! C'était féerique. Pourtant, Elodie avait insisté pour garder, pour le reste de la maison, l'intimité de sa lampe à pétrole. Bien que Toussaint n'appréciât pas le moderne, il ne fut pas fâché de voir son travail ce matin-là. Quant à comprendre par quel prodige cela pouvait fonctionner, c'était une autre affaire. Quand tous les animaux furent rassasiés et ravitaillés en paille fraîche, le soleil était déjà haut dans le ciel et Toussaint était fourbu.

Pendant tout le mois qui suivit, Toussaint oublia son besoin de partir et offrit ses bras aux moissons. Il se rendait néanmoins chaque semaine au cimetière et pensait à Dominique et à Hélène qui devaient se trouver bien seuls. Il irait les rejoindre après le plus gros de la moisson.

Il courbait chaque jour davantage son vieux corps maigre, serrant les gerbes aux épis gorgés de vie. Petite Maria faisait passer les liens. C'était un travail rude, éreintant ; aussi Elodie, qui le sentait fatigué, se proposa-t-elle de le remplacer à lier.

— Non, Elodie, je tiens à faire la *gerbaude* !

Et il tint parole, malgré la chaleur des jours qui suivirent. Il fallut engranger. Dès l'aube, alors que les premiers rayons du soleil éclairaient le faîte de la forêt, les animaux étaient prêts pour la première charretée. Sans relâche, Toussaint passait les gerbes, les unes après les autres, à un Julien inondé de sueur. Il fallut trois jours pour tout engranger, trois jours pendant lesquels l'orage menaçait de crever ses gros nuages noirs. Petite Maria aidait au gerbier. Avec adresse, elle entassait les gerbes, couchant les épis. La dernière journée fut éprouvante par la chaleur torride et l'orage qui s'impatientait. Petite Maria avait voulu planter un gros bouquet au sommet du chargement. Marguerites et boutons-d'or fleurissaient la dernière charretée, comme le voulait la tradition. Pendant ce temps, Elodie avait mijoté un repas de fête, et ce ne fut que lorsque tout le monde se retrouva autour de la table que l'orage lâcha ses éclairs et ses grondements sourds dans le ciel en feu. Elodie railla Toussaint en lui demandant s'il était décidé à partir.

— Non, Elodie, le dernier orage m'a servi de leçon, j'attendrai.

La pluie se mit à tomber, si dense qu'une mare se forma dans la cour. C'était une année à orages. Ils étaient terribles et l'eau abondante. Mais Petite Maria aimait la pluie ; elle tendit ses mains sous les gouttières, ferma les yeux pour mieux goûter cette merveilleuse sensation de l'eau qui inondait son visage et resta ainsi, malgré les injonctions de sa mère, son corps offert à la caresse des flots. Elle ressentait un merveilleux bien-être sous ce déluge bienfaisant après la chaleur du jour.

Quand, enfin, elle rentra, ses longs cheveux alourdis et détrempés, elle s'ébroua comme un jeune chien en se rapprochant de la cheminée sous l'œil ahuri de Cibelle. Elodie regardait sa fille, si belle, avec ce regard de velours, si semblable à celui de sa tante Maria, brillant d'un éclat mystérieux, et qui de jour en jour se transformait en femme.

Prenant le chaton dans ses bras, elle déclara qu'il s'appellerait Bouton-d'Or.

— Parce qu'il est jaune et qu'il me fait penser à cette fleur, précisa-t-elle.

La pluie cessa et le tonnerre se tut, la nuit étendit son mystère dans la campagne embaumée par l'odeur des blés engrangés. Julien était fier de ses moissons. Comme il était renommé pour la qualité de son blé, on venait chercher des semences chez lui.

C'est à l'aube du troisième jour que Toussaint repartit, ayant attendu que le risque d'orage fût totalement écarté. Son visage aux traits tirés se creusait de rides, Elodie était toujours inquiète de le savoir sur les chemins. Petite Maria enviait sa liberté et aurait bien aimé partir avec lui.

— Nous irons chez Dominique à la mi-août, nous nous verrons là-bas, dit Elodie pour rassurer sa fille.

— Tu n'abandonnerais pas ton petit Bouton-d'Or pour suivre un vieux vagabond comme moi ?

Petite Maria était triste et ravalait ses larmes. Il en était ainsi à chaque départ de Toussaint. Il prit sa musette et leur promit qu'il s'agissait de son dernier voyage. Il les embrassa sans un mot et s'engagea dans la cour, accompagné par Cibelle qui réclamait une dernière caresse.

— Belle bête, déclara Toussaint en entrant dans l'écurie où Julien brossait ses veaux et en s'approchant de l'un d'eux.

— Celui-là, je l'offrirai à Dominique, répondit Julien en flattant la croupe ronde et frisée du futur taureau.

— Tu as de la meilleure pâture que Dominique, il n'arrivera jamais à ce résultat.

— Bien sûr, mais cette bête lui permettra de renouveler et d'améliorer sa race.

— Je suis sûr que Dominique sera heureux de ce cadeau, et je vais m'empresser de le lui faire savoir, dit Toussaint en prenant congé de Julien.

Le soleil filtrait ses premiers rayons, noyant la campagne d'une lumière qui faisait scintiller les perles de rosée. Toussaint cogna ses sabots sur une pierre pour les décrotter et cala sa musette dans son dos. Il lui faudrait deux jours pour atteindre la ferme de Dominique, car il comptait s'arrêter prendre des nouvelles de son ami Jeannot.

*
* *

Le 15 août était un jour chaud et sec. Julien s'était levé très tôt pour s'occuper de ses animaux avant son départ, heureux du cadeau qu'il voulait faire à son beau-frère. Elodie et Petite Maria devaient l'accompagner et s'en faisaient une joie. Elles allaient revoir non seulement Toussaint, mais aussi Hélène et Dominique. Elodie entreprit comme chaque matin de faire le café. Petite Maria était en retard, elle vit les bols vides sur la table et comprit qu'elle devait se hâter. Elle se servit dans la marmite où le café attendait près des flammes et l'avala rapidement. Lorsque Elodie rentra, elle trouva sa fille qui pestait contre sa chevelure emmêlée.

— Viens, lui dit-elle, je vais t'aider à mettre de l'ordre dans tout ça.

Quelle joie pour elle de caresser les beaux cheveux de Petite Maria ! Dans la cour leur parvenait la voix de Julien qui chargeait le taureau dans la carriole.

Cinq minutes plus tard, la carriole et tout son monde à bord quittait la ferme à la faible lumière diffusée par la lampe accrochée à la ridelle. Le taureau était un peu nerveux, mais il s'assagit lorsque l'attelage fila sur la route sans à-coups.

Petite Maria éprouvait une joie intense, elle aimait se promener et la destination qu'ils prenaient lui permettrait de revoir Hélène et Toussaint.

Le soleil monta comme un gros ballon rouge au-dessus de la forêt. Elodie admirait cette campagne, écoutait les commentaires de Julien qui décrivait chaque village traversé, dont il connaissait presque tous les habitants. Puis ils suivirent la longue route bordée de grands chênes aux feuilles rousses. Le taureau se mit à beugler, comme si son instinct l'avertissait qu'il arrivait à destination. Le percheron s'arrêta enfin devant les écuries de Dominique, accueilli par Boby. Dominique et Hélène sortirent et virent courir vers eux Petite Maria, tout heureuse.

— Oncle Dominique, viens vite voir ce que papa t'amène ! annonça-t-elle.

Julien calmait le percheron qui hennissait, alors que Dominique, ébahi, traversait la cour mal pavée, le corps secoué de tremblements nerveux, suivi d'Hélène. Il serra la main de Julien et, dans son trouble, ne vit pas Elodie.

— C'était donc vrai ce qu'avait dit Toussaint !

Dominique était aussi émerveillé qu'un enfant et il aida Julien à faire descendre l'animal.

— Quelle belle bête ! s'exclama-t-il.

Les vaches, qui reniflaient l'odeur du mâle, grattaient le sol en tirant sur leurs chaînes. Dominique lui donna sa ration et lui flatta l'encolure. Tout le monde, à l'écurie, était en admiration et on ne prêta pas attention à Toussaint qui, sans bruit, s'était approché. Quand Petite Maria se retourna et qu'elle le vit, elle resta un instant figée. Toussaint s'était tassé ; sa tignasse, toujours aussi broussailleuse, avait encore blanchi, tout comme sa longue barbe. Tous se retournèrent alors et le regardèrent.

— Le voilà, ce fameux taureau ! dit-il en s'avançant vers eux.

Petite Maria était déjà pendue à son cou. Hélène pria tout le monde de passer à table. Le repas, copieux et bien arrosé, délia les langues. Dominique s'avéra plus bavard qu'à l'accoutumée. Ce taureau offert par Julien et Elodie lui redonnait un but qu'il allait s'acharner à poursuivre. Petite Maria, qui observait Toussaint mangeant peu et semblant perdu dans ses pensées, lui demanda ce qui le tracassait.

— Je pensais que peut-être je pourrais repartir avec vous tout à l'heure. A cette saison, je ne peux plus marcher comme avant et je n'ai pas pu aller au cimetière.

Julien fut frappé par la grande tristesse qui émanait de ces paroles et s'empressa d'accepter.

Hélène avait compris que Toussaint voulait partir et que seules une fatigue et une lassitude l'avaient empêché d'entreprendre le voyage. Bien sûr, il ne ménageait ni sa peine, ni son courage en prêtant son aide à Dominique, mais il avait besoin de changer de lieu.

Ils achevaient le repas lorsqu'un bruit de galop leur parvint. Petit Justin et Antoine sautèrent à bas de leurs montures, accueillis par les cris de joie des deux jeunes filles. Personne ne remarqua les joues d'Hélène qui s'empourprèrent à la vue d'Antoine. Deux couverts supplémentaires furent ajoutés pour ces deux jeunes hommes, grands, au visage tanné par leur vie au grand air et dont les corps musclés dégageaient une force herculéenne.

Antoine confia à Hélène les satisfactions que lui apportait son métier de bûcheron dans la forêt, et il ne faisait pas l'ombre d'un doute que, l'entente entre ces deux-là étant si parfaite, ils finiraient par se marier. Hélène rayonnait et ses beaux yeux, les mêmes que ceux de sa mère, brillaient de la flamme de l'amour. Toussaint, en regardant ainsi Hélène, pensait plus fortement encore à Maria. Comme elle aurait aimé être là parmi eux tous qui étaient sa famille ! Attentive à leurs émois, à leur bonheur, elle les aurait entourés de sa protection. Maria… Il ferma les yeux en murmurant ce doux prénom. Il eut la sensation qu'elle était là, tout près de lui, que son souffle effleurait son visage, et se sentit pénétré par cette caresse. Toussaint revint à la réalité lorsque Petite Maria vint lui murmurer toute sa joie de le ramener avec elle.

Le soleil descendait dans le ciel qui se couvrait de brumes. Hélène prépara la musette de Toussaint, mais son bonheur d'avoir revu Antoine s'altéra avec le départ du vieil homme. Les jours prochains seraient moroses sans sa présence bienfaitrice à leurs côtés. Cette vie de paysanne, seule avec son père, était pesante. Comme elle allait regretter Toussaint ! Aussi, dès que la carriole eut disparu, emportant tous ses invités, elle ne put réprimer quelques larmes.

Lorsque Petit Justin et Antoine retrouvèrent Hélène, les yeux rougis et encore gonflés, son frère s'étonna de cette soudaine tristesse. Antoine était désemparé et, malgré son mutisme et son visage crispé, il avait le cœur débordant de tendresse. Petit Justin comprit et s'éclipsa vers l'écurie.

Timidement, Antoine s'approcha d'Hélène, posa ses mains sur ses épaules en caressant doucement sa chevelure brune.

— Hélène, dit-il, je t'aime, veux-tu être ma femme ?

Un silence angoissant suivit ses paroles qui avaient pourtant résonné d'un écho magique aux oreilles de la jeune fille. Elle se laissa aller sous la pression des mains à la fois fermes et tendres d'Antoine et se leva, le visage tourné vers lui.

Il lut alors dans ses yeux ce que sa bouche n'osait répondre. Les mots étaient inutiles, leurs lèvres se joignirent en un seul élan. Hélène se blottit entre les bras robustes, elle exultait de bonheur. Leurs corps enlacés dessinaient des ombres à la clarté des flammes, la lampe n'était pas allumée, et c'est ainsi que Dominique et Petit Justin les surprirent. Un peu confus, ils ne s'étaient pas lâché la main et tout le monde se mit à rire de joie.

— Antoine, comme je suis heureux, mon frère, c'est formidable ! dit Petit Justin dont le sourire était rayonnant.

On soupa dans la gaieté des prochaines épousailles qui devraient se conclure rapidement.

Une ombre planait, cette guerre qui se profilait et dont tout le monde parlait allait-elle finir par se déclarer ?

Après le départ d'Antoine et de son frère, Hélène resta sur le seuil, frissonnant dans cette nuit étoilée où la lune filtrait sa lueur blafarde pendant que Dominique tisonnait, silencieux. Il allait donc marier sa fille, la perdre. Il n'avait jamais envisagé cette éventualité qui lui ouvrait les yeux. Sa fille était belle et jeune, comme l'avait été sa mère. Elle aussi avait le droit de vivre sa vie. Il eut honte d'avoir pu être si égoïste. Hélène, perdue dans ses pensées, n'avait pas vu l'effraie fondre sur elle. Aussi, au moment où l'oiseau la frôla en poussant son chuintement rauque, elle cria de peur. Dominique, qui s'était levé, reçut sa fille dans ses bras.

— Mon Dieu, comme cet horrible oiseau m'a effrayée ! dit-elle en tremblant.

Ils restèrent ainsi, heureux de se retrouver enfin.

— Tu sais, Hélène, je suis si heureux de savoir que tu vas épouser Antoine, c'est un si brave garçon, je l'ai toujours considéré un peu comme un fils.

Ils s'étaient rapprochés du feu.

— Si nous buvions un café ? suggéra-t-il.

*
* *

Toussaint ne trouvait pas le sommeil dans sa couche qu'il trouvait trop moelleuse pour son vieux corps accoutumé à la rudesse du sol. Il repensait à ces jours passés et à Jeannot, à qui, comme promis, il avait rendu visite. Quelle joie cet enfant avait manifesté en le voyant arriver, fourbu après sa longue marche dans la chaleur étouffante de cette journée d'été !

Le soleil avait pris sa couleur de feu pour teinter la campagne de rose quand Toussaint avait atteint le hameau de Jeanne.

— Monsieur Toussaint, vous ne nous avez pas oubliés, comme je suis content ! Nous pensions à vous avec maman.

Attirée par la voix de son fils, Jeanne était sortie. Elle était toujours aussi frêle et transparente, son sourire illuminant ses beaux yeux pervenche ; c'est en tremblant d'émotion qu'elle avait tendu la main. Toussaint était à l'aise avec ces deux êtres qui, par leur simplicité, communiaient avec son âme de vagabond. Il avait été convié à partager leur modeste souper. Jeannot était si fier de ce lapin qu'il avait attrapé au collet. Le civet de Jeanne était un régal et Toussaint l'avait récompensée par le sourire qu'il lui avait adressé, mais elle avait dû s'éclipser avant la fin du repas pour continuer à coudre.

— Maman s'use au travail, et moi je ne grandis pas assez vite !

Toussaint et Jeannot écoutaient le cliquetis de la machine à coudre de Jeanne qui cousait jusqu'à l'épuisement. Par la porte ouverte, l'air frais pénétrait grâce à un petit vent qui apportait un délassement. La nuit était là, remplie des chants d'oiseaux, des grillons et des grenouilles. Jeannot demanda à Toussaint de lui raconter sa famille.

— Cela t'intéresse donc ?

— Oh oui, comme ça, quand vous serez reparti, nous pourrons mieux imaginer votre vie !

Toussaint inspira profondément.

— Ma vie, petit Jeannot, elle est trop longue et bien insignifiante pour te paraître intéressante, mais ma famille d'adoption, ces paysans qui m'ont ouvert leurs cœurs et leurs maisons, ceux-là, je peux t'en parler !

Et Toussaint parla, parla, accompagné par le ronronnement de la machine à coudre. Il était tard lorsque Jeanne, les yeux cernés de fatigue, se joignit à eux, sans bruit, et écouta le récit, fascinée par cette voix chaude.

— Il est tard, il ne faut pas abuser, dit-elle avec sagesse.

Mais le récit n'était pas terminé, et, malgré l'heure – minuit sonnait –, Toussaint ne voulait pas rompre le fil de ses souvenirs. Jeanne frissonna sous sa robe de coton, elle s'approcha du feu et le raviva. Une flamme monta bientôt, ajoutant sa lumière à celle, vacillante, de la lampe à pétrole. Jeanne était trop pauvre pour s'offrir l'électricité. Toussaint, les pieds tournés vers le feu, bien calé dans sa chaise, achevait son récit. Il n'avait omis personne et parlait maintenant de Petit Justin.

— C'est un peu mon fils, je l'ai vu grandir, devenir un rude paysan, intrépide et volontaire, vivant sa passion de la forêt depuis la mort de sa mère. Cette forêt, que Monsieur Jean m'avait léguée et dont je ne savais que faire, c'est lui qui l'exploite. C'est le roi de la forêt !

Jeannot buvait chaque parole de Toussaint. Ses yeux, du même bleu intense que ceux de Jeanne, brillaient de curiosité.

— Toussaint, voudrais-tu m'emmener avec maman dans la forêt de Petit Justin. Ce serait un si beau cadeau !

Toussaint comprit à quel point son évocation représentait un lieu enchanté pour cet enfant si seul.

— Oui, Jeannot, lorsque je reviendrai, j'aurai fait la commission à Petit Justin qui viendra te chercher avec ta maman pour cette belle promenade.

Jeanne était un peu confuse des propos de son fils.

— Mais, Jeannot, cet homme ne nous connaît pas et il doit avoir de nombreuses occupations ; il ne faut pas demander des choses pareilles !

Mais Toussaint avait pris la main de Jeannot et, en regardant Jeanne, avait assuré cette dernière que Petit Justin se ferait un plaisir et un honneur de leur faire visiter sa forêt, de leur montrer comme il y est bien installé.

Jeannot sauta de joie ; il avait confiance en Toussaint, cet homme à la barbe aussi longue que celle du Père Noël.

*
* *

S'en revenant du cimetière, Toussaint remarqua qu'il régnait une effervescence inhabituelle sur la place du village, où on venait de placarder des affiches. C'était le vendredi 1er septembre. Toussaint s'arrêta devant l'une d'elles, il vit deux drapeaux français entrecroisés en guise d'en-tête. Son attention fut attirée par des exclamations de stupeur qui s'élevaient de part et d'autre de la place de l'église.

— C'est la mobilisation générale ! C'est la mobilisation générale !

— Mon Dieu, c'est terrible ! Jamais je ne pensais revivre ça ! dit le vieux Toine qui s'était rapproché de Toussaint.

Toussaint avait la gorge si serrée qu'aucun son ne pouvait s'en échapper, mais, devant son regard si atterré, Toine l'éclaira, comprenant que tous ces mots qui noircissaient l'affiche ne parlaient pas au vieil homme.

— C'est l'ordre de mobilisation générale de toutes les armées de terre, de mer et de l'air décrété par le président de la République et auquel tout Français soumis aux obligations militaires devra obéir, sous peine d'être puni.

Ainsi donc, tous les hommes allaient partir, toutes les familles allaient être séparées, brisées peut-être. Il pensa à Julien, à Petit Justin, à Antoine, et se mit à prier intensément Dieu pour qu'il ne les rappelle pas à lui.

Toussaint reprit, la mort dans l'âme, le chemin qui le ramenait chez Elodie. Comment la nouvelle serait-elle perçue ? Et Monsieur Jean, que tramait-il depuis tout ce temps qu'il n'avait pas reparu chez sa fille ?

— Ah ! Maria, comme tout a changé depuis ton départ ! Elodie se sent perdue avec ce père si secret, et tu lui manques tant, toi qu'elle considérait un peu comme sa mère.

Toussaint parlait à haute voix, indifférent aux larmes amères qui coulaient le long de ses joues. Le vent soufflait son haleine fraîche sur le visage du vieil homme qui, malgré lui, était secoué de tremblements nerveux. Toussaint était très inquiet et plein d'appréhension lorsqu'il pénétra dans la cour de la ferme étrangement calme.

C'est à ce moment-là que Petite Maria, qui l'attendait, se précipita vers lui, le visage bouleversé et ravagé par les larmes.

— Oh, oncle Toussaint, papa va être obligé de partir à la guerre, annonça-t-elle d'une voix tremblante d'émotion.

Toussaint reçut l'enfant dans ses bras et ils pénétrèrent dans la cuisine où l'odeur du café ne réussit pas à les réconforter.

— Pourquoi ? Pourquoi ? ne cessait-elle de répéter.

Elodie et Julien entrèrent à leur tour, croisant leurs regards désespérés. Ils restèrent muets devant cette terrible nouvelle. Tous avaient le cœur serré. Des coups frappés à la porte les tirèrent de leur stupeur. Monsieur Jean était là qui se tenait devant eux.

— Ma parole, que se passe-t-il de si tragique pour vous morfondre de la sorte ?

Elodie courut vers son père, les yeux remplis de larmes.

— Papa, c'est Julien qui va être mobilisé !

— Mais il est bien trop âgé ! Ecoute, Elodie, je vais voir ce que je peux faire, j'ai des relations, tu sais !

Monsieur Jean paraissait lui aussi bouleversé et Toussaint pensa qu'il subsistait en lui un peu de cette fibre paternelle qu'il n'avait pas toujours employée à bon escient. Il aimait sa fille malgré la vie dissolue qu'il menait depuis la mort de sa femme et celle de Maria. Sa présence rassura un peu et on s'installa autour de la table pour boire un café. Un semblant de vie renaissait dans la maison.

— Je pars chez Dominique et Hélène, et je reviendrai vous donner des nouvelles, dit Monsieur Jean avant de se lever.

Contrairement à ses habitudes, il était venu à cheval. Il avait renoué avec cette vieille coutume. Elodie flatta l'encolure de l'animal en lui en faisant la remarque.

— Tu sais, ma fille, j'aime revenir à mes anciennes amours, et aujourd'hui, justement, je pensais à Maria. C'était ainsi que je l'avais rencontrée la première fois.

Sur ces mots, il serra de ses talons les flancs nerveux de l'animal et disparut, avalé par un nuage de poussière.

Elodie semblait rassurée par les propos de son père, Julien ne serait peut-être pas trop longtemps absent. Néanmoins, devait-elle croire toutes les promesses de cet homme ? La confiance n'était pas totale.

Petite Maria sécha ses larmes et regarda tour à tour son père et Toussaint. Elle n'arrivait pas à accepter l'idée de ce terrible cauchemar qui s'installait dans sa vie.

Toussaint se retira de bonne heure ce soir-là. Julien et Elodie allaient être séparés ; peut-être était-ce leur dernier soir d'intimité, des instants trop précieux qu'il ne voulait pas troubler par sa présence.

Deux jours passèrent dans l'inquiétude et l'angoisse. Le troisième jour, Elodie reçut la visite de son père. Son visage avertit la jeune femme de la gravité de la situation.

— Que se passe-t-il, père ? lui demanda-t-elle.

Il lui apprit que Petit Justin, qui aurait dû être parti, ne rejoindrait son régiment que la semaine prochaine en raison d'une chute dans la forêt qui l'empêchait de marcher. Le médecin-major avait dû, pour cette raison, reporter son départ. Dominique en était bouleversé, c'était un homme détruit et rongé par le chagrin.

— Antoine est parti hier matin, ajouta Monsieur Jean.

— Mon Dieu, Hélène va être si seule ! Papa, il faut que tu conduises Toussaint là-bas chaque semaine, qu'il puisse se partager entre nos deux fermes ; je n'ai pas le droit de le garder pour moi seule !

— Bien sûr, mais ce vagabond si têtu voudra-t-il de ma compagnie ?

Toussaint arriva précisément à ce moment-là, hirsute, les cheveux en bataille et la barbe encore plus longue. Monsieur Jean fut frappé par son allure qui trahissait sa vieillesse. Pendant que le café chauffait, Petite Maria fit elle aussi son entrée, à pas feutrés. Elle qui n'avait connu que le bonheur dans cette famille soudée par l'amour devait s'armer de courage pour lutter.

Le lendemain, 5 septembre, fut encore plus sombre ; le brouillard était si dense qu'on se croyait dans un nuage. Ce fut Toussaint qui conduisit Julien au bourg, car l'heure était venue pour lui de rejoindre les armées. Le moment de la séparation fut un cruel déchirement pour Petite Maria et Elodie.

Toussaint ne maîtrisait pas les battements de son cœur, que même le bruit des roues n'arrivait pas à couvrir. Assis sur la banquette de la carriole, il scrutait la route à travers le brouillard, silencieux, aux côtés de Julien qui tripotait nerveusement son grand cache-col.

— Tu sais, Julien, tu vas revenir vite, Monsieur Jean l'a promis, dit Toussaint, qui ne supportait pas ce silence pesant entre eux.

— Le père d'Elodie, je n'ai jamais eu confiance en lui ; et puis, je dois faire mon devoir comme mes autres compagnons, répondit Julien dont les yeux brillaient d'une volonté insoupçonnée. Mais je suis rassuré de savoir que tu veilleras sur Elodie, que tu prendras soin de la ferme.

Toussaint activa le cheval, il ne fallait pas arriver en retard à la gare. Elodie avait besoin de lui, comme quand il était venu la chercher au couvent d'Is, quelques années auparavant. Il se voyait confier une nouvelle fois une mission et il ne faillirait pas, c'était son devoir d'aider ceux qu'il chérissait.

A la gare, c'était l'effervescence, il y avait beaucoup d'attelages. Julien serra fortement la main de Toussaint dans la sienne en lui disant adieu. Le vieil homme avait la gorge serrée et ne put répondre. Il remit à Julien sa musette, puis, dans un même élan, ils se serrèrent dans les bras l'un de l'autre.

— Va-t'en maintenant, Toussaint, dit Julien, des larmes dans la voix.

Il tapota la croupe de l'animal et disparut dans la foule, se faufilant entre tous ces êtres qui, comme lui, étaient confrontés à des adieux déchirants. Comme un automate, Toussaint fit demi-tour et reprit sa route dans ce rideau sombre qui s'accordait avec la triste réalité de ce jour.

Elodie et Petite Maria étaient aux écuries lorsqu'il arriva à la ferme. Comme la tâche allait être dure désormais !

— Nous y arriverons, Elodie, et, quand Julien reviendra, tout recommencera comme avant.

Petite Maria acceptait difficilement le prochain départ de Toussaint chez Dominique ; pour elle, cet oncle représentait la confiance, l'amitié, la générosité, la force, la protection, et il était son confident. Avec lui, tous les chagrins disparaissaient, happés par ce regard unique. Elle prépara le repas en cachant sa peine, tandis qu'Elodie s'occupait des bêtes.

Deux jours plus tard, ils eurent la surprise de voir arriver dans la carriole Hélène et Petit Justin, dont la jambe était encore douloureuse, qui venaient leur dire au revoir. La joie de les voir se mua en tristesse malgré le bon repas préparé par Petite Maria : un canard aux marrons qui lui valut les compliments de tous.

— Tu sais, Elodie, dit Toussaint en se levant, je vais repartir avec Petit Justin et Hélène, je me sentirai mieux que dans l'auto.

— Comme tu voudras, mais, la semaine prochaine, ce sera mon père qui te ramènera ; il est impensable que tu fasses tout ce chemin à pied, avait déclaré Elodie d'une voix ferme qui ne supportait pas d'objection.

Après avoir acquiescé, il prépara sa musette ; cette habitude lui était familière. Il était trois heures, le temps de partir. Elodie et Petite Maria restèrent seules, ravagées par l'inquiétude, en l'absence de Julien.

Malgré la lourde responsabilité qui lui incombait de se partager entre les deux fermes, Toussaint se sentait un courage à toute épreuve pour assumer cette tâche imposée à son vieux corps. Cependant, une idée lui traversa l'esprit qui lui permettrait de réaliser plus facilement l'une des missions qu'il n'avait pas encore accomplie. Il toussa, plus pour attirer l'attention que par nécessité.

— Oncle Toussaint, tu vas prendre froid dans cette carriole, dit Hélène.

— Peut-être, répondit-il, mais dis-moi, Petit Justin, ne pourrions-nous pas faire un détour de trois kilomètres… Je voudrais vous faire connaître des amis, une femme et son petit garçon que le hasard de mes pas m'a fait rencontrer et que je n'ai pas pu oublier.

Petit Justin regarda Toussaint en souriant. Il pensait savoir de qui il s'agissait.

— Comme j'envie ta vie de vagabond et toutes ces rencontres que tu as pu faire ! dit-il, un brin nostalgique. Eh bien, allons-y, nous ferons ainsi leur connaissance ! Mais il ne faudra pas nous attarder, tu sais, papa est seul.

Toussaint se sentit envahi par une chaleur bienfaisante et aussi par une certaine fierté. Et puis, quelle surprise il allait faire à Jeanne et à Jeannot ! Ce serait un rayon de soleil dans ce contexte si sombre.

Ils furent bientôt dans le sentier qui menait au hameau. Le chemin cahoteux était bordé de grandes haies qui assombrissaient l'horizon. Petit Justin dut allumer sa lampe tant l'obscurité régnait.

— Où nous mènes-tu, oncle Toussaint ? Ce hameau semble vraiment retiré du monde !

— On arrive, rassure-toi ! dit-il en abordant le tournant où se nichait la maison de Jeanne qu'il indiqua à Petit Justin.

La chaussée herbue et un peu boueuse amortissait le bruit des roues. La carriole s'arrêta devant une petite bicoque en pierre où filtrait une faible lueur. Toussaint descendit le premier et frappa deux coups sur le bois de la porte. Elle s'ouvrit peu après sur un Jeannot stupéfait devant l'apparition de

Toussaint. L'enfant regardait, muet, les deux personnes qui accompagnaient son ami.

— Monsieur Toussaint, entrez vite, dit-il, une fois la surprise passée.

Toussaint embrassa Jeannot et lui présenta Petit Justin et Hélène qui l'intimidèrent, impressionné qu'il était par leur personnalité. Il leur offrit une chaise devant le feu et appela sa mère dont on devinait l'occupation au son de la machine à coudre.

— Mon Dieu, dit-elle en émergeant de la pièce sombre, quel bonheur de vous revoir !

Sa surprise fut encore plus grande en découvrant les compagnons de Toussaint qui, en s'approchant d'elle, fit les présentations. Elle ouvrit tout grand ses beaux yeux bleus en faisant la connaissance de ceux dont il leur avait conté l'histoire. Mais comment diable étaient-ils arrivés jusqu'ici ? Elle s'empressa de leur proposer un café qu'elle mit à réchauffer au coin du feu.

— Vous savez, leur dit Jeanne de sa voix douce, nous n'avons pas beaucoup de visiteurs, aussi c'est un grand plaisir que vous nous faites de venir dans notre humble demeure !

Ils furent frappés par la grâce naturelle de Jeanne : tout en elle resplendissait, même sa pauvreté. Petit Justin en fut plus particulièrement touché.

— Vous vivez depuis longtemps ici ? lui demanda-t-il un peu gauchement.

— Oui, depuis la naissance de Jeannot !

Jeannot restait muet, en admiration devant Hélène, subjugué devant sa beauté si différente de celle de sa mère, aussi blonde que l'autre était brune. Jamais il n'avait vu des yeux aussi noirs, des cheveux si beaux dans leurs boucles désordonnées.

— Je suis couturière, reprit Jeanne, j'ai du travail, ce qui me permet de vivre avec Jeannot sans que nous soyons trop malheureux.

— C'est triste ici, renchérit Petit Justin, qui ne comprenait pas comment une femme si belle pourrait vivre dans cet isolement, je veux dire pour une femme seule.

— C'est une habitude de vivre à la campagne, et puis j'aime ce hameau ! expliqua-t-elle.

Toussaint s'éclaircit la voix, il avait réellement dû prendre froid, ce qui rompit le charme qui émanait de ces deux êtres. Quelque chose d'impalpable venait de se tisser entre eux. Le vieil homme en prit conscience et s'en réjouit.

— Jeannot, demanda Petit Justin, je sais que tu aimerais visiter la forêt et je te promets d'exaucer ce désir, mais je pars bientôt à la guerre. Dès que je reviendrai, je te donne ma parole que je t'y emmènerai.

Jeannot ne répondit pas et sentit ses joues s'empourprer tant il était intimidé et ému que cet homme lui portât autant d'attention.

— Cette promenade en forêt vous plairait-elle aussi, madame Jeanne ? Je peux vous appeler ainsi ? demanda Petit Justin en s'adressant à cette femme dont il n'arrivait pas à détacher les yeux.

— Quel enchantement ce serait pour moi, monsieur !

Les regards qu'ils échangèrent à ce moment-là étaient lourds de promesses. Hélène constatait la métamorphose qui s'opérait dans les traits de son frère. Jusque-là, Petit Justin ne s'était préoccupé que de sa forêt, n'ayant d'yeux que pour les arbres ; il n'avait encore jamais rencontré de femme capable de faire battre son cœur.

Mais la perspective de la guerre n'était pas le contexte idéal pour faire naître les sentiments et chacun soupira à la triste évocation du départ imminent de Petit Justin. Dehors, la nuit avait envahi les cieux de ses ténèbres et l'heure du départ avait sonné.

— Papa va être inquiet, avait rappelé Hélène.

Petit Justin avait presque oublié son père et l'heure tardive. Ils prirent congé de leurs hôtes avec regret. Le jeune homme serra dans ses deux mains celles de Jeanne, fines et transparentes, et fixa une dernière fois ce beau regard bleu.

— Pensez à notre promenade en forêt, je reviendrai bientôt.

Les mains de Jeanne tremblèrent dans celles de Petit Justin.

Tout le monde remonta en voiture, le cheval piaffait pour signifier son impatience à reprendre sa route. Justin claqua la langue, le signal pour la bête de démarrer.

— Nul n'irait chercher une si belle femme dans ce lieu perdu, déclara Hélène, impressionnée par son isolement encore plus grand que le sien.

— Pourtant, répondit Toussaint avec une pointe d'ironie, moi, je l'ai trouvée, grâce à un orage.

Et Toussaint de raconter ce jour d'orage où Jeannot l'avait surpris endormi.

Jeanne et Jeannot alimentèrent la conversation pendant le reste du voyage. Le cheval trottait allègrement sur la route éclairée par la lumière vacillante de la lampe qui menaçait de s'éteindre, tant elle se balançait.

A la ferme, Dominique trépignait d'inquiétude, malgré la présence de Marie qui mettait le couvert. Pourquoi Hélène était-elle partie elle aussi ? Il se sentait abandonné et ne supportait pas l'absence de sa fille. Cet égoïsme, dont il n'avait pas toujours conscience, prenait parfois le pas sur la raison. Marie entendit bientôt la carriole.

— Ils arrivent ! Les voilà ! dit-elle à Dominique.

Hélène entra dans un tourbillon de fraîcheur. Dominique eut la vision soudaine de Maria, tant sa fille lui ressemblait ; cette émotion, mêlée à ce sentiment d'abandon injustifié, à ce refus de voir son fils partir à la guerre, avait eu raison de ses nerfs durement éprouvés. Il se cacha le visage dans les mains, honteux de sa susceptibilité.

— Papa, papa, je suis là ; je t'en prie, calme-toi, lui dit doucement Hélène en tombant à ses genoux devant sa chaise. Je ne te laisserai plus, je te le promets !

— Oh, mon Dieu ! réussit-il à articuler, j'ai cru voir ta mère quand tu es entrée, s'excusât-il maladroitement, c'est ce qui m'a bouleversé.

— Papa, devine qui nous avons ramené avec nous, lui dit Hélène. Toussaint !

— Quoi, Toussaint est là ?

Dominique s'était redressé, heureux de cette surprise, et découvrit Toussaint, le visage dévoré par la barbe, qui venait d'entrer.

— Quelle joie de te retrouver parmi nous ! N'est-ce pas, Toussaint ? Maria le disait toujours, te rappelles-tu ?

Marie arrivait du chai, les mains chargées de bouteilles. Tout le monde se retrouva autour de la table avec la soupière fumante et un bon feu qui réchauffait les âmes en peine.

Hélène aimait la présence de Marie à ses côtés, elle la considérait comme une mère. Elle s'inquiéta de l'absence de Justin.

— Oh, il est triste lui aussi, tu sais, depuis le départ d'Antoine, mais il viendra après souper.

En effet, des sabots qui martelaient le sol annoncèrent l'arrivée de Justin. Il s'assit timidement à la table et partagea le gâteau de Petite Maria. Justin était toujours aussi impressionné par le regard de Toussaint qu'il n'arrivait pas à soutenir.

Malgré le récit de leur rencontre avec Jeanne et Jeannot, la conversation tournait autour de la guerre et des hommes qui étaient partis. Depuis que la France avait déclaré la guerre à l'Allemagne et que la mobilisation générale avait été décrétée, presque une semaine s'était écoulée, de terreur et de crainte, de départs précipités précédés d'adieux déchirants. Un silence parfois lourd et angoissant s'établissait. L'effraie qui passa devant la fenêtre attira le regard de Dominique.

— Elle a préparé son nid près de la fenêtre du grenier, c'est pour ça qu'elle nous rend visite chaque soir, dit-il. D'ailleurs, elle nous garantira des rats ; c'est un oiseau très utile qui fait oublier le caractère désagréable de son cri, précisa-t-il à l'intention de sa fille.

Il prit une bouteille, la déboucha et fit le tour de la table. Petit Justin tentait de participer à la discussion, mais son esprit voguait auprès de Jeanne, ce qui n'échappa pas à Toussaint. Le vieil homme appréhendait la séparation entre ces êtres, craignant plus que tout ce fléau qu'était la guerre, cette menace qui pesait sur chacun des membres de cette famille qui lui était si chère. Dans ce nouveau climat d'hostilités, Toussaint se devait de reprendre les rênes que la mort de Maria lui avait fait abandonner au profit d'une vie fantaisiste et aventureuse entièrement vouée à la liberté. Tout était différent aujourd'hui : les hommes partis, il avait le devoir de soutenir ceux qui restaient.

— Dis-moi, Petit Justin, demanda timidement Toussaint, pourrais-tu me laisser ton attelage pendant ton absence ? Elodie veut que Monsieur Jean m'emmène dans sa voiture, mais je préférerais être libre de mes déplacements.

Depuis quelque temps, cette idée lui trottait dans la tête. Il repoussait le moment d'être le passager de cet homme en qui il n'avait guère confiance.

— Mais bien sûr, comment ne te l'ai-je pas déjà proposé ! s'excusa Petit Justin. Car tu devras aussi aller jeter un œil à la forêt, je compte sur toi ! Tu trouveras dans mon bureau toutes les consignes et les directives.

Quelle responsabilité pesait soudain sur les vieilles épaules de Toussaint ! Aurait-il suffisamment de forces pour se partager entre tous ceux qui avaient besoin de lui et qui comptaient sur lui ? Mais il aurait donné sa vie pour ceux qu'il aimait. Il priait seulement pour que Dieu lui prête suffisamment de forces et de vie pour s'acquitter généreusement de ce devoir.

— Et puis, ajouta-t-il avec un accent d'amertume, si je ne reviens pas, ce sera toi qui feras visiter la forêt à Jeanne et à Jeannot !

Toussaint regretta un instant de ne pas avoir provoqué cette rencontre plus tôt.

Le vent siffla en s'engouffrant dans les fissures des vieilles fenêtres. Dominique s'était endormi auprès de la cheminée. Avant que Marie et Justin ne se retirent dans le silence de leur souffrance, Hélène se glissa dans les bras de Marie dont elle admirait ce fier courage de paysanne malgré la déchirure provoquée par le départ de son fils unique. Hélène, pour la première fois, eut besoin de prononcer le mot « maman », qui depuis si longtemps n'avait pas franchi ses lèvres.

— Mon enfant, ma petite fille…, lui dit-elle, les yeux brûlants de larmes.

— Nos deux familles seront bientôt unies, dit Dominique, réveillé, ému par les sentiments d'Hélène.

Il comprenait peu à peu que sa fille ne lui appartiendrait plus et qu'il devait desserrer le joug de son égoïsme. En effet, à Noël prochain, le mariage d'Hélène et d'Antoine serait célébré.

Ce soir-là, Petit Justin dormit à la ferme. Dominique y fut sensible et réapprit à vivre grâce à sa présence et à celle de Toussaint. La ferme était beaucoup trop grande pour Hélène et son père, aussi Petit Justin avait-il demandé à Justin et Marie de venir s'y installer après le mariage.

Ce fut encore à Toussaint que fut confié le soin de conduire Petit Justin à la gare par une journée pluvieuse de ce mois de septembre si triste.

— Pauvre Toussaint, quelle rude journée pour lui ! avait déclaré Dominique ce soir-là.

Hélène soupira en entendant le vent qui balayait les vitres, inquiète de savoir Toussaint dehors par ce temps. Elle s'activa à préparer le repas pour calmer son angoisse, tandis que de la marmite s'échappaient des volutes parfumées. Dominique, silencieux et recroquevillé sur sa chaise, avait le regard accroché à la lumière qui jouait de ses reflets fauves dans les cheveux d'Hélène. La pluie redoublait d'intensité, étouffant tous les bruits extérieurs qui auraient pu annoncer l'arrivée de Toussaint. Hélène frissonna en pensant à lui. La porte s'ouvrit brusquement, ce qui fit sursauter la jeune fille. Toussaint, trempé, ses sabots dessinant une mare d'eau sous ses pieds, se dirigea vers la cheminée.

— Va d'abord changer de vêtements, ordonna Hélène.

Toussaint obtempéra et revint, quelques minutes plus tard, vêtu de sec. La flamme que Dominique avait activée et l'odeur de la soupe l'aidèrent à reprendre un peu de vigueur et de couleurs. Toussaint avait dételé, bouchonné et pansé son cheval avant de s'occuper de son propre bien-être, bien qu'il fût transi et grelottant. Cette maudite guerre allait-elle donc tout leur prendre ? Ils décidèrent tous de prier pour leurs enfants avant d'avaler leur première cuillerée.

Puis Toussaint se mit en devoir de leur raconter sa longue journée. Il avait d'abord rendu visite à Elodie, qui lui avait donné des nouvelles de Julien, affecté à l'usine d'armement de la région. Ce fut un soulagement d'apprendre qu'il n'était ni trop loin, ni trop malheureux. Toussaint avait poursuivi son chemin sous une pluie fine et pénétrante, il n'avait pu s'empêcher de s'arrêter au cimetière, même pour une visite de courte durée. Il avait conduit le cheval en direction de la forêt par des sentiers boueux, entre les racines saillantes des arbres qui rendaient le passage difficile. Le cheval, guidé par son instinct, avait mené Toussaint jusqu'à la maison de son maître. Soulagé, car se croyant un instant perdu dans cette nuit épaissie par le rideau de pluie, Toussaint mit pied à terre, les membres engourdis par sa longue route. Accueilli par Paul dans la bienfaisante chaleur de sa cuisine, il fut étonné que le couvert ne comportât que trois assiettes.

— Ils sont partis à la guerre comme les autres, avait-il dit à Toussaint.

— Et ceux-là vont-ils rester ? s'était-il inquiété.

— Oui, ils sont trop âgés pour partir, mais nous ne trouverons personne pour remplacer les absents et l'activité tournera au ralenti.

Toussaint avait refusé l'invitation à souper de Paul pour pouvoir rentrer avant qu'il ne fût trop tard. Il s'était dirigé vers le bureau où Petit Justin lui avait fait promettre de prendre quelques affaires personnelles cousues dans un petit sac de toile blanche qui devait rester à la ferme pendant son absence. Toussaint était mal à l'aise de s'insinuer dans la vie du jeune homme, il s'était emparé du paquet dans le meuble et l'avait mis dans la malle de la carriole. Puis il était reparti sous une pluie qui jusqu'alors avait été supportable, mais qui ne cessa de tomber de plus en plus dru. Toussaint se sentait vieilli, tassé sur cette banquette, les mains raidies de froid sur les rênes ; son corps, bien qu'endurci, peinait pour affronter les rigueurs du temps. A cela s'ajoutait la misère de cette guerre. Il revoyait Julien et Petit Justin sur le quai de la gare, le visage crispé, le regard voilé dans le brouillard de leurs larmes. Ces regards-là resteraient longtemps gravés dans sa mémoire. Toussaint ne sentait plus les cahots des ornières du chemin, mais le brave animal avançait sans se préoccuper de la tourmente, bravant la pluie et le vent pour ramener Toussaint à bon port.

Quelle chance il avait d'être attendu dans une maison avec un bon feu et une soupe chaude, auprès de si braves gens qui avaient écouté le récit de sa journée sans l'interrompre !

Lorsqu'il se fut tu, la pluie et le vent, brisant leurs élans de colère sur les vitres, lui répondirent. Toussaint se sentit enfin ragaillardi devant les flammes, le corps pénétré d'une chaleur si intense qu'il dut repousser sa chaise.

Marie et Justin ne vinrent pas à cause du temps ; la veillée ne réunit autour du feu que les trois occupants de la maison. Hélène rangea sa douleur au plus profond de son cœur et écouta les deux hommes évoquer imperturbablement le souvenir de Maria. Hélène, son tricot dans les mains, ne perdait aucun mot, tant elle était plongée dans cette évocation qui leur fit oublier, pour un temps, toute leur misère.

II

Loin des villages charentais, un autre drame se jouait dans un petit bourg lorrain et dans le cœur d'un jeune homme nommé Joseph, qui venait d'avoir dix-huit ans et qui vivait dans la ferme de ses parents aux côtés de son frère et de sa sœur. En sa qualité d'aîné, il comptait bien succéder à ses parents, propriétaires des biens qu'ils exploitaient. Mais leur bonheur se ternissait chaque jour davantage sous la menace grandissante de l'ennemi. Le bruit de la guerre était partout présent, imminent, et ce petit coin de terre que Joseph chérissait semblait menacé. Malgré tout, Joseph voulait espérer. Ces petits bourgs situés à la frontière allemande ne parvenaient pas à se résoudre à croire en ces rumeurs d'évacuation dont il était question depuis plusieurs mois déjà. Joseph effectuait quotidiennement ses tâches, soignant ses animaux et cultivant sa terre en se forçant à refouler les mauvaises nouvelles.

Avec le mois d'août, la terreur commença à le ronger et il s'en ouvrit à sa mère.

— Mère, à quoi bon trimer comme nous le faisons si les Allemands viennent tout nous prendre ?

— Il faut garder espoir, Dieu seul sait ce qu'il adviendra de nous, mais nous ne devons pas baisser les bras.

Le 1er septembre, la vie de tous ces Lorrains allait basculer. Joseph, qui était aux écuries, fut alerté par son père. Le maire en personne venait d'annoncer à tout le village qu'il fallait partir. Un communiqué préfectoral avait ordonné l'évacuation immédiate des villages. Sur ces mots, à 14 heures, le glas s'était mis à sonner, semant la panique. On n'avait pas le choix. Il n'y avait pas d'autre recours que celui d'obéir. La famille de Joseph était terrorisée, qu'allait-il advenir d'eux ? Joseph sentit ses jambes vaciller tant il tremblait de peur. La mère, le visage livide, entourait de ses bras ses deux plus jeunes enfants. Joseph avait le cœur serré à l'idée de partir et de laisser sa maison. Vers quelle destination allaient-ils être dirigés ? Pour l'instant, ils devaient se rendre sur la place du village, n'emportant que quelques affaires personnelles et suspendant à leur cou un écriteau portant leurs nom, prénom, date et lieu de naissance et, en lettres capitales, le mot « réfugié ».

— Joseph, lui dit son père, va détacher les animaux et lâche-les ; je vais aider ta mère à faire notre valise. Je crois que nous ne reviendrons pas avant longtemps.

Joseph détacha toutes les vaches qui manifestaient leur nervosité en tirant sur leur collier et les chassa dans la nature, leur rendant une liberté précaire. Il rejoignit ensuite ses parents, glacés d'effroi par la soudaineté du cauchemar qu'on leur faisait vivre, et ils se mêlèrent à leurs voisins. L'un d'eux attela deux vaches à une voiture plate-forme. Cette idée ingénieuse permettait de transporter les bagages et ceux qui étaient fatigués. Ils quittèrent le village vers cinq heures du soir. Et, ils le savaient, rien ne serait jamais plus comme avant. Ils laissaient tous leurs biens, le fruit de tant d'années de dur labeur. Joseph se retourna et contempla une dernière fois son village. Une vision étrange lui apparut. Le village agonisait sous un gros nuage noir d'où s'échappaient de longues flammes. Auguste, son petit frère, le tira par le bras et l'engagea à suivre le convoi. Le jeune homme réagit, mais jamais il n'oublierait cette vision.

Il n'avait fallu que deux heures pour que, dans une précipitation indescriptible, toute une population se lance sur les routes de l'exode, vers l'inconnu, du côté de la Charente à ce qu'on leur avait dit.

Ils rencontrèrent beaucoup d'autres villageois des alentours qui, comme eux, étaient déplacés ; certains avaient des charrettes. Joseph suivait des yeux sa famille, veillant à ce qu'ils ne soient pas séparés. Après plusieurs kilomètres de marche, la famille décida de s'arrêter pour manger, il fallait reprendre des forces et du courage pour continuer. Parfois, ils rencontraient des soldats et l'effroi s'ajoutait à l'angoisse.

Lorsque la nuit tomba, ils dormirent dans la nature. Puis, aux premières lueurs de l'aube, la longue marche reprit. Trois jours durant, il leur fallut avancer ainsi pour atteindre la première gare où des trains les dirigeraient vers cette Charente qui était le but de leur périple.

Les vaches et la voiture plate-forme furent laissées à un paysan juste avant d'atteindre la gare. Joseph fut soulagé de les savoir en de bonnes mains, les braves bêtes avaient accompli leur devoir avec courage.

On distribua à tout le monde du pain et de l'eau avant d'embarquer dans des wagons à bestiaux inconfortables. Joseph rassura comme il put ses parents, s'en remettant à la Providence. Sa jeunesse tranquille et insouciante venait de basculer dans la souffrance. Assis ou couchés sur la paille qui recouvrait le plancher des wagons, les réfugiés s'endormaient, brisés de fatigue, anéantis par le découragement. Joseph écoutait la longue plainte du train sur les rails, une plainte qui donnait des frissons, car elle évoquait la prison.

Puis l'aube de ce 15 septembre se leva dans une lumière mauve, se faufilant par les fentes de la grande porte du wagon. Joseph réprima un frisson, une nouvelle journée commençait. Sous quels auspices ?

Le train s'arrêta, réveillant brutalement ceux qui avaient réussi à trouver le sommeil. Les portes s'ouvrirent, la lumière éblouit Joseph et à son étonnement il n'entendit pas de voix allemandes. La gare était petite, des attelages et des carrioles attendaient. Joseph s'avança vers un homme qui semblait être le responsable. Il dirigeait les familles et répartissait les groupes. Cet homme, qui arborait une écharpe tricolore, regarda Joseph.

— Jeune homme, c'est par là. Quel est ton nom ?

Joseph lui répondit en présentant ses parents, son frère et sa sœur.

— Bien, bien, dit-il en lorgnant les papiers qu'il avait dans les mains, venez avec moi.

Ils traversèrent les rangées de carrioles, dévisagés par leurs propriétaires qui tenaient les chevaux ou les mulets par la bride. L'homme à l'écharpe s'arrêta devant l'une d'elles.

— Ah, Elodie, Toussaint, je vous présente vos invités !

Joseph, le cœur battant, regardait l'homme qui se tenait devant eux. Certes, il ne paraissait guère engageant avec sa longue barbe emmêlée et ce drôle de regard, mais la jeune femme qui l'accompagnait le rassura par son beau sourire et ses paroles de bienvenue. Ils se serrèrent tous chaleureusement la main.

— Venez, dit-elle, je vais vous conduire chez vous.

— Merci, répondit Joseph, qu'un élan de sympathie rapprochait de ses hôtes.

Cet homme lui plaisait malgré son aspect peu ordinaire. Il monta près de lui, tandis que sa famille et Elodie prenaient place à l'arrière de la carriole. Le petit bourg qu'ils traversaient serait donc désormais le leur.

Elodie avait pitié de ces pauvres gens, devinant sans peine qu'ils étaient terrifiés par les moments dramatiques qu'ils venaient de vivre, et elle se promit de faire tout son possible pour adoucir leur calvaire.

Le jour se levait sous une fine dentelle de brume. Ils passèrent sur le pont de pierre, l'écho de l'eau se mêla au martèlement des sabots du cheval. Joseph sentit de nouveau la liberté et son oppression s'évanouit. Il allait aimer cet endroit, ébloui par cette campagne qu'il découvrait, pourtant si différente de la sienne. Ici, ce n'étaient que vertes vallées, avec de gros chênes centenaires qui bordaient la route. Puis ils bifurquèrent sur le sentier qui menait à la ferme. Ils étaient enfin parvenus au terme de ce voyage qu'ils appréhendaient tant. Ils furent accueillis par Cibelle, qui hérissait le poil face à ces odeurs inconnues. Lorsque Petite Maria apparut sur le seuil,

Joseph fut ébloui en rencontrant son regard. Il n'avait jamais vu de si beaux yeux de velours sombre. Son cœur battait très fort alors qu'il aidait ses parents à descendre de la voiture.

Elodie les pria de rentrer à la cuisine où ils furent accueillis par une grande soupière fumante, c'était une tradition pour souhaiter la bienvenue aux nouveaux arrivants. Les parents de Joseph étaient tellement harassés de fatigue qu'ils eurent à peine la force de manger, ce fut donc lui qui fut en mesure de soutenir la conversation. Petite Maria, qui comprenait leur dépaysement, les rassura de son mieux, leur disant qu'ici ils seraient en sécurité, avec du travail, un toit, et assurés de leur affection à tous. Joseph était subjugué par cette jeune fille, à peine plus âgée que sa sœur, mais qui était aussi brune qu'elle était blonde. Tout en elle le ravissait. Cette présence bienfaitrice l'aida à mieux supporter cette déchirure. Puis Elodie leur fit visiter l'appartement qu'elle avait aménagé dans une partie du chai. C'était coquet, propre, et une grande cheminée diffusait une agréable ambiance. Dès qu'à la mairie on avait proposé à Elodie de recueillir des réfugiés, elle avait accepté avec enthousiasme, et, avec l'aide de Petite Maria, elle avait transformé l'endroit en une cuisine et deux petites chambres. La mère de Joseph, qui n'avait pas dit grand-chose jusque-là, laissa éclater son émotion et, avec des sanglots dans la voix, remercia cette famille de leur bonté. Tous furent sensibles à ces paroles, mesurant l'ampleur de la détresse de ces êtres. Elodie n'osait imaginer qu'une situation semblable leur fût imposée. La guerre ne faisait que commencer. Julien absent, comment allait-elle évoluer et qu'allait-il advenir de ce pays ? Petite Maria et sa mère laissèrent leurs invités prendre possession des lieux. Mais Elodie prit conscience que son regard s'était subitement assombri à l'évocation de ses doutes.

Petite Maria était bouleversée par le malheur de cette famille de réfugiés. Elle était prête à tout pour leur apporter son aide.

Le mois de septembre s'achevait dans le doute et l'incertitude semblables aux épaisses brumes dont il se recouvrait. Les deux familles apprenaient à se connaître. Joseph s'était immédiatement attelé à l'ouvrage. Le travail de la terre était sa passion et Elodie apprécia d'autant plus son aide précieuse en l'absence de son mari. Toussaint, selon la volonté de Julien, devait ensemencer cette année plus de blé, c'était leur survie en campagne.

Le frère et la sœur de Joseph, Auguste et Madeleine, allaient accompagner Petite Maria sur le chemin de l'école.

— Tu sais, dit Petite Maria à la blonde Madeleine, cette année, je dois me présenter au certificat d'études.

Elle avait désormais deux amis à qui elle ne se lassait pas de faire découvrir son univers. Joseph, quant à lui, apprenait un nouveau mode de vie et de culture auquel il s'adaptait très bien. Surtout, il admirait Petite Maria qui le fascinait par sa vivacité et son dévouement. Elle était toujours prête à leur rendre la vie plus douce. Il était heureux qu'Elodie lui ait demandé son aide pour les labours. Dans leur petite maison, ses parents essayaient de réapprendre à vivre loin de leur village. Des cousins venaient parfois leur rendre visite, c'était le seul lien qu'ils entretenaient avec leur ancienne vie. Elodie et Petite Maria faisaient en sorte qu'ils ne manquent de rien, tout en respectant leur dignité.

Chaque matin, dès l'aube, Joseph était aux écuries pour soigner le bétail. C'était une occupation merveilleuse pour ce jeune homme plein de vie. Une relation fraternelle naquit ainsi entre Toussaint et lui. Leurs idées se rejoignaient presque toujours, et ils travaillaient dans une parfaite harmonie.

Quand la période des semailles arriva, fin septembre, Joseph partait dans la brume de ces matins d'automne où le rêve devenait réalité avec l'attelage que lui confiait Elodie. Il se sentait devenir un homme quand, l'aiguillon d'une main, il guidait les vaches. Il savait cette liberté précaire et ne la goûtait que davantage. Sur son passage, les merles s'envolaient en alertant de leurs cris toute la gent ailée, et il respirait profondément en mesurant la chance qu'ils avaient eue de trouver refuge dans cette ferme où ils étaient à l'abri de la faim et du froid.

Ce jeudi, un vol de corbeaux passa au-dessus de sa tête en criant son mécontentement, ce qui ne l'empêcha pas d'aligner ses vaches dans le premier sillon, de prendre les manches de la charrue et de se laisser envahir par le mouvement de la terre sur le versoir. Ce chant, pour qui sait l'entendre, est d'une infinie tendresse. A l'écoute de cette mélodie que lui fredonne la terre, jamais le laboureur n'éprouve de lassitude. Pour un temps, Joseph en oublia les souffrances de la guerre. Derrière lui, une vapeur s'élevait, l'âme de la terre fumait. Le soleil perça avec douceur cette écharpe de brume et caressa de ses rayons les sillons où se tordaient quelques vers de terre et autres larves de hannetons, parfois quelques nids de mulots qui, affolés, couraient dans tous les sens.

A midi, les vaches, qui avaient besoin de souffler, furent dételées. Joseph, comme souvent, fut l'invité d'Elodie, qui lui servit cette assiettée de soupe que Petite Maria avait mijotée. Pour ce qui était du chabrot, c'était une autre affaire !

— Tu vois, Joseph, comme ma soupe réconforte un homme qui a labouré toute une matinée ! dit Petite Maria, souriante.

L'après-midi, Joseph prit conscience que l'image de Petite Maria envahissait son esprit. « Serais-je amoureux ? pensa-t-il. Pourtant, ce n'est qu'une enfant, mais si belle avec ce regard de velours ! » Joseph se promit de rester sage et de ne pas se compromettre.

Ce soir-là, il soupa avec ses parents, qui surent lui faire comprendre qu'il se devait d'être avec sa famille. Il ne voulait pas leur faire de peine. La nuit, pourtant, son cœur lui imposa son secret : il sut qu'il aimait Petite Maria.

Le lendemain, malgré les gros nuages menaçants apportés par le vent, Joseph et Toussaint reprirent les manches de la charrue. Le travail n'attend pas dans une ferme. Parfois, la nostalgie de son village, de ses amis étreignait le cœur de Joseph et des larmes lui brûlaient les yeux. Ses parents éprouvaient des difficultés à s'adapter à leur nouvelle vie et le jeune homme se sentait devenir le chef de famille. Les premières gouttes de pluie qui s'écrasèrent sur son visage le ramenèrent à son travail.

— Dételle tes vaches, Joseph, nous rentrons ! lui cria Toussaint.

Joseph s'exécuta à regret et ils rentrèrent trempés. Le grand feu d'Elodie et son café brûlant achevèrent de les réconforter. Petite Maria aussi revint en s'ébrouant. Regardant Joseph assis, les jambes sur la plaque de fonte de la cheminée, elle eut soudain l'impression de l'avoir toujours connu. La flamme faisait scintiller les cheveux dorés du jeune homme que la pluie avait frisottés, ses traits fins et réguliers s'harmonisaient avec son nez droit et volontaire, sa bouche racée offrait à son sourire des dents larges et bien plantées. Son rire chassait souvent les relents de tristesse qu'on lisait sur son visage. Petite Maria le trouva beau et elle se surprit à rêver. Elle était comblée par sa vie bien remplie à la ferme et par ce destin qui mettait sur son chemin des amis comme Joseph, Madeleine et Auguste.

Elodie, malgré l'incertitude de l'avenir à cause de cette guerre dont on ne connaissait pas l'issue, regardait d'un œil tendre sa fille découvrir la vie. Elle la voyait chaque jour se transformer, comme une jeune pousse prête à fleurir. Cette année d'école serait sa dernière, et ce fut par un matin brumeux et froid d'octobre que la rentrée eut lieu. Toussaint avait attelé la carriole pour conduire les trois enfants qui étaient impatients et un peu émus. Madeleine ne put retenir des larmes d'inquiétude que Petite Maria essuya en la rassurant.

Après avoir aperçu de loin le toit de l'école, ils passèrent le pont et pénétrèrent dans le bourg. Il y avait beaucoup d'enfants, la musette au dos, qui traînaient leurs sabots sur le bitume, affichant un visage morose. L'arrivée de Petite Maria ramena des sourires sur ces lèvres serrées. Madeleine remarqua qu'il y avait parmi eux quelques réfugiés. On se dévisageait avec curiosité, beaucoup de ces nouvelles têtes ne demandaient qu'à se faire accepter. La maîtresse fut ce maillon de cohésion entre eux. Toussaint repartit confiant. Joseph était un peu nerveux et triste, son amie lui manquait déjà, et ce vide lui laissait un goût d'amertume.

Cibelle dressa ses oreilles et se mit à courir, et peu après Toussaint déboula dans la cour en tirant sur les brides du cheval.

— Alors, Joseph, on va le semer, ce grain ? Regarde comme la terre est impatiente et nous appelle !

La pluie des derniers jours avait retardé leurs semailles, et, ce matin, les rayons du soleil dardaient leurs faisceaux comme des doigts de fée. Une demi-heure plus tard, les deux hommes, grimpés sur la charrette tirée par le gros percheron, s'en allaient semer le blé.

Toussaint, le panier dans une main, libérait d'un geste souple, pas après pas, cette manne si précieuse. Joseph le suivait avec la herse qui, méthodiquement, recouvrait le grain.

La semaine qui suivit bénéficia d'un soleil chaud bien que se levant dans un voile de brume blanche qui se déposait en rosée sur la campagne. Elodie, en accord avec Toussaint, décida de vendanger. Pendant deux jours, ils coupèrent et broyèrent le raisin, et ce fut une fête, même pour les parents de Joseph qui se joignirent aux vendangeurs. Joseph aima ce travail qu'il ne connaissait pas. La mi-octobre était là avec sa douceur et ses relents de fruits mûrs.

Petite Maria et Madeleine n'en avaient que pour l'école, sujet sur lequel elles étaient intarissables, ce qui agaçait Joseph. Le repas du soir avait réuni, à l'occasion des vendanges, les deux familles pour déguster la soupe de Petite Maria. Et, malgré la joie de se retrouver autour de la table, la jeune fille décela dans les regards des parents de Joseph une ombre qui ressemblait à du désespoir.

Le lendemain, jour des Morts, Toussaint, accompagné de Petite Maria, se rendit au cimetière. Un pâle soleil brillait et sa lumière giclait sur la rousseur de la campagne gelée. C'est Joseph, tout fier, qui les conduisit en carriole. Il considérait la jeune fille qui, le visage rougi par l'air frais, les cheveux flottants, ressemblait à une déesse. Toussaint comprenait les sentiments du jeune homme, qui ne pouvait pas faire autrement que d'être amoureux, et souriait de voir Petite Maria, émergeant de l'enfance, inconsciente de l'émoi qu'elle suscitait. Ils traversèrent le bourg, qui avait suspendu ses activités, respectant le jour des Morts.

Toussaint n'avait pas pu se rendre sur la tombe de Maria depuis les moissons, et, pour lui, cette longue absence était impardonnable. Il s'avança, les yeux humides et le pas chancelant, dans l'allée qui menait à la tonnelle. Il remarqua les deux pots de chrysanthèmes aux têtes d'or apportés par Elodie. Il s'agenouilla devant la tombe, sur les cailloux, et pria, demandant pardon à Maria de l'avoir abandonnée depuis si longtemps. On eût dit une statue. Petite Maria et Joseph, un peu à l'écart, respectaient sa prière. Il ne se rendit pas compte qu'il parlait tout haut, ignorant la présence des jeunes gens. Bien que n'ayant pas saisi ses mots, hachés et perdus dans le lointain, Petite Maria s'en inquiéta, découvrant la souffrance de cet homme. Elle prit la main de Joseph et l'entraîna à l'écart.

— Viens, oncle Toussaint a besoin d'être seul avec tante Maria, dit-elle, allons l'attendre dans la carriole.

Toussaint se détacha de la tombe à regret, se promettant de revenir bientôt nettoyer feuilles mortes et fleurs gelées, et ils repartirent dans le silence du crépuscule. Petite Maria, qui ne voulait pas troubler la méditation de Toussaint, ne brisa le silence que lorsqu'ils passèrent le pont. Elle fit remarquer la montée des eaux jusqu'aux racines des grands vergnes.

Si les pluies continuaient ainsi, les inondations seraient à craindre. Toussaint avait frémi au son de la voix de la jeune fille, et il était revenu dans le royaume des vivants.

— Le pont est vieux et ne pourra pas longtemps contenir toute cette eau, dit-il.

Le soir tombait ; le vent qui s'était levé, froid, piquait les jeunes visages ; seul Toussaint était épargné grâce à sa barbe. En arrivant, tous avaient hâte de se réchauffer devant le feu.

— Il va geler cette nuit, nous sommes transis ! déclara Petite Maria à sa mère.

— Pourquoi avoir attendu si longtemps ?

— Oncle Toussaint a beaucoup prié, tu sais, maman. Comme il a dû souffrir ! répondit Petite Maria. Nous ne pouvions pas l'interrompre.

Elodie sentit l'émotion monter à ses yeux et quelques larmes l'éblouirent. Maria, qui était la bonté et la générosité incarnées, qui avait sacrifié sa vie au bonheur des autres, elle ne pouvait lui offrir sa reconnaissance que par les quelques fleurs dont elle ornait sa tombe. Petite Maria comprit qu'elle avait, bien malgré elle, rouvert une plaie qui ne cicatriserait jamais. Elle en demanda pardon à sa mère, mais la souffrance qui étreignait le cœur de Toussaint lui était intolérable.

Les deux hommes entrèrent se réchauffer après avoir pansé les bêtes.

— Quel bon feu tu nous as fait, Elodie ! Cette carriole est pleine de courants d'air ! dit Toussaint en approchant ses longues mains de la flamme.

Elodie remarqua qu'il tremblait de tout son vieux corps affaibli.

A la fin du repas, elle proposa de griller des châtaignes. Petite Maria, qui les adorait, pria Joseph d'aller chercher sa famille pour la veillée. Le jeune homme, séduit par l'idée, se leva d'un bond pour revenir quelques minutes plus tard, accompagné de ses parents, de Madeleine, qu'il tirait par la main, et d'Auguste.

Petite Maria vida un panier de châtaignes sur la table afin que chacun s'employât à l'entaillage pour éviter l'éclatement du fruit lors de la cuisson. Elodie disposa sur la braise une énorme poêle à trous qu'elle remplit de châtaignes entaillées. De temps à autre, elle la secouait d'un rapide mouvement de poignet, ce qui dégageait une agréable odeur de grillé. Elle versa ensuite sa poêlée dans un sac de toile de jute qu'elle referma, la laissant mitonner à l'étouffée. Petite Maria balaya les épluchures qu'elle jeta dans le foyer, d'où jaillit une myriade d'étincelles irradiant tous les visages.

Elodie ouvrit le sac encore chaud, et, là, le parfum unique des châtaignes grillées s'exhala dans la cuisine, invitant à la gourmandise.

Devant un verre de cidre frais, les mains noircies par la peau grillée, tous passèrent une veillée inoubliable. Dehors, le gel avait serti les vitres d'un voile opaque. Toussaint, Bouton-d'Or sur ses genoux, et le vieux père de Joseph avaient investi chacun un coin de la cheminée et bavardaient comme deux vieux amis. Toussaint avait su attirer l'amitié du vieil homme déraciné qui épancha sa douleur dans le cœur de son ami. Autour de la table, les autres avaient entamé une longue conversation. Ce furent les douze coups de minuit égrenés par la pendule qui mirent un terme à la veillée.

Comme chaque soir depuis son arrivée à la ferme, Joseph, après son travail à l'écurie, venait souper avec Elodie et Petite Maria. Il pouvait tout à loisir s'enivrer de l'image de la jeune fille qui, telle une chrysalide, se transformait au fil des jours. Il la conduisait chaque matin à l'école, avec Madeleine et Auguste, dans la carriole qu'Elodie lui confiait. Il obéissait à Petite Maria qui aimait que le cheval soit mené au trot, ce qui la faisait rire. Comment Joseph aurait-il pu se priver de ce rire cristallin tout juste sorti de l'enfance qui explosait à ses oreilles comme une source miraculeuse ? Il aimait ce rire grâce auquel son esprit voguait loin de son village ravagé, loin de ses ennemis, loin de cette misère qu'engendrait cette sale guerre. A son retour, Elodie trouvait curieux que le cheval soit écumant et sa robe aussi humide.

Ce soir-là, tout comme chez Dominique, la pluie cognait sur les vitres des fenêtres dont les volets restaient ouverts ; on n'aimait pas s'enfermer, préférant garder cette ouverture sur la campagne, quel que soit le temps. Elodie tricotait, Petite Maria lisait et Joseph fixait de son regard les flammes jaunes des bûches qui se tordaient sur les chenets. Malgré lui, l'image de son village lui revenait sans cesse en mémoire. La tête entre ses paumes, il se perdait dans ce songe qui l'emmenait loin de là. Elodie, qui le trouvait bien jeune pour avoir vécu autant de misère et pour porter la responsabilité de sa famille, respectait son silence. L'une de ses aiguilles à tricoter tomba sur la plaque. Cela fit sursauter Joseph, qui se dressa comme un ressort. Elodie lut dans le regard qu'il posa sur elle une profonde détresse.

— Maman, c'est idiot, dit Petite Maria, mais comme j'ai eu peur !

— Non, répondit sa mère, nous avons les nerfs rudement éprouvés ; allons donc nous coucher, il n'y a rien d'autre à faire !

Joseph se leva en précisant qu'il allait passer par les écuries avant de rentrer.

— Oh, Joseph, que ferions-nous sans toi ? Mais avant buvons un café, cette humidité me transperce, suggéra Elodie.

Le café servi par Petite Maria aida Joseph à chasser ses idées sombres et à retrouver son sourire. Elodie avait compris que Petite Maria, affichant une maturité de corps malgré son âge encore tendre, lui plaisait. Elle se promit de ne jamais entraver le bonheur de sa fille en influant sur ses choix.

Après le départ de Joseph, Petite Maria demanda à sa mère si elle pensait que leur jeune protégé se plaisait chez eux.

— Je crois qu'il est très heureux ici, mais ses parents s'ennuient de leur village et éprouvent du mal à s'adapter ici. A leur âge, c'est tout à fait compréhensible. D'ailleurs, regarde-nous : depuis que papa est parti, nous sommes si désemparées !

Petite Maria fut attristée du discours de sa mère et, la prenant par la main, elle la mena devant le portrait de Julien.

— Maman, faisons une prière pour lui.

Elles s'agenouillèrent toutes les deux et se recueillirent dans un grand silence que seul Bouton-d'Or troublait par son ronronnement.

Puis Elodie gagna sa chambre, s'allongeant dans ce grand lit vide, son corps vibrant de désir. Elle ne parvenait pas à accepter l'absence de Julien. Privée de l'être aimé, elle se sentait si vulnérable. Elle sombra dans un long sanglot et, épuisée, finit par trouver le sommeil.

A la mi-décembre, Toussaint arriva, emmitouflé dans un bonnet de laine, des cristaux de gel accrochés dans la barbe. Il semblait tout droit sorti d'un conte de Noël. Elodie se précipita, impatiente des nouvelles qu'il apportait.

— Viens vite te réchauffer et boire un café, lui dit-elle en le précédant.

— Antoine a obtenu une permission pour le mariage qui est prévu le 26 décembre. Hélène m'envoie vous prévenir.

Elodie, malgré sa joie, ne put s'empêcher de penser à la souffrance qui serait la leur. Sitôt mariés pour être sitôt séparés, quel destin malheureux ! En servant un grand bol de café fumant à Toussaint, elle lui annonça le retour de Julien.

— Il est malade et sort de l'hôpital demain, dit-elle.

— Qu'a-t-il ? demanda Toussaint en fixant sur Elodie son regard inquiet.

— Une bronchite après un refroidissement.

L'entrée de Joseph interrompit leur conversation. Intimidé par Toussaint, il s'installa devant son bol et but lentement.

— Ce soir, Toussaint, tu feras à Petite Maria la surprise de ta visite en allant la chercher à l'école, suggéra Elodie.

Joseph eut un pincement au cœur de se faire ravir cet énorme plaisir ; il se sentit rougir malgré lui et retourna aussitôt aux écuries où il avait encore à faire.

— Quelle chance pour vous d'avoir ce garçon qui est une aide précieuse ! constata Toussaint.

— Oui, sans lui, que ferions-nous ? Mais je crains que le cœur de ce garçon ne soit épris de Petite Maria, lui confia-t-elle.

Elodie se sentait du baume au cœur de retrouver Julien et d'avoir Toussaint près d'elle. Après le déjeuner, Toussaint, les jambes protégées par une couverture de laine, prit la route du bourg pour une visite au cimetière avant de prendre Petite Maria à l'école. La carriole filait tranquillement sur la route, berçant ses pensées, quand soudain un klaxon de voiture le tira de sa léthargie. C'était Monsieur Jean qui fonçait à vive allure, obligeant ainsi la carriole à s'arrêter sur l'accotement. Monsieur Jean ! Comme Toussaint appréciait d'échapper à sa compagnie et à celle de son infernal bolide !

Le soleil n'était plus qu'un disque pâle à travers les nuages bas dont la lumière dégringolait rapidement à l'horizon lorsque Toussaint poussa la porte grinçante du cimetière. Parmi les quelques visiteurs qui se recueillaient devant les tombes, Toussaint reconnut deux vieilles dames, amies de Pattô, qui venaient parfois prier sur sa tombe. Le vieil homme les salua en les croisant ; elles poussèrent des gloussements effarés, effrayées sans doute par l'aspect de Toussaint. Le cimetière se vida comme si son arrivée avait chassé les vivants. Il s'achemina vers la tombe de Maria. Comme à chaque fois, il revoyait ce visage serein aux beaux cheveux bouclés et aux yeux clos à jamais. Il s'agenouilla sur la pierre et pria, toujours empreint de la même ferveur qui lui brouillait les yeux de larmes.

Ce furent les corbeaux qui, par leurs cris lugubres, le ramenèrent dans le monde des vivants. Il se leva avec peine, les genoux endoloris, sa vieille carcasse raide, chacune de ses articulations grinçant comme un vieux moulin.

Toussaint guida la carriole jusqu'au portail de l'école d'où lui parvinrent des bruits de sabots et un vacarme assourdissant qui firent frémir le cheval. Petite Maria courut en reconnaissant le conducteur de la carriole et, prenant Madeleine par la main, se fraya un passage entre les enfants. Elles arrivèrent essoufflées mais heureuses devant les mines ébahies de leurs camarades et grimpèrent lestement sur la banquette.

— Quelle surprise et quel bonheur, oncle Toussaint ! s'écria Petite Maria.

La jeune fille demanda à Toussaint de lui laisser les rênes, elle aimait conduire la carriole. Dès qu'elle eut pris les guides, le cheval comprit qu'on allait lui demander de hâter le pas. Il vira en hennissant sous le mors qui le tiraillait et démarra en trombe, sous l'œil épaté des écoliers. Le cheval se mit au galop, traversant le bourg en défiant tout ce qui aurait entravé sa route. Petite Maria exultait, debout, les cheveux au vent, les pieds écartés pour maintenir l'équilibre, tandis que Toussaint et Madeleine se cramponnaient à la banquette. Toussaint parut étonné de découvrir Petite Maria transformée en cette déesse qui voulait mener sa vie au même train d'enfer que l'attelage. Peu de temps après, elle arrêta le cheval, écumant, devant son écurie, où elle le confia aux soins de Joseph. Madeleine, encore toute tremblante, sauta à terre.

— Je croyais qu'on aurait semé les roues à ce train, dit-elle.

Toussaint félicita Petite Maria pour sa conduite menée d'une main de maître.

Elodie ne cachait plus son impatience, elle partirait le lendemain avec Toussaint chercher Julien à la gare.

— Tu atteleras le cheval de Julien à la calèche ; avec ce temps, il ne faut pas qu'il prenne davantage froid.

Toussaint repensa à Maria à laquelle il avait désobéi en cachant sa maladie. Peut-être qu'avec les soins dont elle avait été privée elle serait encore là aujourd'hui ? Il se sentait triste et fautif. Elodie, le voyant ainsi recroquevillé, ses épaules courbées sous le poids de cette responsabilité, lui demanda ce qui le tracassait.

— Oh, c'est à Maria que je songeais, avoua-t-il, et à son secret.

Intriguée, Elodie vint s'asseoir près de lui. Il en avait trop dit ou pas assez.

— Tu sais, Elodie, elle m'avait fait promettre de ne jamais trahir ce secret. Mais maintenant je peux bien te l'avouer : Maria était malade et ne voulait pas qu'on le sache. Comme je me sens coupable ! J'ai un grand poids sur le cœur !

— Tu n'as rien à te reprocher, tu sais bien que c'est un peu à cause de moi tout cela. Là était le destin de Maria, et, contre le destin, personne ne peut rien.

Petite Maria et Joseph les trouvèrent assis devant la cheminée, perdus dans leurs souvenirs, dans la pénombre que seules les braises arrivaient à percer.

— Eh bien, que faites-vous dans le noir ? demanda Petite Maria.

Elodie voulut couper court à leur incursion dans le passé et demanda si le travail était fait.

— Oui, et Joseph a même graissé les roues de la calèche, depuis le temps qu'elle n'a pas roulé.

Le lendemain était un jour de brouillard givrant. Le cheval de Julien, qui n'avait pas été attelé depuis le départ de son maître, piaffait d'impatience en projetant son haleine fumante. L'animal obéissait à Joseph alors qu'il se cabrait à l'approche de Toussaint.

— Mon Dieu, reconnut Toussaint, cet animal ne m'aime pas !

— Non, monsieur Toussaint, répondit Joseph, il est seulement très impatient de partir chercher son maître.

Toussaint, embarrassé, demanda à Joseph de conduire lui-même l'attelage, reconnaissant que l'animal était trop nerveux pour lui et qu'il ne se sentait pas capable de le maîtriser. Joseph rougit de fierté et accepta volontiers cette proposition qui le comblait de plaisir et d'orgueil. Ainsi passerait-il pour un homme aux yeux de Petite Maria ! Toussaint confia Elodie à Joseph et regagna l'écurie où Petite Maria était déjà affairée.

Le cheval démarra, sa fougue maîtrisée par la poigne ferme de Joseph qui le maintenait à une bonne vitesse. C'est à peine si Elodie put admirer la parure de cristal des arbres. Les villages qu'ils traversaient étaient ensevelis sous cette chape de brume givrante qui leur donnait cet air figé de carte postale. Mais, dans le cœur d'Elodie, le soleil brillait et l'enveloppait d'une douce chaleur. Pourtant, elle ne cessa de penser à cette terrible maladie des poumons qui avait emporté Maria. Comment allait-elle retrouver Julien ? Chaque tour de roue la rendait un peu plus nerveuse.

La gare leur apparut enfin sous sa couverture de tuiles rouges, les grosses lampes parvenaient à peine à percer le brouillard. Le train arriva enfin après un quart d'heure d'attente, une éternité pour Elodie qui ne maîtrisait pas son cœur qui cognait dans sa poitrine. Cet instant tant attendu était enfin arrivé. Emmitouflée dans son châle, elle vit le monstre d'acier surgir du brouillard dans un bruit étourdissant. Immobile, transie d'émotion, elle regardait les passagers descendre les uns après les autres. Julien n'était pas parmi eux. Elle s'avança, le regard noyé de larmes, le cœur serré d'une angoisse indescriptible. Puis elle le vit. Le corps amaigri, flottant dans son costume, il traversait le quai. Elodie courut vers lui et se jeta dans ses bras.

— Julien, Julien, mon amour, répétait-elle.

Joseph les attendait près de la carriole. Quelques minutes après, il les vit arriver.

— Julien, je te présente Joseph grâce à qui nous avons pu assumer tous les travaux, avec Toussaint. C'est un vrai paysan, brave et courageux ! dit Elodie.

Ils se serrèrent longuement la main. Julien avait la gorge nouée par ses retrouvailles avec sa femme et sa rencontre avec Joseph.

— Je suis très heureux de vous connaître enfin, monsieur Julien, répondit le jeune homme en surmontant son émotion.

— Nous allons faire une bonne équipe tous les deux, je sens que nous sommes faits pour nous entendre.

Julien flatta l'encolure de son cheval et ils grimpèrent dans la carriole. Elodie recouvrit son mari d'une épaisse couverture. Julien soupira longuement, ses mains étaient tremblantes de fièvre et Elodie demanda à Joseph de les conduire chez le médecin.

— Non, dit Julien, j'ai dans mon bagage tout ce qu'il faut pour me soigner ; conduis-nous vite à la maison, Joseph !

Le jeune homme obéit et fit claquer son fouet sur la croupe de l'animal. La calèche filait, légère, et Julien sentit sa main, emprisonnée dans celle d'Elodie, se crisper de bonheur.

Ils restèrent silencieux : trop de souffrance, trop de choses à dire les rendaient muets. Le brouillard scintillait et les fragiles sculptures que le givre avait façonnées craquaient sous la caresse du vent.

Petite Maria ne s'attendait pas à voir son père aussi changé. Son regard lointain, ses yeux cernés, ses pommettes rouges qui trahissaient sa maladie lui firent un choc. Elle pleura doucement dans ses bras sous le regard transi et bouleversé de Joseph. Julien avait retrouvé sa maison telle qu'il l'avait quittée, mais ce qu'il appréciait le plus était cette liberté.

— J'ai vécu un tel cauchemar que je te comprends, Joseph ! Etre loin de sa terre, de sa maison et des siens est la pire chose que l'être humain puisse endurer.

L'odeur familière de la soupe soutira à Julien des larmes de ce bonheur simple qu'il retrouvait.

Les jours suivants restèrent brumeux, le givre s'accrochant à tous les arbres et buissons. Julien retrouva un peu de ses forces et Elodie se surpassait à cuisiner tous ses meilleurs plats.

Le mariage d'Hélène approchant, il avait été décidé que les parents de Joseph viendraient aider leur fils à la ferme. Petite Maria retrouva sa gaieté, enchantée par ce mariage ; elle aussi un jour se marierait, serait aimée par un homme comme Toussaint, d'un amour si pur et si tendre. Ainsi voyait-elle sa vie.

Noël arriva. Il régnait à la ferme de Dominique une activité intense. Marie et Justin étaient là depuis deux jours. Tous s'étaient levés tôt, Justin et Hélène devant aller chercher Antoine à la gare. Le café répandait son délicieux arôme dans toute la cuisine.

— Crois-tu que nous aurons une belle journée pour la noce ? demanda Marie.

— Le ciel est clair ce matin, la lune va sur son rond, ce temps devrait se maintenir jusqu'au Nouvel An, répondit Justin.

Hélène s'impatientait, mais Justin la rassura :

— Ne t'inquiète pas, nous serons à l'heure !

Une demi-heure plus tard, le mulet noir, dont les oreilles pendantes lui donnaient un air triste, était attelé et Hélène, dans l'ardeur de sa jeunesse, grimpa sur la banquette, indifférente au froid. Au pas lent du mulet, ils en avaient pour une heure et demie avant d'arriver à la gare. Hélène ferma les yeux et se laissa bercer par le pas régulier et monotone de l'animal. « Demain, se disait-elle, je serai la femme d'Antoine et rien, pas même cette guerre, ne pourra nous séparer. » Un vent glacial se leva, les faisant frissonner, mais la journée s'annonçait ensoleillée.

A travers les squelettes des grands arbres dénudés, le petit bourg leur apparut bientôt, niché dans la vallée. Un kilomètre plus loin, le mulet passa sur l'unique arche du pont de pierre et entama la dernière côte en reniflant.

La grosse horloge de la gare marquait huit heures moins dix. Justin remarqua le visage tendu d'Hélène. Quelques minutes plus tard, Justin, qui était allé faire quelques pas pour se dégourdir les jambes, vit un beau soldat qui enlaçait Hélène. Il observait ce tableau qui lui faisait chaud au cœur et s'avança à son tour vers son fils.

Le chemin du retour, malgré le pas lent du mulet, leur parut court. Hélène, serrée contre Antoine, aurait voulu que le temps s'arrête ; ses murmures venaient mourir en soupirs assourdis par son écharpe contre les lèvres du jeune homme.

Le ciel à l'horizon se teintait de pourpre et le soleil, semblable à un énorme ballon rouge, émergea dans cet océan de paix.

Marie et Hélène avaient décoré la maison de houx et de branches de sapin. La dinde mijotait dans la *brasière* et les marrons dans le *toupi*. On avait rallumé le four du village d'où s'échappait l'odeur des poulets rôtis et des gâteaux, envahissant la campagne grâce à un vent complice, et annonçant qu'une fête se préparait.

Au soir du 25 décembre, la famille de Julien, au complet, arriva chez Dominique. Toussaint leur avait préparé une surprise.

— Oncle Toussaint ! s'exclama Hélène, mais qu'as-tu fait de ta barbe et de tes cheveux ?

Toussaint avait fait une grande toilette et donné quelques coups de ciseaux. Lorsque tout le monde fut autour de la table, il ne manquait que Petit Justin. Serait-il là ? Il n'avait écrit qu'une seule fois et Hélène s'était empressée de lui faire savoir la nouvelle de son mariage à l'adresse qu'il avait donnée, mais aucune réponse ne lui était parvenue. Pourtant, Hélène, dans l'espoir de voir son frère, ajoutait chaque jour un couvert à son intention. Dominique, malgré son bonheur de marier sa fille, cachait sa hantise de savoir son fils loin, face à l'ennemi. Il avait disposé dans la cheminée un énorme billot et, dans le crépitement du feu, personne n'avait entendu la porte s'ouvrir. Tous se retournèrent et découvrirent le visage de Petit Justin qui se découpait dans la lumière électrique. Dominique en laissa échapper ses pincettes qui résonnèrent sur la plaque de fonte. Après de chaleureuses retrouvailles dans les embrassades et les effusions, Petit Justin expliqua qu'il n'avait que quarante-huit heures de permission et qu'il était venu grâce à la voiture que son commandant avait bien voulu lui prêter.

Après le repas, Petit Justin montra la voiture, à la carrosserie luisante comme celle de Monsieur Jean, et, après une veillée animée, chacun se retira. Petit Justin et Antoine partirent dormir au village, la tradition dictant au marié de passer sa dernière nuit de garçon sous le toit paternel. Hélène et Petite Maria dormirent ensemble, mais la future mariée eut du mal à trouver le sommeil cette nuit-là et confia à sa cousine à quel point sa mère lui manquait, et surtout en ce jour qui s'annonçait.

Le lendemain, il fallait se lever tôt : le mariage était prévu à onze heures et il y avait tant à faire avant. Marie fut la première à pied d'œuvre. Elle commença par le traditionnel café dont l'odeur tira tout le monde du lit.

Elodie et Marie préparèrent l'habillage de la mariée qui devait être prête avant l'arrivée d'Antoine. Dans la cour, les hommes décoraient les carrioles. Dans la grange, les tables déjà dressées attiraient le regard curieux des vaches. Un bruit de moteur accompagné d'un coup de klaxon annonça l'arrivée de Monsieur Jean, tout souriant, qui salua tout le monde. Elodie fut partagée entre la joie de revoir son père et la peine qu'elle éprouvait qu'il la laissât si longtemps sans nouvelles.

— C'est ton domestique, Joseph, lui dit-il, qui m'a dit que vous étiez tous ici pour le mariage d'Hélène, je me suis donc invité ! J'espère, ma fille, que tu es heureuse de me voir ! ajouta-t-il avec un brin de cynisme.

Elodie comprit que son père se voulait toujours aussi piquant, car il était parfaitement au courant du mariage d'Hélène.

— Tu sais, père, Hélène ne savait comment te joindre, ni moi d'ailleurs ; tu es un vrai pigeon voyageur !

Petite Maria, qui arrivait, empêcha son grand-père de répondre. Il la regardait s'avancer vers lui, empli de tendresse et de soumission. Il voyait le portrait de Maria.

— Mon Dieu, dit-il en la tenant à bout de bras et en la dévorant des yeux, comme tu es belle, ma Petite Maria ! Avec des yeux pareils, combien de pauvres cœurs vas-tu faire fondre ?

Petite Maria, qui avait rougi de confusion, entraîna son grand-père en le prenant par la main.

— Viens, dit-elle, viens voir papa !

Julien attisait la flamme. Dans son costume neuf, il avait l'air plus maigre et mal dans sa peau. Ils se serrèrent la main presque froidement.

Monsieur Jean fut invité à suivre le cortège en carriole et non en auto, pour respecter la tradition. Il acquiesça et dit en se retournant vers Julien :

— J'ai fait ce que j'ai pu pour toi, maintenant tu ne repartiras pas !

— Merci, Monsieur Jean, répondit poliment Julien.

Il était navré d'être obligé de le remercier et espérait ne jamais rien avoir à demander à cet homme, qui n'en restait pas moins son beau-père.

Dehors, le soleil dardait ses pâles rayons. Julien découvrit la carriole des mariés que Toussaint avait joliment habillée de houx et de gui avec ses guirlandes et ses rubans. Les autres attelages des invités défilaient dans la cour, réclamant un ornement à Toussaint qui ne savait plus où donner de la tête. Il dut appeler à son secours Petit Justin qui riait en plongeant ses mains dans la corbeille de rubans, peu accoutumé à un travail aussi délicat. A la maison, les femmes servaient le café et les beignets quand une exclamation d'admiration s'éleva, bientôt suivie par d'autres.

Superbe dans sa robe blanche, Hélène venait de faire son apparition. Son beau visage était pâle d'émotion, son sourire ressemblait à une fleur à peine éclose, mais une flamme s'alluma dans ses yeux lorsque Antoine s'avança vers elle et la prit par la main. Ils traversèrent la salle sous des exclamations et des applaudissements, donnant ainsi le départ. Hélène s'installa dans la carriole qui disparaissait sous la végétation harmonieuse dont Toussaint l'avait parée. Stupéfaite par la somme d'ingéniosité déployée par le vieil homme, elle l'embrassa et le remercia. Auprès d'elle s'installèrent Dominique, Elodie, Julien, Monsieur Jean et Petite Maria. Toussaint, debout à l'avant, prit les rênes, et le cortège s'ébranla en ondulant sur la route, en direction du village.

Dans la vieille église aux pierres salpêtreuses, il faisait froid. Après le « oui » solennel prononcé par les époux, la cloche se mit à sonner à toute volée pour annoncer la bonne nouvelle. Hélène franchit le porche au bras d'Antoine sous le regard de tout le village. Ils reçurent les grains de riz lancés par les enfants, auxquels Monsieur Jean distribua des dragées.

Après la mairie, le cortège acheva son périple à l'auberge pour trinquer. Puis on se dirigea vers la ferme. La carriole, toujours conduite par Toussaint, était devenue un nid pour abriter le bonheur des nouveaux époux. Dans le ciel, le soleil avait atteint son point culminant.

Le lendemain, Toussaint ramena Elodie et Julien. Petit Justin était reparti dès la fin du repas, dans la nuit. Quant à Monsieur Jean, il avait bu plus que de raison ; Toussaint avait dû l'aider à se lever et le mettre au lit, pour couper court à ses discours qui peinaient Elodie et gâchaient la soirée. Il repartit le lendemain sans saluer personne. Petite Maria était restée chez Dominique. Hélène et Antoine profitèrent des quelques jours de permission pour aller en lune de miel dans la maison des bois que Petit Justin avait mise à leur disposition.

Marie et Justin, comme prévu, emménagèrent à la ferme de Dominique, aidés par Petite Maria. Ils s'installèrent dans l'ancienne chambre qu'occupait Pattô. Marie, émue, raconta à la jeune fille tous les souvenirs qu'elle avait gardés de cette merveilleuse amie.

Lorsque, la veille du Nouvel An, Hélène et Antoine revinrent, Petite Maria, attentive à tout, remarqua les yeux brillants de bonheur du jeune couple. Elle s'interrogea sur le secret d'Hélène et sur le mystère qui l'avait ainsi transformée pour atteindre ce parfait épanouissement. C'était leur dernière veillée. Le lendemain, Toussaint raccompagnerait Antoine à la gare et Petite Maria chez elle. Marie avait préparé un bon repas de réveillon, mais elle était désespérée de devoir se séparer de nouveau de son fils unique qui reviendrait Dieu seul savait quand.

Le lendemain, la brume avait fait sa réapparition. Ce premier jour de l'année, tous les animaux recevaient un grain de sel, c'était la tradition, et ni Dominique ni Justin ne l'avaient oubliée, aussi passèrent-ils un long temps aux écuries. Quand Toussaint arriva un peu avant l'heure de midi, Petite Maria eut l'heureuse surprise de le voir accompagné de Joseph. « Mon Dieu, pensa honteusement Petite Maria, comment ai-je pu l'oublier ? » En effet, dans l'effervescence de cette semaine, elle se rendit compte qu'elle n'avait pas eu une pensée pour lui.

Tout le monde se souhaita la bonne année. Joseph serra timidement Petite Maria dans ses bras et, le cœur battant très fort, il lui déposa deux baisers sur ses joues rosies de froid. Toussaint, pressentant le grand émoi du jeune homme, l'entraîna vers la cheminée. Dominique et Justin, que le mariage de leurs enfants avait encore rapprochés, les rejoignirent. Puis tout le monde prit place autour de la table au centre de laquelle Marie avait posé la soupière fumante.

Le repas à peine achevé, les nouveaux mariés s'éclipsèrent, se réservant les ultimes moments avant le départ. La nouvelle année ne s'annonçait pas sous les meilleurs auspices et chacun sentit un frisson lui parcourir le dos. Personne n'osait pourtant aborder le sujet qui les rendait tous aussi nerveux.

Petite Maria, aidée de Joseph, apporta les bagages dans la carriole. Les adieux furent déchirants, Antoine serra ses parents qui restèrent stoïques, n'étalant pas facilement leurs sentiments. Hélène pleurait à chaudes larmes.

Toussaint reprit les guides et la carriole quitta la ferme. La brume s'ouvrait comme un rideau opaque et se refermait derrière leur passage, laissant un sillage gris. L'angoisse habitait toutes les âmes et Toussaint frissonna malgré l'épaisseur de ses vêtements.

Ils furent accueillis par Cibelle, et Petite Maria fut la première à sauter de la carriole pour embrasser son fidèle chien. Elodie se précipita vers les arrivants, transie par le regard perdu d'Antoine et d'Hélène.

Chacun se dirigea vers la cheminée où Elodie venait de remettre quelques bûches.

— Approchez-vous, vous devez être morts de froid, dit Julien.

Après un rapide café bu à la hâte, Toussaint donna le signal du départ.

— La gare est encore loin, dit-il.

Petite Maria était bouleversée de voir Hélène les yeux rougis par les torrents de larmes versés ; elle s'accrocha au bras de sa mère pour se donner du courage.

Après leur départ, le silence qui s'était installé entre eux était si lourd qu'il devint presque intolérable.

— Séparer deux jeunes mariés, comme la guerre est cruelle et inhumaine ! dit Julien.

Julien, pour l'avoir vécu avec Elodie, savait combien la séparation avec l'être aimé était une épreuve pénible, et dans le regard qu'ils échangèrent resurgit un pan douloureux de leur vie.

Avec Joseph, ils attendaient le retour de Toussaint et d'Hélène pour le souper, avec le crépitement des braises pour seule compagnie. Deux heures plus tard, ils étaient de retour. Devant le désespoir d'Hélène, Julien lui prépara un remontant.

— Tiens, bois ça, dit-il en lui tendant un petit verre dans lequel il avait versé un peu d'eau-de-vie sur un sucre.

Hélène but en toussotant et reprit peu à peu confiance, entourée de l'affection de sa famille.

Comme presque tous les soirs, les parents de Joseph et leurs deux autres enfants vinrent pour la veillée. Ils firent la connaissance d'Hélène et furent éblouis par sa ressemblance avec Petite Maria. Ils restaient toujours aussi discrets, mais, dans leurs yeux, Hélène lut cette fierté qui ne les avait jamais quittés et le désespoir de cette famille déracinée. Elle comprit qu'elle n'était pas la seule à souffrir et compatit à leur douleur.

— Mes enfants, dit Julien, ce moment où nous sommes tous réunis ici est si précieux qu'il faut le goûter intensément.

Il indiqua à chacun une place autour de la table et installa la grande *pochée* de marrons qu'il venait de griller. Avec le cidre, ils parvinrent à oublier pour quelques instants leur morosité.

Toussaint devait raccompagner Hélène le lendemain, après le repas de midi.

— Ainsi, avait pensé Elodie, le brouillard sera moins épais et nous passerons un moment de plus ensemble.

Dans sa grande marmite de fonte, elle cuisina un salé aux choux qui exhalait un fumet appétissant. Sous le mince voile de brume, le ciel paraissait clair, mais le temps restait froid. Hélène laissait parfois son esprit voguer vers Antoine, ce qui n'échappait pas à Petite Maria qui l'observait, un peu inquiète. Soudain, une portière de voiture claqua et Cibelle aboya bruyamment. Le visage chapeauté de Monsieur Jean se découpa dans l'encadrement de la porte. Petite Maria courut vers lui. Elle aimait son grand-père, malgré ses airs hautains et ses tenues de bourgeois.

— Voilà ton vieux père tout essoufflé ; as-tu une place pour moi ? dit-il en s'adressant à Elodie.

Il était brûlant de fièvre et mal rasé. Elodie sut tout de suite que quelque chose n'allait pas.

— Viens te réchauffer, tu as pris froid ! dit-elle.

A l'entrée de Monsieur Jean, chacun s'était levé par respect pour cet homme et sa lignée et eu égard à ce qu'on lui devait.

— Mangez sans vous occuper de moi, je crois que je vais me mettre au lit ! Chauffe-moi mon lit, Elodie, j'ai froid !

Les briques qu'Elodie gardait au chaud sur la plaque de la cheminée furent enveloppées dans un linge de flanelle. Elle invita son père à s'installer dans sa chambre et lui prépara une tisane dont Maria lui avait transmis le secret. Un mystérieux fluide s'empara du vieux corps meurtri de Monsieur Jean, qui s'allongea entre les draps en savourant un bien-être oublié et but le breuvage amer sans renâcler, ce qui surprit Elodie.

Le repas, troublé par la visite impromptue de Monsieur Jean, s'acheva rapidement dans le silence. Joseph avait déjà attelé la calèche de Julien quand Toussaint arriva à l'écurie.

— Avec ce temps froid, vous serez mieux abrités dans la calèche que dans la carriole, et vous irez plus vite, avait dit Julien.

Après avoir chargé dans la calèche les victuailles qu'Elodie avait préparées à l'intention de Dominique, ils se séparèrent en laissant échapper de gros soupirs. Joseph regardait Petite Maria avec un désir fou qu'il devait pourtant contenir.

Hélène et Toussaint avaient décidé de rendre visite à Maria au cimetière. Des bandes de corbeaux les accompagnèrent en poussant leur sinistre croassement.

— Que ces oiseaux sont tristes dans leurs habits de deuil ! dit Hélène en soupirant.

— Que veux-tu, mon enfant ? Dieu les a créés ainsi et ils n'ont pas eu le choix de leur vie !

Quelle sagesse dans le raisonnement de cet homme ! songea Hélène. Elle précéda Toussaint dans le cimetière où le vent s'engouffrait en balayant des tas de feuilles mortes. Il fouetta aussi les visages des visiteurs qui courbèrent l'échine sous sa morsure. La tonnelle au bout de l'allée offrait son squelette, et le rosier ses piquants. Ils s'agenouillèrent et épanchèrent leur peine en une prière adressée à Maria. Cette mère si tôt disparue et qui, en ce jour, lui manquait tant, Hélène voulait lui transmettre son bonheur et aussi sa souffrance. Elle retira de sa poche un carré de son voile de mariée et l'accrocha au christ de bois qui gisait sur la pierre. La jeune femme ne pouvait plus retenir ses larmes face à son triste destin qui la séparait déjà de son époux. Toussaint était brisé et, prenant Hélène par les épaules, il lui murmura :

— Elle est heureuse dans son monde de paix et elle n'aimerait pas voir ces larmes couler, elle préférerait te savoir forte.

La douceur et la tendresse de Toussaint l'aidèrent à calmer ses nerfs et elle quitta le cimetière réconfortée. Ils remontèrent dans la calèche et se laissèrent bercer par le trot régulier du cheval. Au loin, la forêt de Petit Justin étendait son ombre à l'horizon. La nuit tombait, légère ; bientôt ils seraient arrivés. Toussaint dut allumer la lampe-tempête pour achever le voyage.

Dominique et Justin étaient encore occupés aux écuries lorsque Toussaint tira les rênes pour arrêter le cheval impétueux. Le retour d'Hélène fut fêté comme il se devait, elle était le cœur de cette maison qui, sans elle, vivait au ralenti. Hélène tendit ses mains tremblantes vers la flamme et huma la soupe qui cuisait doucement. Elle écouta un instant le crépitement des flammes, rassurant comme le message d'un ami.

Toussaint avait promis à Julien, encore trop faible, d'aider Joseph à faire le bois.

— Je vais repartir dans quelques jours, dit-il.

Dominique parut déçu. Lui aussi, avec Justin, avait commencé une coupe de taillis que la proximité du ruisseau rendait compliquée et qui aurait bien nécessité deux bras de plus. Mais il regretta cette pensée égoïste : Julien était malade, la situation était différente.

La maison s'endormit dans le silence de cette nuit d'hiver. Hélène sentit encore plus sa solitude sous la fraîcheur de ses draps. Pelotonnée comme un animal apeuré, elle pria avec ferveur pour que cette guerre cesse au plus tôt. Elle écouta le vent hurler, la maison craquer et son cœur cogner, puis pleura des larmes amères.

Toussaint attela le cheval deux jours plus tard. Il culpabilisait de quitter cette maison, tiraillé entre Petite Maria et Hélène qui lui vouaient toutes les deux une grande affection, peiné de causer du chagrin à l'une pour rejoindre l'autre. Mais, au fond, son instinct de vagabond avait besoin de ces changements, de cette solitude et de cette liberté qu'il ne rencontrait que par monts et par vaux, sur les chemins et les sentes qu'il connaissait parfaitement. Il promit à Hélène de revenir dès la coupe de bois achevée.

— Pense à Antoine en attendant, lui dit-il.

Il disparut rapidement dans le ciel dégagé, d'un bleu presque blanc. Il fit bifurquer le cheval vers la route qui menait en forêt, il se devait aussi de rendre une visite au chantier de Petit Justin. La boue mordue par le gel de la nuit était devenue si dure que la calèche sautait dans les ornières, glissant parfois sur la glace des rigoles. Au-dessus de lui, les arbres formaient une voûte à claire-voie. Il eut le temps de voir défiler, sortis d'un tronc, quatre écureuils à l'œil vif dont il admira l'élégance des mouvements. Le gel de la nuit dégageait des odeurs d'abandon de la terre, si particulières, et il fallait être né avec elle pour les reconnaître et les apprécier. Toussaint les huma à pleins poumons.

Midi arriva sans qu'il ait rencontré âme qui vive. Puis il stoppa enfin devant les bâtiments du chantier, affamé et frigorifié, les membres engourdis. Paul l'accueillit chaleureusement et l'invita à entrer, avant de tailler de larges tranches de pain rassis dans la soupière.

— Le chantier semble désert, dit Toussaint.

— Il n'y a que deux hommes âgés qui y travaillent, et il est impossible d'assurer les commandes.

— Cela ne fait rien. Ainsi, Petit Justin retrouvera sa forêt telle qu'il l'a laissée.

Pendant que Toussaint savourait la soupe fumante, Paul apporta les restes du repas des ouvriers – quelques haricots blancs à la sauce tomate – en s'excusant de ne pas avoir plus.

Toussaint avait décidé de passer la nuit ici, à la joie de Paul qui trouvait les jours si longs devant ses marmites devenues trop grandes. L'activité qui régnait avant était bien loin. Il s'occupait des mulets et aussi du cahier de comptes où il écrivait tout le travail de la journée, mais l'âme de la forêt s'en était allée avec Petit Justin. Lorsque Paul lui montra ledit cahier, Toussaint fronça les sourcils.

— Je te fais confiance, Paul, je ne comprends rien à tous ces gribouillis !

Et, au fil des pages qu'il tournait, il constata que l'écriture de Petit Justin était encore plus illisible que celle de Paul ! Toussaint demanda à Paul de continuer à s'en occuper. Puis, se levant, étant rassasié et réchauffé, il décida de faire un tour sur le chantier.

Il monta dans la grosse carriole et emprunta bientôt un large chemin raviné par le transport des bois. Le mulet peinait parfois lorsqu'une roue s'enfonçait dans la terre molle. Toussaint dut maintes fois descendre pour l'aider à reprendre son équilibre. Par peur de s'enliser, il ne put pousser jusqu'à la parcelle que Petit Justin ne voulait pas exploiter. Il arriva au chantier où deux hommes sciaient un arbre qu'ils venaient d'abattre. Toussaint les félicita de leur travail en découvrant le monticule de troncs empilés prêts à être débardés. Ils s'essuyèrent le front d'un revers de la main.

— Si le temps se maintient, la semaine prochaine, dit le plus âgé des deux, nous les sortirons.

Lors de son bref passage à Noël, Petit Justin avait réparti le travail. Toussaint voyait ces hommes manier le passe-partout avec une maîtrise acquise par des années de patience et d'endurance. Ils faisaient chanter la scie qui semait au gré du vent ses traînées de sciure. Ces hommes étaient d'âge mûr, mais toutefois plus jeunes que Toussaint.

Toussaint s'assit sur un tronc et les regarda travailler. Au soir, ils rentrèrent ensemble en empruntant un chemin plus carrossable.

Ils soupèrent dans la grande salle où Paul les attendait, prêt à tremper la soupe. Puis Toussaint regagna la maison de Petit Justin, où Paul lui avait fait la surprise d'allumer un grand feu. Dans la quiétude de la flamme, il se cala les pieds sur la plaque de fonte et se laissa aller à ses rêveries. Il arrivait au terme de son chemin et pensa à sa mort. Que ferait-on de lui ? Ecoutant la bise hurler au dehors, il pensa que toute sa vie il avait été un vagabond libre comme le vent et souhaitait que son âme s'envole au gré de ses tourbillons. Qu'on le couche sur des feuilles mortes, c'est là que Maria l'attendra !

Un coup violent contre les vitres interrompit ses songes. Il chaussa ses sabots, sortit et distingua une masse sombre qui gisait sur le sol. C'était un hibou qui venait de heurter la fenêtre. Il s'empara de l'oiseau mort et, passant sa main sur le plumage, décida de le poser dans un panier près de la cheminée en se promettant de lui assurer dès le lendemain une sépulture digne. Il reprit sa place auprès du feu et se replongea dans ses pensées. Il revit Jeannot, son jeune ami, et se promit de repasser les voir bientôt. Avec ce froid, il était un peu inquiet pour eux et il avait aussi l'envie de savoir si Jeanne avait gardé un souvenir du passage de Petit Justin.

Le hurlement du vent berçait les rêves de Toussaint, qui finit par s'assoupir devant la douce chaleur de la cheminée. Toussaint n'avait jamais eu peur, les fenêtres laissaient filtrer la clarté de la lune et la porte n'était jamais fermée à clé.

Il partit très tôt le lendemain ; le vent hurlait toujours et la terre était si gelée qu'il ne put enterrer le hibou comme il l'avait décidé. Alors il l'emporta, pensant trouver un endroit propice pour le faire reposer. Toussaint emprunta, pour quitter la forêt, le chemin le plus rapide, mais qui était aussi le plus sauvage. Le cheval reniflait, humant cet air pur dans lequel son haleine fumante se cristallisait. L'horizon teinta le ciel de rose et son reflet s'infiltra modestement entre les branches dénudées. Toussaint savait qu'il déboucherait sur un chemin herbeux peu passager. Il baissa la toile de la calèche pour profiter de cette vie animale qui élisait ici domicile : corbeaux, pies, geais, mais aussi quelques grands rapaces comme les buses. Il était dans le petit chemin qui le mènerait ensuite chez Jeanne lorsque son cheval se cabra, soudain affolé. Ne voyant rien, Toussaint ne comprenait pas ce qui effrayait l'animal. Il lui parla doucement et parvint à le calmer. Il descendit, le caressa et sentit son corps frissonner sous sa paume. Toussaint vit qu'à une dizaine de mètres devant lui se tenait un sanglier. De plus, la souche d'un arbre mort avait été déracinée par le vent et barrait le chemin. Le sanglier, pris entre l'arbre et le cheval, était immobile, ne sachant quel parti prendre : fuir ou attaquer. Toussaint n'était pas des plus rassurés, pourtant il avança vers le sanglier en lui parlant et en le fixant bravement. Les yeux sournois du cochon sauvage étincelaient de colère et de peur en regardant l'homme approcher.

— Allez, va-t'en dans la forêt, va courir en liberté ! Tu sais, je suis comme toi, un sauvage qui aime vivre dans la nature. Allez, va, mon ami !

Comme si le sanglier avait compris les paroles de Toussaint, il grogna, bougea ses oreilles et prit son élan pour traverser le fourré dans lequel il disparut. Prenant enfin conscience du danger qu'il venait de braver, Toussaint tremblait de tous ses membres.

Il avait dans son coffre une scie et une hache qui lui permirent de dégager le passage, et c'est en fouillant qu'il découvrit son hibou mort. Il décida de lui offrir une sépulture au creux de la souche, sur un tapis de lierre et de mousse, et le recouvrit de feuilles et de fougères sèches.

Lorsqu'il remonta en calèche, il constata que le soleil était haut et qu'il casserait bien volontiers la croûte. Son cheval, encore nerveux, démarra en trombe dans le sentier étroit où les jeunes pousses venaient frôler les roues.

Toussaint s'arrêta dans une clairière, attacha son cheval près d'une touffe de *palène* qui attisa la gourmandise de l'animal. Dans ce décor de verdure unique où jaillissaient le houx, les genêts et le lierre, Toussaint se sentit rasséréné. Il trouva un vieux bois vermoulu sur lequel il s'assit et mangea le pain et le pâté préparés par Paul. Dans cette beauté sauvage, il était heureux, et c'est à regret qu'il dut penser à repartir. Mais cet endroit isolé et inconnu, protégé par les grands arbres, le fascina à un point tel qu'il se promit d'y revenir. Ayant soif, Toussaint ne fut pas long à découvrir une petite cascade qui dégringolait d'un rocher miniature. L'eau claire éclaboussait la pierre polie ; il plongea ses mains dans cette eau et but avidement à cette source de vie. Rassasié, il contempla ce trésor et remercia pour sa générosité cette nature si prévenante. Sortant d'un amas de pierres entremêlées de racines, l'eau descendait sur quelques mètres pour retomber sur ce petit rocher et se perdre ensuite dans le lit d'un ruisseau. Il repartit, heureux de cette découverte, et quitta le sentier qui débouchait sur la route où, un kilomètre plus loin, il bifurqua pour prendre le chemin de chez Jeanne.

Rassuré de ne plus sentir ces odeurs d'animaux sauvages, le cheval se mit à trotter allègrement sur la route. La maison de Jeannot apparut bientôt, et Toussaint sentit son cœur se serrer. La pauvreté et la solitude de cette femme si belle l'émouvaient. L'enfant était sous l'appentis, chargé d'un fagot de bois, quand il vit la calèche de Toussaint. Tout heureux, il lâcha son fagot pour venir à la rencontre de son ami.

— Oh, que je suis heureux ! dit-il en embrassant Toussaint. Est-ce que je peux t'appeler oncle Toussaint ? lui demanda-t-il doucement à l'oreille.

— Mais bien sûr, Jeannot, tu ne peux pas me faire plus plaisir.

Après avoir attaché son cheval, ils entrèrent dans la petite pièce où Jeannot raviva le feu. La machine à coudre était à l'œuvre, mais elle se tut dès que Jeanne entendit la voix de Toussaint.

— C'est une visite bien tardive, s'excusa-t-il en serrant les mains de Jeanne.

Il avait tenu à faire ce détour pour saluer ses amis avant de se rendre chez Elodie. Jeanne demanda des nouvelles de toute la famille et Toussaint se mit en devoir de raconter les derniers événements. Il comprit aux tremblements de ses lèvres et de ses mains que Jeanne était particulièrement attentive à ce qui se rapportait à Petit Justin.

— Petit Justin m'a chargé de vous dire qu'à sa prochaine permission, sûrement au printemps, il accomplira sa promesse de vous emmener dans la forêt. C'est un garçon qui n'a qu'une parole.

Jeanne était fascinée par les propos de Toussaint et ne prit pas garde à son café qui versa par-dessus bord !

Toussaint sourit, il avait la certitude que Jeanne éprouvait un noble sentiment envers Petit Justin. Jeannot buvait les paroles de son nouvel oncle et de sa mère ; il était captivé par cet homme et ce depuis ce jour d'orage où il l'avait trouvé endormi dans le sentier.

Après avoir bu son café, Toussaint se leva ; le soir tombait, la nuit serait froide et noire.

— Jeanne, je ne puis vous dire quand je reviendrai, mais soyez assurée que je ferai tout mon possible pour venir vous saluer.

Ils se séparèrent avec des sanglots dans la voix. Toussaint remonta dans sa calèche et repartit après avoir allumé sa lampe. Le vent fort s'engouffrait sous la toile et sifflait aux oreilles de Toussaint, quelques étoiles figées dans la voûte céleste commencèrent à briller. Il avait deux longues heures de route pour arriver chez Elodie. Par ce froid, dans cette nuit d'hiver, c'était de plus en plus pénible pour lui, malgré la couverture qui recouvrait ses jambes. Si seulement, se disait-il, il n'y avait pas cette maudite guerre, Petit Justin serait là et Jeanne serait moins seule !

Toussaint arriva dans la cour de la ferme au moment où la lune dessinait sa grosse face rougeaude. Il rentra et soigna son cheval, tenant difficilement la fourche entre ses mains engourdies. Joseph avait fini son pansage et les animaux ruminaient tranquillement.

Petite Maria vint ouvrir, surprise de cette arrivée tardive. Ils achevaient le repas, mais, ne voyant pas Elodie, Toussaint demanda où elle était.

— Grand-père est très malade et elle est à son chevet, répondit Petite Maria.

Tandis que Toussaint prenait place devant une assiette de soupe, Julien expliqua que sa bronchite s'était compliquée parce qu'il n'avait pas été raisonnable.

— Je connais une plante qui pourrait le soigner, dit Toussaint, j'irai demain en chercher.

Elodie sortit de la chambre de son père, la mine attristée.

— Mon père est bouillant de fièvre. Malgré les potions du docteur et les tisanes, son état ne s'améliore pas.

Une toux rauque leur parvint, sèche et caverneuse. Monsieur Jean semblait réellement malade. Julien était accablé par sa présence qui ne cessait de le tourmenter.

Dès le lendemain, Toussaint se mit en devoir de partir à la recherche de cette plante miraculeuse ; il fouilla buissons et sous-bois pour enfin la découvrir. Deux jours plus tard, les décoctions et les cataplasmes qu'Elodie confectionna eurent un effet salutaire sur la santé de Monsieur Jean.

Le froid sec qui s'installa permit à Joseph et à Toussaint de couper la grande haie qui longeait le pré.

Monsieur Jean reprenait des forces et pensait à repartir, ses amis commençaient à lui manquer. Mais, durant sa maladie, il avait exigé la présence de sa fille à ses côtés comme s'il eût été un petit enfant. « Donne-moi ta main, Elodie, je ne veux pas mourir ! » lui disait-il à tout instant.

Un matin, il demanda à sa fille de lui préparer un panier de victuailles et, avant de sauter dans sa voiture, dit seulement :

— C'est ce fou de Toussaint qui m'a redonné la fougue d'un jeune homme ! Allez, tu salueras tout le monde pour moi !

Elodie souffrait de le voir redevenu indifférent à sa famille. Il avait attendu le moment où tout le monde était absent pour s'éclipser. Ce départ précipité laissa à Elodie un goût amer et les larmes perlèrent bientôt sur le velours de ses joues, mais elle ne se laissa pas abattre et rentra préparer la marmite de soupe.

Julien remarqua les yeux humides de sa femme et comprit qu'elle luttait toujours contre le poids d'un chagrin trop lourd pour ses frêles épaules. Il la prit tendrement dans ses bras, baisant ses cheveux, ses yeux, en buvant ses larmes et en murmurant des mots que lui seul savait inventer. Il trouva enfin ses lèvres où le goût des sanglots avait laissé une saveur particulière.

— Ton père est parti, n'est-ce pas ?

— Oui, Julien, cet homme me déconcerte. J'ai été heureuse de le soigner, et, maintenant qu'il est guéri, il est devenu quelqu'un d'autre, méconnaissable.

— Laisse, mon Elodie, cesse de faire souffrir ton cœur à cause de lui, tu ne pourras pas le changer : il est différent de nous à cause de son argent.

Julien enleva sa casquette et secoua la tête pour montrer sa coupe de cheveux toute fraîche.

— Est-ce que je te plais ainsi ?

Il ne lui laissa pas le temps de répondre et la reprit dans ses bras. Elodie le regarda et caressa ses tempes qui commençaient à s'argenter. Entre ses doigts, elle faisait briller les petits fils blancs qui soulignaient la fuite du temps. Devant la cheminée où les braises renvoyaient leur chaleur bienfaisante, ils se laissèrent envahir par de douces sensations. Mais la marmite rappela son existence en se mettant à siffler.

— Oh, ma soupe, l'eau bout ! j'ai bien failli l'oublier, avoua-t-elle en riant.

Julien lui vola un dernier baiser avant de desserrer son étreinte et disparut dans son écurie où il se plaisait à soigner ses bêtes, où il les brossait, frisant sous l'étrille leur poil cranté. D'ailleurs, Monsieur Jean lui avait suggéré d'en présenter quelques spécimens à la foire, qu'il recevrait une prime, ce qui avait suscité chez Julien une certaine fierté.

Julien savait sa santé fragile, mais, depuis son retour chez lui, il se sentait renaître et, au printemps prochain, il espérait reprendre le manche de la charrue ou bien de ce brabant qu'il espérait acheter pour soulager son corps fatigué. Le bruit de la cognée que lui renvoyait l'écho lui faisait envier Joseph et Toussaint et il décida d'aller les retrouver. Il traversa la cour et le pré où le souffle du vent déferlait avec plus de force depuis que la haie était coupée. Il marchait dans l'herbe craquante et humait l'odeur de la sciure avec délice. Il surprit les deux hommes en train de tirer le passe-partout, trempés de sueur, le corps ployé sous l'effort.

— Ouf ! c'est de la vraie corne à scier ! lança Toussaint, qui se redressa avec peine tant il avait les reins raidis.

— C'est l'heure de la soupe, venez donc, vous le terminerez tantôt ! lança Julien.

Ils ne se firent pas prier, la matinée avait été rude.

L'hiver 1940 passa ainsi, triste et rigoureux. Antoine et Petit Justin n'avaient obtenu, chacun, qu'une courte permission de quarante-huit heures. Antoine avait eu la joie de découvrir son Hélène, si radieuse, qui portait en elle un espoir. Quand il l'avait serrée dans ses bras avant son départ, il lui avait dit :

— Hélène, mon amour, fais-moi un beau garçon !

La jeune femme avait mieux supporté cette nouvelle séparation, elle se sentait moins seule maintenant qu'elle abritait la vie. Pourtant, elle n'était pas épargnée par les violentes nausées qui sont le lot des femmes dans son état.

Le printemps s'annonça, alternant ses averses, ses rafales et son soleil radieux, mais les dernières giboulées furent enfin chassées par de beaux arcs-en-ciel. Hélène, derrière sa fenêtre, rêvait à ces magnifiques couleurs qui s'estompaient devant un gros nuage venu déverser son trop-plein. Dans la cour, une vapeur d'eau se dégageait sous la caresse d'un soleil vainqueur. Les traits tirés, Hélène rêvait au bonheur d'Antoine et à ce fils qu'elle lui donnerait, quand elle fut secouée par une nausée encore plus forte.

— Viens t'asseoir, Hélène, lui imposa Marie.

Hélène était inquiète et se demandait si cet état était normal, si sa mère avait vécu la même chose.

— Bien sûr, répondit Marie, tout cela est parfaitement naturel, tu verras, et ton enfant saura bientôt te redonner du courage.

Marie était comblée de vivre près d'Hélène, la fille que sa grande amie Maria lui avait confiée. Elle avait rempli sa mission au-delà de toutes ses espérances en faisant d'elle la femme de son fils. Dominique aussi avait repris espoir à l'annonce de cette prochaine naissance. Bien que rompu par le travail du bois qu'il venait de finir avec Justin, il envisageait la suite des travaux sans Hélène qui devait se ménager.

Son taureau, cadeau de Julien, faisait sa fierté et l'admiration de ses voisins. Le taureau, brossé et étrillé, devint un reproducteur très recherché dans la contrée. Chaque jour, de nombreux paysans venaient le voir afin d'améliorer leur race. Dominique n'était plus le même homme : il devenait chaque jour plus prévenant, sociable et généreux, tel que Maria l'avait aimé. Après ces années difficiles sans Maria, le départ à la guerre de son fils, il avait sombré dans un abîme dont il émergeait peu à peu.

En ce jour des Rameaux, Hélène se réveilla avec une sensation bizarre, un signe de vie : son enfant venait pour la première fois de bouger. Les deux mains sur son ventre, elle pensa très fort à Antoine. Dans la douceur et la quiétude de sa chambre qu'une aurore teintait de rose doré, elle pria avec ferveur afin que Dieu protège tous les braves soldats de la cruauté de la guerre. En cette belle journée ensoleillée, Justin attela le mulet et accompagna, à la messe de onze heures, Marie et Hélène qui avaient pris leur rameau. Dominique devait surveiller le repas qui cuisait. Ce qui ne l'empêcha pas de passer plus de temps à l'écurie. Il eut la visite d'un de ses voisins qui ne s'était pas encore décidé à venir voir ce taureau dont on faisait tant d'éloges. Dominique lui fit admirer son encolure bien trapue, ses reins allongés et garnis, et sa croupe ronde qui reposait sur des jarrets fins et musclés. Sous son poil cranté rouge, le taureau regardait les deux hommes d'un œil attentif, tendant le cou pour recevoir l'étrille de son maître. Dominique invitait son voisin à trinquer quand il vit déboucher Toussaint. Il y avait au moins deux mois qu'il n'était pas venu à la ferme. Il avait retrouvé son vrai visage, ses cheveux et sa barbe avaient repoussé.

Que de choses à partager, de nouvelles à se raconter ! Toussaint était si heureux de retrouver Hélène dans la sérénité de sa future maternité. Il apporta son aide à Justin et à Dominique pour les semailles de printemps, ainsi s'alignèrent les sillons de pommes de terre et de topinambours, que le versoir de la charrue recouvrait de cette terre généreuse. Chacun s'alignait sur le pas tranquille et régulier des deux vaches ; ces instants étaient uniques pour le laboureur qui, les mains serrées sur le manche, ouvrait le cœur de la terre. Avec la complicité du soleil et de la pluie, il laisserait s'accomplir le miracle avant de récolter ses promesses. Toussaint, Dominique et Justin avaient conscience de ces gestes qu'ils répétaient chaque année avec une maîtrise sans cesse renouvelée. Toussaint, le vagabond, vénérait cette terre avec la même sagesse qu'un vrai paysan. Malgré la transpiration qui coulait, malgré l'effort qu'il en coûtait et la fatigue, le bonheur et la fierté l'emportaient toujours.

En cette Semaine sainte, Hélène caressait l'espoir de retrouver Antoine pour une permission, même de courte durée. Le Vendredi saint, on jeûna et les animaux, qui ne devaient pas être mis sous le joug ce jour-là, allèrent rejoindre les verts pâturages. Toussaint, se sentant un peu désœuvré, eut envie de descendre à la rivière pêcher une friture.

— Je compte donc sur toi pour le repas de ce soir, lui dit Marie.

Un casse-croûte dans la musette, Toussaint prit le chemin de la rivière. Par cette belle journée, il ne pouvait rêver meilleur endroit pour retrouver sa solitude. Ses sabots pataugèrent dans l'herbe humide jusqu'à ce qu'il ait trouvé un coin sauvage où se pressaient des centaines de petits goujons dans une eau claire et peu profonde. Le courant ondulait, posé sur un lit de sable fin où volaient quelques herbes folles, semblables à une chevelure. Plus loin, quelques gros galets polis formaient de petites cascades que l'écume recouvrait. Toussaint prit place sur une grosse racine dont la forme tordue lui avait été imposée par le courant. Le chant des oiseaux se mêlait au murmure de l'eau et à celui du vent, les berges qui fleurissaient de jonquilles et de narcisses apportaient leur parfum unique, et, là, le goujon frétillant étincelait au bout de la ligne de Toussaint. « Pauvres bestioles, se disait-il en dégageant l'hameçon, vous étiez si heureux ! »

Jusqu'à midi, le seau se remplit peu à peu. Toussaint se releva, le corps ankylosé par son immobilité, fit péniblement quelques pas et prit appui contre le tronc d'un vieux vergne. Le soleil fut soudain caché par de gros nuages poussés par le vent. Toussaint n'avait pas envie de rompre le charme de sa solitude en ce merveilleux endroit et décida de casser la croûte comme au bon vieux temps. Il s'installa à l'abri d'un gros buisson d'épines, sortit de sa musette des œufs durs qu'il écala de la pointe de son couteau. Il scrutait la surface de l'onde et remarqua qu'elle se brouillait pour se teinter d'une mystérieuse couleur glauque. Quelques gouttes de pluie tombèrent qui froncèrent l'eau de la rivière en de multiples ronds. A travers les petits chatons roux des vergnes, Toussaint regarda les nuages monter, puis un rayon de soleil chaud et vaillant percer. Il but une gorgée de cidre en pensant qu'il avait de quoi offrir à Marie une belle friture. Il pouvait s'octroyer une sieste bien méritée et, posant la tête sur sa musette, il allongea les jambes et ferma les yeux. Un papillon de couleur citron se posa sur sa longue barbe, imprimant au dormeur un petit rictus qui chassa l'intrus.

Pendant son somme, le ciel se chargea de nuages menaçants dont la colère était prête à se déverser ; on aurait dit que la nuit était tombée tant l'obscurité régnait. Les premiers grains piquants de la grêle lui brûlèrent le visage. Réveillé en sursaut, Toussaint ramassa en hâte sa musette, sa ligne et son seau et courut se mettre à l'abri du tronc de ce vieux vergne qu'il avait repéré à son arrivée. En se cassant le corps, il réussit à en épouser le creux, et c'est la tête sur les genoux qu'il attendit la fin de ce déluge. Un coup de tonnerre d'une violence inouïe fit trembler le sol sous ses pieds, tandis que la pluie redoublait d'intensité. L'eau et la grêle mélangées formaient un mur infranchissable. Il frissonna, il était trempé jusqu'aux os. Souffrant de l'inconfort de sa position, Toussaint ne sut combien de temps il resta tapi dans son arbre, mais quelle ne fut pas sa surprise quand il vit déambuler une laie suivie de ses huit marcassins. Grognant et reniflant, elle renversa le seau de goujons qui entravait son passage, mécontente de rencontrer cet objet insolite. Le cœur de Toussaint s'arrêta de battre, il n'était pas à plus d'un mètre de la bête qui aurait pu à loisir s'attaquer à lui. Heureusement, un autre coup de tonnerre l'effraya et elle disparut avec sa portée.

Une éclaircie permit à Toussaint de sortir de son refuge, il prit le seau vide et se mit à rire. Tant pis pour la friture. Les goujons avaient, grâce à la complicité du sanglier, regagné leur univers aquatique. L'orage avait disparu, le soleil gagnait la partie, un arc-en-ciel paré de ses majestueuses couleurs en témoignait. Malgré ses habits trempés et ses pieds qui clapotaient dans ses sabots, Toussaint ne put s'empêcher de s'arrêter en haut du talus pour admirer ce phénomène de la nature. « Que vais-je raconter à Marie ? » se disait-il, un peu penaud, en balançant son seau vide qui balayait les touffes d'herbe. Il craignait que son histoire de sanglier remettant les poissons à l'eau ne soit pas crédible.

— Eh bien, Toussaint, que faisais-tu depuis ce temps et avec un seau vide ? ironisa Justin.

— Oh, quelle aventure ! Mais je suis transi et je vous conterai plus tard mes mésaventures.

Marie leva les bras au ciel en voyant Toussaint tout dégoulinant et avec l'allure d'un chien battu.

— Tu ne changeras jamais. Je suis sûre que tu ne serais pas dans un état pareil si tu ne t'étais pas encore endormi !

Justin l'engagea à changer de vêtements et lui proposa un café chaud.

Devant la mine déconfite de Toussaint, Marie lui demanda des explications et le rassura pour ce qui était du souper : une omelette ferait l'affaire. Devant son café, Toussaint leur conta donc sa mésaventure et ils ne purent s'empêcher de rire. Hélène, surprise d'entendre Marie et Justin se tordre de rire, sortit de sa chambre, où elle se reposait.

— Dominique avait déjà repéré cette laie, mais nous avons oublié d'en parler devant Toussaint, avoua Justin.

Pâques fut froid et brumeux, et, quand le soleil émergea enfin de cette couche opaque, Antoine n'était toujours pas là. Les nerfs d'Hélène étaient soumis à rude épreuve, ses espoirs vains ; aussi ses nausées reprirent-elles de plus belle. Marie essayait de se montrer une mère envers Hélène, qui paraissait plus attachée à Toussaint qu'à son père. Pourtant, Toussaint ressentit bientôt le besoin de repartir chez Elodie.

Ce fut par une belle soirée de la mi-avril que Julien, Elodie et Petite Maria eurent la surprise de voir Petit Justin et Antoine – accompagné d'Hélène – qu'une permission avaient enfin libérés pour quelques jours.

Petit Justin et Antoine évoquèrent leur vie de soldat. Hélène buvait les paroles d'Antoine. Petit Justin semblait évoquer l'idée de déserter.

— J'aurais bien envie de me cacher dans la forêt ! dit-il.

Etait-il sérieux ? Pouvait-il prendre un tel risque ? Son esprit rebelle n'en confia pas plus. Quant à Antoine, il ne souhaitait qu'une seule chose : que cet enfer se termine le plus tôt possible pour vivre près de sa femme. Joseph et Toussaint écoutaient, mais le jeune homme ne pouvait empêcher sa haine de monter en lui et sa peur de grandir. Et puis, il y avait cette conversation surprise entre son père et sa mère, quelques jours auparavant. Son père n'en pouvait plus de vivre loin de chez lui, de son village et de sa terre ; il se sentait mourir à petit feu et voulait repartir chez eux. Joseph avait été anéanti par ces paroles.

Après le repas du soir, Petit Justin rentra dans sa forêt où ses huit jours de permission allaient lui permettre de retrouver cette vie qu'il aimait tant. En chemin, il pensa à Jeannot et à sa promesse, se disant que le temps était idéal pour cette balade. « Demain, c'est sûr, j'irai chez Jeanne ! » Bercé par le trot régulier de son cheval, Petit Justin considérait sa vie, qui n'avait été faite jusque-là que de travail et de solitude, et voilà que cette maudite guerre le privait de ce désir naissant qui le poussait vers Jeanne. De plus en plus souvent, il songeait à cette forêt dont il connaissait les moindres recoins et dans laquelle il pourrait se réfugier. Puis l'image de Jeanne lui apparut, belle et sereine, aussi tentante que l'idée de cette évasion qui s'imposait à lui. Captivé par ses pensées, il ne prêtait pas attention aux bruits de la nuit qu'il connaissait si bien : la brise qui froissait les feuilles des grands chênes, les cris étouffés des animaux en chasse.

Tout à coup, son cheval se cabra, tirant Petit Justin de sa rêverie. Une chouette, éblouie par la lampe, s'était jetée contre la ridelle de la carriole dans un bruit sourd. Dans cette pénombre, sous la voûte des arbres, le jeune homme savoura cette paix et pensa plus fortement encore à Jeanne. Serait-elle entrée dans son cœur ? Serait-il amoureux ? Comme il aurait aimé la savoir près de lui en cet instant et partager cette sérénité si troublante ! L'aube était déjà là, et, quand il arriva chez lui, Paul avait allumé le feu.

— Bonjour, Paul, dit-il en lui tendant les rênes, je vais me coucher, ne me réveille pas avant midi.

Rompu de fatigue, il ne prit pas le temps de se dévêtir et tomba sur son lit en poussant un grand soupir de contentement, voulant tout oublier du temps présent.

Paul le tira de son sommeil à l'heure du repas.

— Patron, la soupe est servie !

— Très bien, Paul, j'arrive, répondit Petit Justin, les idées encore embrumées.

Après avoir fait couler un peu d'eau dans la *cassote,* il se rafraîchit le visage et, l'instant d'après, il était assis avec ses deux ouvriers et Paul devant une bonne soupe de pain et un ragoût de pigeons aux pommes de terre.

— Patron, deux jeunes gens sont venus pour de l'embauche, lui dit Paul. Ce sont les garçons de Toine, vous les connaissez ?

— Bien sûr, répondit Petit Justin, embauche-les ! Vous verrez ce qu'ils sont capables de faire, mais surtout pas d'abattage pour le moment, continua-t-il en s'adressant aux autres.

Il avertit Paul qu'il prenait la petite calèche pour aller chercher des visiteurs, il lui demanda de tenir le café au chaud.

Bien reposé, le cheval reprit le chemin en trottant allègrement, fier d'entraîner cette belle calèche. Petit Justin se sentait tout heureux de vivre et tenta de rejeter cette idée qu'une semaine, c'était bien court. Il faisait un temps superbe ; de petits nuages blancs voguaient haut dans le ciel, ressemblant à de grands bols de crème fraîche, légère et moelleuse. Au bout d'une heure, il quitta la forêt et, après un bon kilomètre, il reconnut le sentier qui menait au hameau de Jeanne. A mesure qu'il approchait, il sentait son cœur cogner dans sa poitrine. Jamais, dans sa vie d'homme, il n'avait éprouvé pareille émotion. Après le dernier tournant, il déboucha devant la petite maison. Tout était silencieux. Il descendit, frappa à la porte et écouta. Des bruits de pas le firent se retourner et quelle ne fut pas sa surprise quand il vit derrière lui Jeanne et Jeannot qui arrivaient avec un panier de légumes !

— Oh ! bonjour, dit l'enfant, rouge de confusion. Quelle bonne idée d'être venu jusqu'à nous !

Petit Justin et Jeanne se regardaient, éblouis de ce qu'ils ressentaient, avant de pouvoir se serrer la main.

— Excusez-moi, Jeanne, j'avais promis cette promenade à Jeannot, alors me voilà ! dit-il un peu maladroitement.

— Mon Dieu, répondit-elle, en retirant sa main restée prisonnière dans celle du jeune homme, nous n'osions plus y croire. C'était si beau ce rêve, n'est-ce pas, Jeannot ?

— Oui, maman, mais nous partons tout de suite pour que le rêve devienne réalité !

— Mais bien sûr, mon garçon, je suis là pour ça ! Et vous aussi, Jeanne, vous êtes mon invitée.

Elle rougit et son beau regard pervenche se voila un instant.

— Merci, parvint-elle à prononcer avant de disparaître dans la maison.

Jeannot posa le panier de légumes sous l'appentis et expliqua à Petit Justin que, depuis la mort du grand-père, ils cultivaient un petit jardin.

— Nous sommes tous les deux seuls à présent et nous nous aimons très fort pour surmonter cette peine, dit l'enfant.

Petit Justin sentit la détresse de Jeannot et dans son être naquit une fibre, jusque-là inconnue, qui ressemblait à un besoin de protéger.

— Mon Dieu, Jeanne, pensez-vous encore à travailler aujourd'hui ?

Jeanne rougit en baissant les yeux sur son tricot dont les aiguilles dépassaient de son sac. Elle était resplendissante dans sa blouse aux tons pastel.

— J'ai tellement à faire, vous comprenez, la vie est si dure qu'il me semble que je ne dois pas perdre un instant. Je n'en ai d'ailleurs pas le droit.

Petit Justin respecta cette requête, mais avec une tendresse insoupçonnée il s'empara du sac de Jeanne.

— Aujourd'hui, Jeanne, dit-il, c'est récréation, ce ne sont pas vos doigts qui vont travailler, mais vos yeux et vos oreilles !

Il prit la main de Jeanne pour l'aider à monter dans la calèche. Leurs doigts, un instant, se nouèrent dans une ferveur réciproque.

Jeannot trépignait d'impatience en jouant avec les rênes du cheval, il rayonnait de joie. Petit Justin, le cœur léger, emporta au trot de son cheval Jeanne et son fils dans ce qu'il avait de plus cher au monde : sa forêt. Lorsqu'ils y pénétrèrent, il ralentit l'allure.

— Voilà, mes amis, vous êtes chez vous si vous aimez les arbres, les animaux sauvages, les oiseaux, le silence, la solitude. Ici, tout y est !

Jeanne le regardait intensément, si troublée d'être là, si près de celui qui occupait ses rêves. Le cheval continua de trotter sous la voûte de verdure frémissante. De petits écureuils affolés grimpaient sur les branches avec souplesse et élégance.

— Regarde, maman, comme ils sont petits, on dirait des bébés ! dit Jeannot qui écarquillait les yeux de plaisir.

— Mais ce sont des bébés écureuils, dit Petit Justin, regarde leur maman qui les surveille derrière le tronc !

L'air frais fouettait les visages radieux et jouait avec la chevelure dorée de Jeanne. Elle était attentive à tous ces noms d'arbres que Petit Justin énumérait. Il en parlait comme s'il s'était agi de ses enfants. Les rayons du soleil alternant avec la brise venaient gratifier les voyageurs d'une douce caresse. Puis les frondaisons devinrent si denses qu'on croyait s'enfoncer dans un tunnel. A ce moment, Petit Justin prit tendrement la main de Jeanne et la serra dans la sienne. Ils communiaient en cet instant dans un bonheur simple et vrai où les mots étaient inutiles. Malgré son jeune âge, Jeannot avait compris et, dans son esprit d'enfant, il ne faisait pas l'ombre d'un doute que Petit Justin et sa maman allaient se marier. « Merci, oncle Toussaint, grâce à toi, je vais avoir un papa ! » se disait-il.

Cette course au grand air grisait Jeanne qui en oublia leur pauvreté, la dureté de la vie, son travail qui usait ses mains et creusait quelques fines rides au coin de ses yeux. A l'issue de ce voyage enchanteur, ils arrivèrent devant la maison de Petit Justin. Découvrant les ateliers et les entrepôts de bois, les écuries pour les percherons, Jeanne fut saisie par l'importance du chantier. Petit Justin la vit soudain si pâle qu'il la soutint pour l'aider à marcher.

— Tout cela est si beau, si inimaginable ! dit-elle dans un souffle.

— Venez, Jeanne, Paul va nous offrir à boire.

C'était beaucoup à la fois pour Jeanne : ces arbres aux robes touffues dans lesquels s'infiltraient les faisceaux lumineux du soleil selon le bon gré de la brise, cette odeur de tanin si prenante et ces maisons de bois en harmonie avec les lieux.

Dans la cuisine, elle entra derrière Petit Justin en tenant Jeannot par la main. Paul, saisi par la beauté de Jeanne, bafouilla quelques mots de bienvenue. Il avait cueilli quelques fleurs pour faire honneur à l'invitée de son patron.

— C'est Toussaint qui a planté cet arbuste, précisa Petit Justin devant le regard admiratif de Jeanne.

— Asseyez-vous, Jeanne, et toi aussi, Jeannot. Paul va nous apporter quelque chose de bon.

Un instant embarrassé par cette présence féminine dans cet univers masculin, Paul se surpassa. Il apporta une cafetière émaillée fumante, un broc de cidre et du pain grillé. Jeanne but le café et mordit dans une tranche de pain. Elle n'arrivait pas à imaginer qu'elle était là, se faisant servir, entourée de ces hommes attentifs et prévenants. Jeannot aussi but et mangea en se disant que le bonheur existait.

— Il fera bientôt nuit et la maison est loin, dit Jeanne qui pensait au retour.

— Ne vous inquiétez pas, Jeanne, reprit Petit Justin en attelant le cheval, vous allez voir, mon ami va trotter aussi vite que le vent.

— Monsieur Paul, dit Jeannot en embrassant Paul au moment de prendre congé, vous me donnerez la recette de votre pain, il est très bon !

Jeanne, le visage empourpré par autant de prévenances, le quitta en le remerciant et en serrant sur son cœur le bouquet de fleurs qu'il lui avait offert.

— Merci, je n'oublierai jamais cette journée, c'est un cadeau que je chérirai dans mon cœur, dit-elle à l'intention de Petit Justin.

— Croyez que je suis heureux d'être à l'origine de ce cadeau, Jeanne.

Le cheval démarra sous le regard complice et attendri de Paul dont l'univers avait conquis Jeanne.

La nuit tombait, ils se turent. Jeannot, assis entre eux, savourait cette quiétude et regrettait la fin de la promenade. Dans la pénombre, il se surprit à imaginer qu'il voyageait dans un monde fantastique, et la fatigue bientôt l'emporta dans un autre univers, celui des rêves. Le cheval galopait, hennissant parfois, berçant le sommeil de l'enfant. Jeanne aussi se surprit à rêver. Elle ferma les yeux et revit son enfance solitaire auprès de ce grand-père qui l'avait recueillie, elle, pauvre oiseau tombé du nid, sans famille. Il lui avait donné une éducation et un métier. Ce tailleur pour hommes avait une bonne renommée et une clientèle fidèle. En grandissant, Jeanne avait appris ce métier de couturière qu'elle aimait tant. Puis il y avait eu Robert, le fils du maître, séduisant et riche. Elle était tombée follement amoureuse et s'était donnée à lui. Mais Robert avait d'autres ambitions où Jeanne n'avait pas sa place, et, lorsqu'elle fut enceinte, il disparut, la laissant désemparée et honteuse lorsqu'elle sentait les regards se poser sur elle. Alors elle voulut disparaître, fuir ce déshonneur, oublier cet homme, et c'était ainsi qu'elle était arrivée dans ce hameau perdu avec son bébé dans les bras. Avec beaucoup de courage, elle se remit à l'ouvrage, soutenue par ce grand-père qui l'aidait de son mieux. Elle vouait sa vie et son amour à Jeannot, cet enfant si intelligent qui lui rendait bien son affection. Un vague à l'âme l'envahit soudain, elle se demandait pourquoi elle se sentait si bien.

Petit Justin rompit le silence et le fil de son passé qu'elle se remémorait.

— Nous allons bientôt atteindre la route, je dois allumer la lampe.

Il parla doucement à son cheval, le fit ralentir, puis s'arrêter. Petit Justin souleva le chapeau et alluma la lampe avec son briquet. La flamme d'abord hésitante se reprit et monta, jaune et vigoureuse, sous le globe de verre. Elle attira au bout de quelques minutes une multitude de petits papillons et de moustiques dont certains s'y brûlèrent. La lampe permit à Jeanne de mieux discerner le visage de Petit Justin, ce visage d'homme à la peau dorée par le soleil, volontaire et fier, au regard de feu, aux lèvres bien ourlées qui esquissaient un sourire plein de tendresse. Jeanne frémit, elle se surprit à désirer cet homme, un sentiment qu'elle croyait éteint pour toujours. Quel démon s'était emparé de ses pensées pour en arriver à de telles conclusions ? Elle rougit de honte. Ils débouchèrent sur la route.

— Vous serez bientôt chez vous, dit Petit Justin en tirant Jeanne de ses pensées.

Des voitures les dépassèrent à grands coups de klaxon. L'une d'elles passa si près qu'ils durent faire un écart sur le bas-côté, au risque de verser. Ce cahot réveilla Jeannot.

— Je rêvais à la forêt, mais nous arrivons à la maison, fit-il avec de la déception dans la voix.

— Tu vois, Jeannot, si tu veux, nous en ferons des promenades comme celle-là ! dit Petit Justin en lui tapotant la joue. Mais, continua-t-il, il faudra que tu attendes un peu, il y a la guerre, cette maudite guerre !

— Oh oui, monsieur Justin, dit Jeannot qui était tout à fait réveillé, j'attendrai.

Ils allaient quitter la route quand la voiture qui avait failli les renverser repassa, venant en face ; elle les aveugla de ses phares puissants et fit encore tressaillir le cheval. Petit Justin eut grand-peine à contenir sa colère en reconnaissant le conducteur insolent qui n'était autre que Monsieur Jean. Comment cet homme, pensa-t-il, pouvait-il être le père d'Elodie ? Petit Justin aurait aimé le remettre à sa place, ayant l'avantage de sa jeunesse et de sa fougue.

Ils arrivaient devant la maison de Jeanne et Petit Justin ravala sa rancune envers cet homme pour ne pas gâcher les derniers instants en compagnie de Jeanne.

— Voulez-vous souper avec nous ? demanda-t-elle en descendant avec Jeannot. Ce sera une modeste omelette, si vous l'aimez !

— Non merci, Jeanne, il se fait tard et je dois rentrer chez mon père, vous comprenez ?

— Bien sûr, c'était une merveilleuse journée que vous nous avez fait passer, n'est-ce pas, Jeannot ?

L'enfant, déçu du départ si précipité de Petit Justin, hocha la tête et courut sous l'appentis.

— Il s'est attaché à vous comme à Toussaint, dit Jeanne.

Petit Justin lui prit les mains, qu'il serra fort et avec une émotion mal contenue, lui promit de dîner avec eux la prochaine fois. Il remonta dans la calèche et démarra aussitôt, comme s'il fuyait un regret. La nuit noire le happa et le silence recouvrit le bruit du galop.

Jeannot entraîna sa mère dans la maison.

— Viens, maman, rentrons, je vais allumer le feu et toi tu vas faire l'omelette.

Ils soupèrent à la lueur de la lampe, rêvant à cette belle journée unique dans leur vie si recluse.

Petit Justin, emporté par le galop de son cheval, ne voyait dans ses songes que ces beaux yeux bleus qui avaient ouvert la porte secrète de son cœur. « Jeanne, dit-il, je t'aime. » Il frôla le bouquet que Jeanne, dans son trouble, avait oublié sur la banquette. La pénombre était moins dense que dans la forêt ;

le cheval dévalait les pentes et grimpait les côtes, écumant, la crinière au vent. La lampe se balançait au gré de cette course effrénée et ressemblait à un feu follet.

A son arrivée chez son père, il trouva l'écurie allumée et Justin et Toussaint qui en sortaient.

— Un petit veau vient de naître ; une naissance un peu difficile, dit Toussaint.

Petit Justin découvrit Dominique, près de la vache et du nouveau-né, tout heureux.

— La soupe t'attend, la marmite est au chaud.

Alors que la saison des foins battait son plein, Toussaint fit son apparition dans la cour de la ferme de Julien. Il était parti avant le jour en raison de la chaleur, il était dix heures lorsqu'il se présenta. Partout, l'odeur des foins coupés embaumait la campagne.

En ce début juin, l'air devint lourd, laissant présager les orages. Le vent d'ouest souffla en tourbillon et souleva une poignée de foin.

— Julien, regarde, dit Elodie, demain le vent soufflera au nord.

Tous avaient regardé les brins de foin, ce phénomène de la nature pouvait être aussi anodin que dévastateur.

Toussaint apprit que Petite Maria venait de décrocher son certificat d'études, c'était aujourd'hui son dernier jour d'école. Ce soir, bien sûr, il irait la chercher pour lui faire la surprise de son retour.

— J'irai avec Joseph, dit Toussaint, qui ne voulait pas priver son jeune ami d'un plaisir tel que celui-là.

Elodie lui sourit d'un air entendu. Joseph avait entendu et s'empourpra soudain tant la joie l'avait assailli. Il se sentait prêt à brasser toutes les charretées de foin de la ferme en échange d'un sourire de Petite Maria.

Ce jour-là, dans la chaleur étouffante, l'herbe se tordait sous les rayons brûlants et se transformait en longues rangées odorantes après le passage du grand râteau mécanique que tirait le cheval guidé par Julien. Toussaint était émerveillé par ce nouvel outil ; Julien, qui voulait que sa ferme soit performante, était ouvert au progrès mécanique. De plus, il savait sa santé fragile et ne voulait pas s'exposer à des travaux pénibles qui pouvaient être effectués par des machines.

On fit une pause bien méritée à midi et, malgré ce moment de détente, le climat restait morose en raison des nouvelles de plus en plus rares de Petit Justin et d'Antoine : il ne semblait pas être question de permission.

Cibelle se mit à trembler, signe que l'orage ne tarderait pas à éclater.

— Mes enfants, ne tardons pas, Cibelle nous fait signe que nous devons nous hâter de rentrer le foin ! dit Julien.

Joignant le geste à la parole, il coiffa son grand chapeau de paille et sortit d'un pas décidé. Joseph et Toussaint lui emboîtèrent le pas. L'air était lourd et des nuages moutonnaient à l'horizon. Ils eurent le temps de rentrer deux grandes charrettes de foin avant que Toussaint ne parte pour l'école. Il en restait deux autres à charger et Joseph, à son grand désespoir, ne put donc pas accompagner Toussaint. Le jeune homme mit toute son énergie à charger le foin à grandes fourchées qu'il empilait nerveusement, ce qui n'échappa pas à Julien. Devant les nuages qui s'amoncelaient et menaçaient de percer avant que tout le foin ne soit engrangé, les parents de Joseph vinrent apporter leur aide.

Toussaint avait pris la calèche. En cas de pluie, ils seraient mieux abrités. Petite Maria sortit, accompagnée de Madeleine et de plusieurs autres filles, alors que le vent commençait à souffler. Puis toutes ces jeunes filles s'embrassèrent en versant quelques larmes ; elles ne se verraient plus à la prochaine rentrée ; pour elles, l'école était bien finie. Quand Petite Maria aperçut la calèche, elle se précipita vers Toussaint.

— Oncle Toussaint, je savais que tu viendrais, lui dit-elle en grimpant lestement à ses côtés.

Les premières gouttes commencèrent à tomber et le vent soufflait en rafales. Madeleine, restée en bas de la calèche, luttait pour rester debout. Petite Maria lui cria de monter, mais elle glissa sur le marchepied et tomba sur la route devant la roue. Le cheval effrayé se cabra et, sans la présence d'esprit de Toussaint, qui réussit à maîtriser l'animal, l'accident aurait été inévitable. Petite Maria et Madeleine, les genoux écorchés, étaient trempées jusqu'aux os et tremblantes de peur.

— Calme-toi, mon enfant, lui dit Toussaint avec douceur, Petite Maria va s'occuper de toi et bientôt nous serons à la maison.

Les deux filles étaient tassées dans la calèche, terrorisées par les éclairs qui zébraient le ciel et enflammaient la campagne. Le cheval défiait le danger et avançait avec courage, la tête dans le vent.

Quand ils arrivèrent, la cour ressemblait à un ruisseau, mais, à l'horizon, l'éclaircie se profilait. La cuisine était pleine de monde, il ne manquait qu'eux. Sur la table, la collation était prête : pain, pâtés, grillons et fromages frais invitaient à la gourmandise. La mère de Joseph fit la surprise à Petite Maria d'une magnifique gerbe de fleurs qu'elle avait cueillies à la rosée du matin.

— Ceci en l'honneur de mademoiselle Maria qui a été reçue à son certificat d'études, dit-elle timidement et d'une voix empreinte d'émotion.

Petite Maria se leva et embrassa cette brave femme au cœur généreux. Après cet intermède, sur l'invitation d'Elodie, chacun se restaura. Petite Maria regardait tour à tour les membres de cette famille de paysans polis, discrets et d'une éducation parfaite que le hasard de la guerre leur avait envoyés. Malgré tout, le spectre de cette maudite guerre planait toujours et pesait comme une chape au-dessus de leurs têtes, les empêchant de goûter au vrai bonheur d'être ensemble.

La fenaison n'était pas finie, et les jours qui suivirent lui furent entièrement consacrés. Mais, dès le lendemain, Petite Maria demanda à Toussaint de l'accompagner au cimetière où elle voulait apporter à sa tante Maria les fleurs offertes par la mère de Joseph.

Toussaint observait la jeune fille poser avec une infinie délicatesse sa gerbe. Petite Maria était la réplique exacte de celle qui dormait là pour l'éternité. Les roses de la tonnelle resplendissaient, comme jadis le beau regard qui se posait sur elles.

Fin juin, on fêta la *gerbaude,* ce grand repas qui clôture les fenaisons. Petite Maria, aidée de Madeleine, prépara le repas, de la soupe et du poulet, dont le fumet s'échappait par les portes et fenêtres ouvertes et venait se mêler à l'odeur enivrante du foin engrangé. Les deux familles devaient souper ensemble au grand complet. Malgré la peur qui se lisait toujours dans leurs yeux, ils semblaient heureux ; Joseph surtout ne pouvait dissimuler l'éclat qui y brillait. Dehors, on percevait le chant des grillons et celui des grenouilles ; la fraîcheur de la nuit attira tout le monde dehors sur le banc de bois fabriqué jadis par le grand-père. Sous la voûte étoilée du ciel qui ressemblait à un grand manteau cousu de diamants, on respirait la quiétude et le repos, admirant la lune qui avait presque oublié de se lever. Soudain, les effraies firent leur apparition, avec leur vol bas et lourd, poussant leurs cris effrayants. Petite Maria, assise près de Joseph, sursauta en poussant un cri de peur lorsque l'une d'elles frôla ses cheveux. Instinctivement, elle se serra contre Joseph. Les deux bras du jeune homme l'entourèrent alors fougueusement un court instant, mais l'émoi qui naquit dans le cœur de Petite Maria fut décisif et Joseph le comprit.

Ce soir-là, malgré sa fatigue, elle ne put trouver le sommeil. Elle se leva et regarda par la fenêtre les ombres de la nuit. Mais elle revivait surtout cette sensation étrange et douce provoquée par les bras de Joseph entourant ses épaules. Que se passait-il dans son cœur ? Quel était ce malaise à la fois troublant et délicieux qui s'était emparé d'elle ? Elle se laissa enivrer par la mélodie des grillons. Ce ne fut que lorsque l'aube mêla sa lumière rose à la clarté blafarde de la lune que Petite Maria trouva enfin le sommeil.

Toussaint lui avait promis de lui apprendre à lier une gerbe, et, pour cela, il resta jusqu'aux moissons. Le grand champ de blé que Julien avait gardé pour la fin fut moissonné. Les épis tombaient sur le tableau de la machine, fauchés par la lame qui cliquetait de plaisir. Seule Madeleine, assise à l'ombre d'un vieux chêne, avait la responsabilité des boissons qu'elle apportait aux moissonneurs. Petite Maria, la peau brûlée sous son grand chapeau de paille, resplendissait sous sa robe légère. L'odeur de la paille fraîche et de l'herbe piétinée embaumait la campagne. La jeune fille, une gerbe dans les bras, vivait intensément ce moment de grand bonheur. L'attelage passa. Justin ramassait les épis, assis sur la machine munie d'un râteau sans dents.

La soupe fut servie une heure plus tard, mais le grand champ reposait sous un manteau d'épis.

Après le repas, il fallait songer à repartir ; le grand champ était moissonné, mais il restait maintenant les gerbes à lier. Puis les hautes gerbes de paille de seigle furent chargées sur la charrette, bien arrosées d'eau pour être souples à manipuler. Petite Maria savait maintenant lier une gerbe, mais son rôle se résuma à donner la paille aux lieurs, une petite moue de déception au coin des lèvres. Sous les rayons du soleil, les gerbes craquaient entre leurs bras nus, mais il arrivait aussi que quelques chardons malveillants se glissent entre les épis. Elodie n'aimait pas les épines qui écorchaient jambes et doigts, mais elles faisaient partie des inconvénients de son dur métier de paysanne.

Lorsque tout le travail fut accompli, Elodie déclara que tout le monde avait mérité de manger un bon poulet. Puis, à l'ombre du grand chêne, ils se désaltérèrent en évaluant le nombre de *quintaux*. Epis contre épis, les gerbes étaient empilées par groupes de quinze, formant un *quintau ;* le grain pouvait ainsi achever sa maturation. Elodie et Petite Maria rentrèrent à la maison où les animaux et la cuisine requéraient leur présence.

Julien était très fier de ses moissons, la qualité et le rendement dépassaient ses espérances, et il contemplait son grand champ couvert de *quintaux,* semblables à de petites huttes.

L'horizon se teintait de rouge quand les hommes rentrèrent par le chemin bordé de chèvrefeuille. Ils trouvèrent Monsieur Jean assis à la table et impatient de manger la soupe. Il comptait passer la nuit à la ferme, mais ne croyait pas trouver autant de monde. Il parut contrarié de devoir repartir et montra son désagrément. Elodie aurait aimé que son père s'installe avec eux à la ferme, mais il lui avait maintes fois dit que, si elle avait choisi de vivre comme une paysanne, lui avait un rang à tenir. Combien de fois fut-elle blessée par ces paroles humiliantes ! Elodie était une fois encore triste. Pourtant, il y avait suffisamment de place pour lui, mais il refusait cette promiscuité. La tiédeur enivrante de cette belle nuit d'été qui apportait ses parfums de rose et de foin, de paille et de chèvrefeuille, remplit d'amertume le cœur d'Elodie. Le départ de son père, qui ressemblait à une fuite, jeta un froid. Il fit rugir le moteur de sa voiture et démarra en trombe pour mieux justifier sa contrariété.

Ce mois de juin avait laissé dans les cœurs et les esprits un goût amer. On avait appris la violence des combats et tremblé pour les êtres aimés. Puis l'armistice avait été signé, laissant espérer le retour des soldats. Mais cette guerre était-elle terminée ? Allait-on accepter l'humiliation ou résister ? Aucune nouvelle n'était parvenue et on ignorait le sort du frère et du mari d'Hélène. Pourquoi tardaient-ils à rentrer alors que tant d'autres avaient déjà regagné leur foyer ?

Le mois d'août était là, chaud et orageux, et, avec ce temps sec, la campagne tendait ses champs roussis vers ce ciel qui redonnait la vie. Hélène supportait difficilement cette chaleur et réclamait la présence de Toussaint à ses côtés. L'absence d'Antoine et de Petit Justin avait laissé un brouillard de larmes silencieuses et secrètes. Pour le 15 août, Julien, Elodie et Petite Maria étaient venus passer la journée chez Dominique. Marie s'était surpassée pour préparer le repas avec l'aide de Toussaint. Hélène, souffrante, n'avait rien pu faire. Une chaleur pesante régnait et le vent qui vira à l'ouest avait apporté l'orage. A midi, quand Julien avait arrêté la calèche devant la porte de l'écurie, les nuages élevaient leurs formes fantastiques et menaçantes. La famille était heureuse de se retrouver et Dominique ne tarissait pas d'éloges sur son taureau.

— Tu sais, Julien, ton taureau a fait de bien jolis veaux dans toute la contrée, je ne pourrai jamais assez te remercier !

Le tonnerre grondait dans le lointain et le ciel s'était assombri pour de bon, forçant Toussaint, suivi de Petite Maria, à aller voir ce qu'il en était. Un éclair zébra le ciel, suivi par le roulement du tonnerre ; de gros nuages presque blancs se laissaient envahir par une masse noire poussée par un vent violent. Petite Maria était fascinée par ces bouleversements du ciel. Une rafale de vent poussa quelques grosses gouttes qui s'écrasèrent avec un bruit mat dans la poussière du sol. Toujours impatiente de goûter ce plaisir étrange, elle tendait son visage vers la pluie, inondant sa peau en quelques minutes, indifférente aux appels de sa mère et au danger de l'orage, mais l'œil brillant d'une flamme que l'orage avait allumée. Une heure plus tard, le vent avait balayé toute cette grisaille et le soleil avait repris ses droits, ne laissant qu'une eau boueuse dans le caniveau qui se faufilait entre les débris de paille qu'elle avait entraînés dans son parcours. Les roses avaient piètre mine, avachies par le poids de l'eau, et Petite Maria renonça au bouquet qu'elle voulait apporter à la mère de Joseph.

La saison des battages devait commencer et les hommes s'y préparaient avec courage. Ce dur labeur faisait peine à Toussaint dont la vieille carcasse avait beaucoup perdu de sa robustesse. Il avait aussi pour mission de veiller sur la forêt et sur les deux nouveaux qui y avaient été embauchés. Petit Justin avait aussi ouvert son cœur à Toussaint, il lui avait rapporté la visite de Jeanne et ses sentiments à son égard. « Lorsque cette guerre sera finie, je l'épouserai », avait-il dit à son vieil ami qui avait depuis longtemps préparé cette rencontre et n'en espérait pas une autre issue.

Septembre s'étira de la même façon. A la ferme d'Elodie, le climat était triste et tendu. Joseph était malheureux de voir ses parents repliés sur eux-mêmes et porteurs d'un secret. Puis Madeleine avait confié à Petite Maria, dans une avalanche de sanglots, qu'ils allaient repartir.

— Je savais qu'ils voudraient retourner chez eux, mais pas si tôt, dit Julien.

Ce soir-là, Joseph ne vint pas et, dans la tiédeur de leur foyer, ils évoquèrent tous les trois ce futur départ.

Ce fut une semaine plus tard que Joseph, mal à l'aise, leur annonça la nouvelle.

— Nous allons partir dans deux jours, mes parents n'en peuvent plus de vivre loin de leur village. Pardonnez-moi, j'aurais dû vous le dire plus tôt, mais c'était si difficile…

Joseph ne put poursuivre, sa voix était étouffée par les sanglots. Julien s'approcha et lui posa une main sur l'épaule.

— Joseph, je te considère comme mon fils ; tes parents agissent comme je ferais à leur place, il ne faut pas leur en vouloir. Ce sera dur, ce sera un vrai déchirement dans notre cœur, mais tu sais, la vie est longue et tu reviendras, nous t'attendrons.

Elodie et Petite Maria pleuraient en silence. Il y avait un an que Joseph était arrivé, il faisait partie de la famille, tout le monde l'adorait, même les animaux le regretteraient. Elodie s'essuya les yeux et proposa à Joseph d'inviter toute sa famille à souper. Elle lut de la joie dans le regard mouillé du jeune homme. Ces pauvres gens avaient accepté l'offre d'Elodie, mais le cœur n'y était pas, tout en eux respirait la peine et la souffrance. Le moins triste était Auguste qui fit honneur aux bons plats que lui présentait Petite Maria. Quant au regard que posait Joseph sur elle, il était douloureux et transperçait le cœur. La pendule égrena ses douze coups de son rythme implacable et chacun se leva. Le père de Joseph remercia Elodie, qui proposa à Madeleine de passer cette dernière journée en compagnie de Petite Maria.

— Je viendrai t'aider à préparer tes affaires, et après nous ne nous quitterons pas de la journée, lui murmura Petite

Maria, qui ne vit pas dans la pénombre les larmes envahir ses yeux.

Le bras de Madeleine se crispa sous celui de son amie qui, désemparée, ne trouvait plus les mots pour apaiser sa douleur. Elle la suivit du regard dans cette nuit que la lune éclairait. Se retournant, elle se trouva devant Joseph. Saisis, ils restèrent muets, enveloppés par le silence de la nuit. Cet instant fut magique pour le jeune homme transi, vibrant d'amour devant celle qu'il aimait. Le moindre souffle du vent aurait pu ternir ces minutes merveilleuses où leurs regards étaient soudés. Combien de temps sombrèrent-ils dans ce rêve où, unis par un fil invisible, ils étaient à l'unisson ? Leurs mains tendues se nouèrent, puis, dans un élan irrésistible, Petite Maria se retrouva emprisonnée dans les bras de Joseph qui ne contenait plus sa fougue. Il la serra tendrement, follement, et lui murmura enfin ces mots qui le torturaient depuis le premier jour.

— Petite Maria, je t'aime depuis la première seconde où je t'ai vue, tu es si belle.

Elle sentit vibrer son cœur dans l'ardeur des bras de Joseph, malgré l'innocence de son jeune âge, et lui tendit ses lèvres en guise d'offrande. Ce fut un long baiser, le premier de leur jeune vie, pur et empli de promesses. Elle se reprit la première en desserrant l'étreinte dans laquelle il l'avait enfermée et murmura :

— Oh, Joseph, que nous arrive-t-il ?

Il n'insista pas, un peu honteux ; elle était encore si jeune et lui allait partir dès le lendemain. Mais Petite Maria tremblait de l'émoi qui avait pris possession de son corps, des sensations qu'elle avait découvertes dans ce baiser. Avait-elle percé quelque secret de femme ?

— Bonne nuit, Petite Maria, à demain, lui dit-il en disparaissant.

Elle écouta encore quelques instants le chant de l'eau qui heurtait les racines emmêlées des gros vergnes. Son rêve l'entraîna dans ce ruisseau où, une main dans celle de Joseph, l'eau mouillerait leurs pieds nus. Elle en eut presque le tournis.

Passant une main sur son front bouillant où perlaient quelques gouttes de sueur, elle leva le loquet et entra, retrouvant la solitude recherchée de sa chambre. Elle s'endormit, avec sur les lèvres le goût du baiser de Joseph.

Le lendemain, Petite Maria et Madeleine, accompagnées par Cibelle, partirent faire une dernière visite à leurs endroits préférés. Madeleine avait séché ses larmes et, le soir, après le dîner, Petite Maria ne raccompagna pas ses trois invités : elle se réfugia, aussitôt la porte fermée, dans sa chambre, la complice de sa tristesse. Elodie trouva sa fille ; les yeux mouillés, elle lui caressa les cheveux et, sans un mot, lui fit comprendre qu'elle était là et qu'elle pouvait compter sur elle. Lorsqu'elle quitta la chambre, Petite Maria avait sombré dans le sommeil, mais une larme perlait encore au bord de ses grands cils recourbés.

Julien attela la carriole dans laquelle il avait ajouté une banquette supplémentaire pour emmener la famille de Joseph à la gare. Les pauvres gens n'avaient pas plus de bagages qu'à leur arrivée. Petite Maria avait tenu à les accompagner. Assise près de Madeleine, elle ne quitta pas des yeux la nuque de Joseph, installé devant. Elle voulait graver sa silhouette dans sa mémoire, l'enfouir dans son cœur. Le trajet fut silencieux, seul Julien parlait à son cheval pour rompre la pesanteur parce que l'animal, docile et intelligent, n'avait pas besoin des paroles de son maître pour suivre sa route.

Ce matin-là, d'autres réfugiés comme eux attendaient le train. « Au moins, pensa Julien, ils se sentiront moins seuls. » Qu'allaient-ils trouver chez eux ? Julien et Petite Maria se rangèrent un peu à l'écart de façon à laisser tous ces réfugiés se saluer dans leur langue. Julien toussa dans cette brume humide et remonta son cache-nez.

— Tu vois, dit-il à sa fille, ces réfugiés, comme on les appelle, sont comme nous : animés du même amour pour leur terre, ils ont besoin de la sentir sous leurs pieds, de la faire glisser entre leurs doigts, de la sentir parfumer l'air qu'ils respirent ; c'est ça, les racines. Chez nous, ils ressemblaient à des arbres arrachés et replantés en pleine sécheresse.

Lorsque le train entra en gare dans un grand bruit de freins et de ferraille grinçante, Madeleine tourna vers Petite Maria son regard rempli de larmes.

— Petite Maria, je ne t'oublierai jamais.

Joseph fit monter ses parents et, pris dans l'engrenage de la foule qui se pressait aux abords des wagons, il disparut. Julien et Petite Maria restaient figés, les yeux fixés sur le train dont les vitres étaient fardées de buée. Dans un long sifflement, une énorme vapeur monta pour aller se perdre dans la brume de ce début d'automne. Petite Maria cherchait à travers les vitres opaques à distinguer le visage de Joseph. Soudain, des bras l'emprisonnèrent, la serrant à l'étouffer. Elle reconnut cette voix qui lui murmura : « Je t'aime, je reviendrai. » Après un éclair de joie, les larmes jaillirent des yeux de Petite Maria et, dans ce brouillard diffus, elle le devina qui courait pour remonter dans le train qui allait s'ébranler.

Julien prit la main de sa fille et ils regagnèrent la carriole qui leur sembla bien triste et bien grande. Aucun mot ne put franchir leurs lèvres, ils étaient inutiles pour exprimer cette douleur que seul le temps réussirait à effacer.

Les jours suivants, le vide laissé par leurs amis – Joseph en particulier – fut immense. Julien ressentit l'absence de ses bras vigoureux qui lui firent cruellement défaut. Il ne put ensemencer seul et Petite Maria dut retrousser ses manches et apprendre à labourer avec le petit brabant que Julien acheta spécialement pour elle.

Ce matin-là, à la ferme de Julien, tout était endormi quand Cibelle se mit à aboyer.

— Ecoute, Julien, il y a quelqu'un dans la cour, dit Elodie en réveillant son mari encore tout ensommeillé, fatigué de sa journée de semailles.

Julien grogna, mécontent d'être dérangé dans son repos.

— Sûrement un renard qui rôde autour du poulailler, marmonna-t-il.

Le ton de Cibelle changea, ses aboiements se firent plus familiers et joyeux.

— J'entends une carriole, c'est sûrement Toussaint, dit Elodie en se levant et en s'habillant prestement.

Elodie ouvrit la porte, la brume était épaisse et on distinguait à peine à quelques mètres. Mais un rai de lumière filtrait à la porte de la grange. C'était Toussaint qui rentrait son cheval. Vite, elle ralluma le feu au moyen de quelques brindilles qu'elle mit au contact des braises qui couvaient sous la cendre. Cibelle vint avertir sa maîtresse.

— Mon Dieu, que tu es matinal, Toussaint ! Que se passe-t-il donc, mon ami ? demanda-t-elle en l'embrassant.

Toussaint, en se rapprochant de la cheminée, étira son vieux corps, qui tremblait d'émotion, près de la flamme.

— Elodie, cette nuit un petit garçon est né, il s'appelle Pierre ! Hélène est enfin délivrée. Je suis venu aussitôt vous apporter la nouvelle.

Il parlait avec peine, tant il était ému. Elodie le pria de s'asseoir et de se détendre.

— C'est une merveilleuse nouvelle qui nous comble de joie, je te remercie infiniment d'avoir bravé la nuit pour nous l'annoncer.

Elodie servit le café et s'assit près de Toussaint, impatiente d'en savoir un peu plus.

— Oh, Elodie, Hélène a beaucoup souffert !

Toussaint avait été marqué par cette naissance difficile et il était bien démuni devant ce petit être criant de vie.

— Toussaint, c'est fini maintenant, demain tu nous conduiras. Avec Petite Maria, nous irons voir ce nouveau-né, ce sera merveilleux.

Toussaint n'en espérait pas moins, c'était un grand bonheur pour lui de les y conduire et de retrouver Hélène et le petit Pierre.

Julien, les cheveux embroussaillés, bâillant comme s'il avait encore sommeil, se montra à la porte de la cuisine.

— Hélène a eu un fils ! dit Elodie.

— Un garçon, dit-il en secouant énergiquement la main de Toussaint, c'est Antoine qui va être le plus heureux des hommes !

Lui aussi aurait aimé avoir un fils, mais il savait qu'Elodie ne pouvait pas lui donner cette joie. Il fut, l'espace d'un instant, envahi par une vague d'amertume.

Le jour pointa enfin. L'aube rosit les crêtes des gros nuages qui semblaient suspendus à l'horizon, noyant la petite vallée dans la brume, tandis que la voûte de la forêt s'incrustait d'or. Cette heureuse nouvelle apporta un souffle de vie et d'espoir dans la morosité quotidienne. Les nouvelles que Julien ramenait du bourg étaient de plus en plus inquiétantes. Cette guerre prenait une ampleur que l'on redoutait et faisait peser des menaces sur chaque foyer.

— Mon Dieu, dit Elodie, et mon père que je n'ai pas revu depuis sa maladie ! Toussaint, ne pourrais-tu aller voir ce qu'il devient ?

— Bah, répondit Julien, il n'a pas besoin de nous, sois tranquille, Elodie ! Quand il aura envie de se faire cajoler, il saura te trouver !

Cette journée d'automne fut douce, les nuages avaient eu la sagesse de s'éclipser et le soleil dora la campagne de sa chaleur. Toussaint était émerveillé de voir les dahlias qui imprimaient leurs têtes frisées et de toutes les couleurs sur la verdure de la haie bien taillée. Le gros cerisier avait pris ses teintes jaune et violacée et rivalisait avec les jeunes pommiers aux branches presque dénudées, dont les derniers fruits aiguisaient l'appétit des gourmands. Le vent avait encore cette douceur qui rappelle la nostalgie des fins d'été, mais, quand, dans le ciel un peu pâlot, Toussaint perçut les cris perçants des grues, son cœur de poète fut comblé.

— Oncle Toussaint, regarde, cria Petite Maria, on dirait qu'elles veulent nous parler !

— Mais elles nous parlent, et elles disent : « Sème ton blé, paysan. Au printemps, nous reviendrons pour manger. »

Devant la moue dubitative de Petite Maria, Toussaint expliqua qu'il s'agissait d'un dicton d'ici. Les grues annoncent l'hiver ; elles reviendront avec le printemps quand le blé sera en herbe, tendre à becqueter.

Toussaint voulut se rendre au cimetière, il avait cueilli à l'intention de Maria une brassée de dahlias.

— Maman m'a dit que tu voulais être seul, mais je serais si heureuse de t'accompagner, lui dit-elle.

Toussaint sourit en étirant sa longue barbe.

— Eh bien, nous ferons comme ces oiseaux qui voyagent toujours en groupe, nous serons plus forts ensemble.

A cette saison, le grand rosier prenait lui aussi sa couleur automnale ; quelques roses pourpres s'y accrochaient encore, offrant leur beauté insolente. Ils déposèrent dans le vase les dahlias, se recueillirent, et leurs prières résonnaient des mêmes mots : « Douce Maria, tu es toujours vivante parmi nous, ton immense amour unit ta famille et ces modestes fleurs te parlent de cette poésie que tu aimais tant. »

Toussaint prit les mains de Petite Maria et les serra dans les siennes, en lui demandant de veiller à ce que son corps sans vie vienne reposer ici. Ils se turent, la gorge nouée par une angoisse indescriptible, et quittèrent à regret ce lieu de paix et de recueillement.

Le soleil, précédé d'un voile de brume, disparaissait derrière la voûte de la forêt, si grande qu'elle mangeait de son ombre les trois quarts de l'horizon.

Le lendemain, vers dix heures, la calèche était sur le départ. Elodie y déposa un grand panier d'osier.

— Ne t'inquiète pas, dit-elle à Julien, nous serons rentrés avant la nuit.

Petite Maria, déjà grimpée sur le siège, était impatiente et ses yeux brillaient de joie. Toussaint, devinant l'envie de Petite Maria, lui laissa les guides.

— Allez, mon enfant, conduis-nous ! dit-il.

Elle rougit de plaisir et de fierté, se mit debout et tira sur les guides. Le cheval secoua la tête en guise de soumission et démarra en souplesse. Toussaint, assis près d'Elodie, regardait l'automne qui avait habillé les haies de roux. Les premières gelées avaient saisi quelques feuilles qu'un petit vent de nord prenait plaisir à dérober. Quelques-unes, en tourbillonnant, venaient s'engouffrer sous la toile de la calèche, happées dans cette course effrénée qu'imposait Petite Maria au cheval.

Ils arrivèrent un peu avant midi. Justin regarda, ébahi, l'attelage stopper sa course dans la cour.

— Mais qui t'a appris à conduire comme ça ? demanda-t-il, admiratif.

Elodie et Petite Maria se précipitaient déjà à l'intérieur, pressées de faire la connaissance de ce nouveau membre de la famille. Marie les accueillit en essuyant ses mains dans son tablier.

— Mon Dieu, quel bonheur ! Hélène va être heureuse de vous voir !

— Tante Marie, il est beau, le bébé ?

— Parce que tu penses qu'Hélène et Antoine pouvaient donner le jour à un bébé malingre et souffreteux ? répondit-elle en riant.

Elles ouvrirent doucement la porte de la chambre où reposaient la mère et le bébé. La lumière tamisée éclairait le pâle visage d'Hélène. Petite Maria fut si émue par la beauté de cette femme épanouie qu'elle en eut les larmes aux yeux. Elle embrassa ses joues satinées et découvrit le bébé endormi sur le sein gonflé. C'était la première fois que Petite Maria voyait un nouveau-né.

— Jamais je n'aurais cru que ce soit si beau, un nouveau-né ! dit-elle, fortement impressionnée.

Elle prit sa petite main au poing fermé et baisa doucement ses doigts menus. Elodie, Toussaint et Marie approchaient à leur tour, leurs visages attendris par la scène.

Les deux femmes s'étreignirent, complices de ce moment unique. Toussaint regardait gauchement ce petit bout d'homme, il le trouvait déjà plus beau que le premier jour, mais il en avait le cœur aussi chaviré. Il était subjugué par le courage dont faisaient preuve les femmes pour donner la vie. Il entendait encore les cris atroces d'Hélène et les longues heures de martyre qu'elle avait subies.

— Oncle Toussaint, tu rêves ? demanda Hélène, qui voyait qu'il n'osait bouger. Viens voir Pierre de plus près.

Il s'approcha timidement et prit la main de la jeune femme qu'il embrassa comme un grand seigneur et admira l'enfant endormi. Le cœur bouleversé devant le petit-fils de sa Maria, il ne put retenir un flot de larmes et s'en excusa.

— Comme je suis devenu sensible !

L'absence d'Antoine était la seule ombre au tableau.

Le retour d'Elodie fut un peu retardé, car ils soupèrent avant de rentrer. La route était dangereuse, on croisait depuis le début de cette guerre des voitures, aussi Toussaint avait allumé les deux lampes de la calèche. Elodie et Petite Maria, bien calées sur le siège, pensaient à Julien qui devait être inquiet. Toussaint encouragea le cheval à les ramener au plus vite. Il connaissait cette route par cœur, combien de fois l'avait-il parcourue ? Derrière lui, les deux femmes, blotties l'une contre l'autre, somnolaient en rêvant à ce petit ange nommé Pierre. Onze heures sonnaient quand Toussaint arrêta la calèche devant la porte de l'écurie. Dans la cour, la voiture de Monsieur Jean luisait sous la lumière des lampes.

— Mon Dieu ! s'exclama Elodie, papa est là !

Julien vint à leur rencontre, serrant Elodie comme si une éternité les avait séparés.

— Comme tu as été longue, mon Elodie ! Ton père est là, il est arrivé à midi. Nous avons déjeuné ensemble, mais il était mécontent que tu ne sois pas là, dit Julien.

Elodie soupira. Son père… Depuis le temps qu'elle espérait sa venue, c'était précisément ce jour-là qu'il choisissait ! Assis près du feu qui ronflait sous l'énorme tas de bûches, il grogna à l'arrivée de sa fille.

— Ce petit Pierre a donc bien du charme pour vous retenir aussi longtemps. Pendant ce temps, le vieux grand-père attend !

Elodie tenta de dissimuler son dépit face aux paroles de son père.

— Quelle surprise que cette visite, papa ! Tu restes avec nous cette nuit ?

— Bien sûr ! Et ce bougre de Toussaint, que fait-il encore à traîner dehors ? ajouta-t-il.

Toussaint entrait justement et il entendit les paroles de Monsieur Jean.

— Mon cheval n'est pas comme une voiture, il a faim et soif, dit-il avant de serrer la main qui se tendait. Quelles nouvelles apportez-vous, Monsieur Jean ? Vos visites sont si rares !

— Passe donc un de ces jours à la maison, ça me rappellera le bon vieux temps de notre jeunesse.

Pourquoi cette proposition qui n'était pas dans ses habitudes ? Elodie offrit un tilleul que chacun accepta. Ils dégustèrent un bol de ce breuvage dont l'arôme avait parfumé toute la cuisine alors que, dehors, le vent se levait. Cette nuit sans lune serait froide et humide. Monsieur Jean, qui côtoyait beaucoup de monde et voyageait beaucoup, leur donna quelques nouvelles qui ne présageaient rien de bon. Elodie sentit que son père ne disait pas tout. Puis, tout à coup, en regardant Julien, il lui demanda où étaient passés ses réfugiés.

— Ils sont rentrés chez eux ? Ces gens sont inconscients, ils vont se faire massacrer ! dit Monsieur Jean sans compassion.

Petite Maria se leva d'un bond et foudroya son grand-père d'un regard qui lançait des éclairs.

— Je t'en prie, grand-père, ne dis pas des choses comme ça ! S'ils sont partis, c'est justement pour se défendre contre l'ennemi !

Monsieur Jean regarda sa petite-fille et revit Elodie plus jeune, se heurtant à lui pour défendre celui qu'elle aimait. Il devina sans peine qu'elle était éprise de ce jeune Joseph qui était certes un beau garçon. « Mais qu'ont-elles donc, ces filles, à s'enticher du premier venu ? Elle fera comme sa mère, elle souillera notre nom ! » pensa-t-il avec amertume.

Monsieur Jean dormit mal, il avait d'autres ambitions pour sa petite-fille et il voulait justement lui présenter un de ses amis.

Lorsque le mois d'octobre s'acheva, avec son attelage de quatre limousines, Petite Maria avait achevé de retourner le grand champ de chaume que Julien put ensemencer de blé. Elle aimait ce travail pourtant pénible ; il lui parlait de Joseph qui, avant elle, avait foulé cette terre et effectué les mêmes gestes.

Où était-il ? Que faisait-il ? Depuis leur départ voici plus d'un mois, aucune nouvelle ne leur était parvenue.

C'est à ce moment-là qu'Hélène reçut enfin des nouvelles d'Antoine. Une courte carte lui apprit qu'il avait été fait prisonnier le 16 juin, puis conduit avec ses camarades du côté de Longwy avant d'être transféré en Allemagne. Antoine était prisonnier au Stalag XI A à Altengrabow d'après l'adresse qu'il lui avait jointe.

III

Pendant que Petite Maria labourait dans le calme de la ferme, rêvant aux premiers émois de son cœur, Joseph arrivait dans son village, après un éprouvant voyage. Pendant tout le trajet, ses parents n'avaient cessé de montrer leur impatience, ils étaient heureux et inquiets à la fois.

A la descente du car, Joseph prit les deux valises et marcha rapidement vers leur maison. La haie du jardin n'était plus que broussailles ; il la contourna, imaginant le pire. Madeleine et Auguste, quelques pas derrière, soutenaient leurs parents qui tremblaient d'émotion.

Lorsque Joseph tourna la tête et vit la maison, son cœur éclata dans sa poitrine et il lâcha ses deux valises qui tombèrent dans un bruit sourd et s'ouvrirent en éparpillant leur contenu à terre.

— Que se passe-t-il, Joseph ? crièrent-ils.

Les portes et fenêtres aux vitres fracassées pendaient misérablement. L'intérieur avait été pillé et ce qui n'avait pu être emporté avait été saccagé. Cette vision de désolation acheva de leur briser le cœur et de les anéantir. Ils hurlèrent des mots incohérents, leurs visages pâlirent et leurs regards se troublèrent. Ils tombèrent à genoux, les mains jointes dans une prière que leurs lèvres scellées ne purent articuler.

Leur père, le visage décomposé, gratta la terre de ses mains nues, porta à son visage cette herbe et cette terre mélangées et dit en tremblant :

— Je veux que mon corps repose ici dans cette terre où sont mes racines. Nous chasserons les Allemands et Dieu nous aidera à punir ces bottes maudites.

Telles furent ses dernières paroles. Il avait été si bouleversé que son vieux cœur n'avait pas résisté. On transporta son corps chez des voisins, arrivés un peu avant, qui avaient arrangé quelques pièces pour les rendre de nouveau habitables.

La souffrance était si atroce qu'elle avait tari toutes les larmes, et tous s'unirent pour nettoyer et reconstruire, avec un courage et une frénésie décuplés par la haine qu'ils nourrissaient envers l'ennemi.

La mère de Joseph retrouva un vieux matelas, au fond du grenier, qui avait été épargné. C'est là que le père de Joseph reposa avant d'être porté en terre.

— Nous sommes à la maison, mon ami, nous sommes chez nous, lui murmura-t-elle en lui étreignant les mains.

La fureur de Joseph ne cessa de grandir. Son père mort, sa maison profanée, son village saccagé par ces vandales, c'en était trop pour que cette haine reste impunie. Les jours et les mois qui suivirent, le village tout entier entreprit de faire face en reconstruisant, en labourant et en semant sur cette terre abandonnée depuis leur départ.

La mère de Joseph resta fière dans sa douleur, reportant son amour sur ses trois enfants. Joseph, dans le secret de son cœur, était son préféré, et le soir, lorsqu'elle le voyait, ivre de fatigue devant la maigre assiettée de soupe, elle en pleurait de désespoir.

La vie s'organisait peu à peu dans le village, pas une seule famille n'avait été épargnée, la guerre avait fait beaucoup de ravages. La mère de Joseph était la sœur du maire, aussi pouvait-elle protéger les jeunes gens lorsqu'une patrouille allemande faisait sa ronde. Puis, lorsque survint le service du travail obligatoire du Reich, Joseph se rebella. A aucun prix, il ne voulait subir un tel déshonneur. Ils furent une dizaine, avec Joseph, à se réunir secrètement au fond d'un bois aux fourrés inextricables. Ils se constituèrent un abri pour se cacher.

La mère de Joseph désapprouvait cette idée.

— Ils vous chercheront et vous trouveront, ou bien ce sont les familles qu'ils persécuteront.

Malgré tout son amour pour sa famille, Joseph ne pouvait se résoudre à travailler pour le Reich, son aversion était trop forte. Seul, un jeune homme du village, Denis, n'avait pas décidé de les suivre, mais il les soutenait en les ravitaillant en vivres et en nouvelles.

L'attrait de leur nouvelle vie les grisa, ils se prenaient presque pour des héros. Denis les rassurait.

— Ils ne viendront pas vous chercher là, les gars ! Et, s'ils s'en prennent à vos familles, je viendrai aussitôt vous prévenir.

Denis avait rapporté à Joseph les paroles de sa mère :

— Dis-lui que nous l'aimons et que nous prions chaque jour pour que Dieu le mène sur la bonne voie et que lui et ses amis ne soient pas exposés au danger.

Deux semaines s'écoulèrent ainsi dans la plus totale inaction, un désœuvrement pesant et des nouvelles inquiétantes. Un matin de mars 1942, frais et pluvieux, Denis arriva plus tôt que d'habitude, essoufflé.

— Que se passe-t-il, Denis ? interrogea Joseph.

— Il faut rentrer, ils ont pris des otages et vont les torturer si vous n'êtes pas là-bas sur la place du village à midi, dit Denis d'une traite malgré les battements rapides de son cœur.

Tous se sentirent vulnérables et rougirent de faiblesse.

— Si un seul d'entre vous manque à l'appel, ajouta-t-il, ils déporteront sa famille.

Joseph prit la parole devant tous ces jeunes âgés d'à peine dix-huit ans qui tremblaient de peur sous la menace.

— Nous n'avons pas le droit de faire souffrir nos familles et de les accabler davantage.

Ils se serrèrent la main et suivirent Denis. Les ronces et les fougères ne laissaient pas de traces de pas, car il ne fallait pas que leur cache soit découverte.

Le village les attendait, fier de leur sage résolution. Un vieux, qui n'avait pas voulu partir en 1939 et qui s'était caché lui aussi au fond d'un bois, les reçut avec une voix chevrotante d'émotion.

— Mes enfants, je vous remercie d'être tous venus et de sauver le village et vos familles. Nous allons encore souffrir, mais il faut continuer la lutte pour ne pas être déshonorés. Dans une heure, il vous faudra être sur la place, c'est moi qui vous y mènerai, nous ferons face à l'ennemi.

Il frappa le sol de sa canne pour mieux prouver la force qui l'animait ; ses doigts noueux craquèrent sous la pression de son geste. Tous les jeunes en profitèrent pour retrouver leurs familles. Vite écoulée, cette heure fut celle des retrouvailles dans la tristesse de cette sombre matinée. Ils se rejoignirent à l'heure dite et marchèrent jusqu'au bourg situé deux kilomètres plus loin.

La mère de Joseph était terrorisée, elle pensait qu'ils allaient tous être massacrés sans pitié. Au bourg, les Allemands avaient bouché toutes les issues avec des camions et des soldats pointaient leurs mitraillettes sur la population.

Le grand-père brandit sa canne vers les deux officiers qui gardaient l'entrée.

— Soyez maudits, nous vaincrons votre tyrannie ! leur dit-il.

Il n'en dit pas davantage ; celui de gauche, qui comprenait le français, lui asséna un coup de crosse en criant : « A bas le traître ! » Il s'écroula dans un râle de douleur et réussit, dans un patois qu'ils ne pouvaient comprendre, à dire :

— Mauvaises créatures que vous êtes, vous subirez la punition de Dieu !

Un second coup de crosse le fit taire à jamais. Des soldats ramassèrent le corps du grand-père et le portèrent dans l'église.

Les jeunes gens furent recensés, triés par groupes sans ménagement. Joseph se retrouva avec deux de ses voisins et Denis. On les emmena à la mairie où on les enferma dans une salle aux fenêtres grillagées et fermées de planches. Ils s'assirent sur le banc en silence. Inquiets du sort qui les attendait, ils pensèrent qu'ils allaient être soumis à un interrogatoire. Seraient-ils capables de résister aux mauvais traitements et à la torture ? Ils restèrent ainsi jusqu'au soir à subir cette terrible attente dans le bruit des bottes ennemies.

Enfin, des voix françaises leur parvinrent, toujours accompagnées de claquements de bottes. La clé tourna dans la serrure et une lumière forte les éblouit, les obligeant à fermer les yeux. La voix du maire se fit entendre, ferme et autoritaire.

— Libérez-moi ces garçons tout de suite et qu'on les reconduise sains et saufs chez eux !

Un soupir libéra la poitrine des quatre jeunes hommes qui ne comprenaient pas pourquoi on leur avait imposé ces heures de cauchemar. On les fit monter dans deux tractions et on les déposa devant chez eux.

Cette liberté serait de courte durée. Monsieur le maire leur demanda, pour la sécurité de tous, d'obtempérer. Sa voix était empreinte d'une émotion qu'il ne contrôlait pas. La mère de Joseph et beaucoup d'autres mères pleuraient dans la tristesse de ce soir de printemps.

Joseph avait pris la valise en cachette et y avait rangé quelques habits, le tout dissimulé sous son lit. Il avait décidé de partir une nuit à l'insu de tous, et surtout de sa mère. Sous des bottes de paille, il avait caché un vélo et attendait le moment opportun pour partir. Il lui était tout simplement impossible de faire partie de l'armée allemande. Il pensait rejoindre la ferme de Petite Maria. Il était rongé par sa conscience et repoussait son départ. Comment son frère et sa sœur se débrouilleraient-ils avec tout ce travail sans lui ? Et sa mère, comment réagirait-elle ?

Un soir, Denis vint l'aider à nettoyer l'écurie. Il avait une totale confiance en ce jeune homme de seize ans. Un coup de fourche déstabilisa quelques bottes de paille et Denis découvrit le vélo caché.

— Ainsi, dit Joseph, tu as découvert mon secret. Jure-moi de le garder. Mais je ne peux pas me faire à l'idée d'intégrer cette maudite armée.

A ce moment-là, Joseph vit sa mère qui, dans l'embrasure de la porte, avait tout entendu. Des larmes silencieuses roulaient sur ses joues creusées par la souffrance.

— Si tu pars, dit-elle, ils fusilleront ton frère et ta sœur, et ils te retrouveront et toi aussi tu seras fusillé !

Devant le visage de sa mère aussi torturé par la douleur, Joseph céda :

— Je te donne ma parole, dit-il, je ferai mon devoir.

Il tendit la lettre qu'il avait écrite à Julien et à Elodie et pria sa mère de la leur envoyer. A la maison, sur la table, la feuille de route attendait Joseph. Il avait encore deux jours de liberté avant son départ.

Il pensa à Petite Maria, il devait lutter pour garder l'espoir de la serrer un jour dans ses bras. Cet amour serait sa force et sa lumière et l'accompagnerait dans ce tunnel où la vie le plongeait.

Le lendemain, il pleuvait, le crépitement de l'eau martelait les vitres. Il se leva et entendit sa mère l'appeler.

— Approche, mon fils, lui dit-elle de sa voix tendre.

Elle était assise sur son matelas, la lueur d'une bougie éclairait son visage émacié. Dans sa main, un objet reflétait la lumière de la flamme. Son regard était émouvant dans le brillant des larmes retenues.

— Tiens, dit-elle, c'est une médaille de saint Christophe que grand-mère avait rapportée de Lourdes ; prends-la, mon fils, ne la quitte jamais, elle te protégera et te ramènera vers nous.

Puis elle le baisa sur le front en lui disant :

— Maintenant va, tu seras en sécurité et nous prierons pour toi.

Joseph embrassa sa mère, Madeleine et Auguste, prit sa valise et rejoignit ses camarades. Malgré la pluie, tout le village était là. Quel réconfort dans cette séparation au retour si incertain ! Les nuages bas donnaient l'impression d'un voile de deuil.

Autour de lui, tous les petits gars du village se retrouvèrent à la gendarmerie, les uns tremblants et tristes, et les autres le regard fier et déterminé. C'était à ceux-là que se rattachait Joseph.

Durant les cinq mois qui suivirent, Joseph travailla sous les ordres d'un entrepreneur allemand, puis aux chemins de fer dans un camp de jeunesse jusqu'en 1942 ; ce fut en septembre de cette même année qu'il fut enrôlé dans l'armée allemande.

A la garnison où ils échouèrent, bousculés par les officiers allemands, Joseph dut, le cœur serré, endosser la tenue allemande. Il eut honte, en pensant à Petite Maria, de passer ainsi dans le camp des ennemis. Il posa sa main sur la médaille donnée par sa mère et pria.

— Pardonnez-moi, jamais je ne pourrai tirer sur mes frères.

Il n'entendit plus les voix criardes des officiers qui les appelaient un par un, tant il priait avec ferveur. Comme un automate, il rejoignit le rang en faisant claquer ses bottes pour narguer l'ennemi.

Les jours qui suivirent furent atroces pour tous ces jeunes gens, qui devaient apprendre la dure leçon que leur imposaient les Allemands. Sans faillir, Joseph se plia, enfermant sa haine au plus profond de lui.

En septembre 1943, ses classes finies, il fut enrôlé dans la marine. Il embarqua à Anvers à bord d'un navire pour quatre semaines de formation. Il obtint une courte permission avant d'être de nouveau embarqué. Sa mère ne pouvait se lasser de regarder cet enfant qui, sanglé dans son uniforme, était devenu un vrai homme dont le corps resplendissait. Mais il ne put s'empêcher de lui dire :

— Mère, cet habit profane mon âme, je m'en débarrasserai à la première occasion.

Denis serra les mains de Joseph et lui jura de toujours rester son fidèle ami. Durant sa dernière nuit chez lui, Joseph rêva de Petite Maria ; il se réveilla tout en sueur et décida de lui écrire. Quelques mots d'amitié, entrelacés de soupirs, de brefs souvenirs évoqués, un soupçon de passion enveloppé d'un langage pur et sincère furent griffonnés sur une page de cahier d'écolier. Cette jeune fille au cœur sensible représentait son espoir, et le respect de cette promesse faite le jour de son départ l'aiderait à vivre dans les pires moments de sa vie militaire. Il reviendrait et s'en sortirait pour elle.

Quand il repartit, son visage calme ne montra pas la douleur qui l'habitait. Un seul garçon du village, Louis, était resté avec lui. Ils étaient inséparables, leur destin allait se souder. Ils avaient eu la chance d'échapper à la Russie où leurs autres camarades souffraient du rude hiver.

Ce fut à Ostende qu'il embarqua en avril 1944 et qu'il connut la terreur des bombardiers.

Ils étaient un peu plus d'une dizaine de rebelles comme lui, prisonniers dans l'habit de l'armée qui les avait enrôlés de force, entassés dans la cale du navire, ballottés par la houle. Toujours surveillés par des mitraillettes que l'on pointait sur eux, ils apprirent qu'ils allaient bientôt rencontrer l'ennemi et reçurent l'ordre de se tenir prêts. « Mon Dieu, se disait Joseph, comment allons-nous nous en sortir ? »

Bientôt une tempête se leva, des pluies torrentielles s'abattirent sur le paquebot qui se mit à tanguer dangereusement. Le ciel et la mer s'étaient unis dans une même force et l'on ne pouvait rien discerner d'autre qu'un grand mur noir. Durant plusieurs heures, le paquebot sembla livrer un combat contre des puissances infernales. Joseph et ses camarades étaient sortis de la cale et vivaient un moment effroyable, croyant leur dernière heure venue. Joseph serra avec ferveur sa médaille dans sa main en priant Dieu de les sauver de cet enfer, de ne pas les laisser mourir avec leurs ennemis.

La tempête se calma aussi subitement qu'elle était arrivée. Sur le pont, on courait dans tous les sens, obéissant à des ordres donnés d'une voix tonitruante. Le paquebot avait dérivé et s'était échoué sur la côte bretonne. On entendit les vrombissements d'un avion. Entre deux nuées chassées par les vents, Joseph vit l'appareil qui piquait droit sur le navire. Il s'ensuivit une panique générale que Joseph et Louis mirent à profit pour tenter le tout pour le tout. C'était le moment de fuir ce cauchemar. Dans l'agitation et les cris, Joseph prit la main de son compagnon et l'entraîna par-dessus bord.

Sans savoir comment, ils se retrouvèrent sur la terre ferme, lorsqu'une explosion se produisit. Tremblant d'effroi, les deux jeunes gens comprirent qu'ils venaient d'échapper à une mort certaine. Ils reprirent lentement leurs esprits en apercevant le navire transformé en un immense brasier. Joseph serra sa médaille en remerciant Dieu et sa mère. La nuit tombait, mais la lueur du brasier éclairait toute la plage.

— Louis, dit Joseph à son compagnon, ne restons pas là, il nous faut partir.

Ils longèrent les quelques petites maisons basses et se retrouvèrent en pleine nature, ignorant l'endroit où ils étaient. La nuit noire et épaisse de brume les empêchait d'avancer. Ils se blottirent sous une petite haie qui leur offrit un abri provisoire. Ils pensaient avoir parcouru environ deux kilomètres à l'intérieur des terres et étaient en sécurité jusqu'au petit matin, malgré le passage des avions à basse altitude.

— Il faudrait maintenant que nous puissions arracher ces insignes qui encombrent nos uniformes, dit Joseph.

A l'aide de leur couteau, à tâtons, ils lacérèrent leur uniforme. Louis se reposait sur la force qui émanait de Joseph. Puis, à bout de forces, ils se laissèrent surprendre par un sommeil peuplé de cauchemars.

Ce fut une explosion qui les réveilla. Le choc avait été si intense que la terre en trembla. Joseph eut à cet instant une pensée pour Petite Maria ; il y avait maintenant trois ans et demi qu'il était parti de la ferme et qu'il ne l'avait pas revue. Comme elle devait être belle ! pensait-il. « Qui sait, peut-être m'a-t-elle oublié ? » Il sentit des larmes lui brûler les yeux. Il lui fallait vivre, fuir le danger, et il serra dans ses doigts sa médaille, convaincu qu'elle le protégerait.

— Louis, dépêchons-nous de repartir, il faudrait que nous rejoignions les troupes françaises avant que les Allemands nous rattrapent, sinon nous serons fusillés !

— Oh, Joseph, je t'en prie, répondit Louis en tremblant, j'ai si peur !

Joseph l'attrapa par la manche et, dans cette aube naissante du début mai, ils marchèrent à travers bois et champs, buvant l'eau claire d'un ruisseau. Ils étaient affamés, sales, dépenaillés, mais guidés par une volonté à toute épreuve. Ils évitaient les routes, craignant les patrouilles allemandes, mais ne se sentaient guère plus rassurés dans cette campagne normande qu'ils ne connaissaient pas. Vers midi, la brume s'était dissipée, chassée par un petit vent de nord-est. Un bois était en vue, un espoir de repos naquit.

Soudain, à une vingtaine de mètres de l'orée du bois, quatre hommes, fusil en main, les sommèrent de s'arrêter. Transis de peur, Joseph et Louis s'exécutèrent, sachant que leurs tenues étaient suspectes pour ces hommes qui les tenaient en joue. Ils ne parlaient pas français et Joseph essaya de protester et de donner des explications. On les prenait pour des espions allemands et on allait les fusiller. Mais le plus grand des quatre, qui était canadien, s'étant rapproché de Joseph, avisa soudain sa médaille et y lut le message gravé au revers. Les autres étaient anglais et attendaient le verdict. Ils laissèrent enfin Joseph s'expliquer, le Canadien réussit à comprendre et traduisit pour ses compagnons. Dans ce bois était établi un QG de maquisards où ils furent conduits. Quel soulagement pour Joseph de pouvoir enfin se débarrasser de cet uniforme qui l'avilissait et l'humiliait au plus profond de sa chair, qui lui brûlait la peau !

Après un bon repas, Joseph expliqua le périple qui les avait conduits jusqu'ici et leur volonté de rejoindre l'armée française.

— Pour cela, répondit le responsable du groupe, il vous faudra passer en Angleterre. D'ici une huitaine de jours, tout sera organisé pour vous et d'autres volontaires.

Ils restèrent une semaine avec les maquisards cachés dans la forêt, mais Joseph avait hâte de se battre au grand jour, de faire face à ceux qui l'avaient humilié.

Le dernier soir, on les prévint que le guide était prêt. La nuit sans lune assurait de bonnes conditions. Une dizaine de jeunes gens suivaient le guide discrètement et silencieusement. Parmi eux, cinq Anglais parachutés que les maquisards avaient recueillis. Ils marchèrent pendant deux nuits, cachés le jour dans des lieux bien définis. A l'aube du troisième jour, ils arrivèrent dans une ferme isolée et abandonnée croulant sous un vieux toit que le lierre et les ronces se disputaient. Le guide leur fit maintes recommandations après les avoir quittés. Il devait prendre en charge d'autres fugitifs. Ils devaient attendre toute la journée ici, et, à la nuit tombée, un autre guide devait prendre le relais. Sans pouvoir dire pour quelle raison, Joseph ne se sentait pas en sécurité ; l'endroit lui donnait des frissons. Pourtant, il aurait fallu être bien malin pour les dénicher en ce lieu. Ils entendaient les avions passer et repasser au-dessus de leur repaire. Au son des moteurs, Joseph reconnaissait ceux des ennemis. Tous les hommes autour de lui essayaient de se divertir en conversant, tous étaient liés par le même sort et la même fougue de vaincre.

Sous les vieux chevrons pourris qui menaçaient à tout instant de se rompre, une franche amitié était en train de naître. Une multitude de lézards gris avait pris possession des ruines et cherchait le meilleur endroit pour s'exposer aux chauds rayons du soleil. Les ronciers attiraient une myriade d'insectes, surtout des abeilles qui butinaient les fleurs blanches. Joseph et Louis, assis sur de vieilles pierres dégringolées d'un mur, se morfondaient ; leur fougue était prisonnière de cette attente incertaine. La journée s'écoula avec lenteur. N'étant pas accoutumés à l'inaction, tous ces jeunes gens trouvaient le temps long. Quand enfin le ciel s'assombrit et que le soleil se prépara au sommeil, chacun se tint prêt pour le départ. La tension allait croissante. Qui allait venir les chercher ? A mesure que le temps passait et que la pénombre progressait, l'inquiétude les gagnait. Tous silencieux, ils étaient attentifs aux moindres bruits insolites. Quand l'ombre de la nuit s'étendit sur les décombres, Joseph ne put plus supporter cette tension. Il tira Louis par le bras et ils quittèrent les ruines.

— Louis, je sens un danger, viens, cachons-nous un peu plus loin et voyons qui va venir.

A l'insu du reste du groupe, ils se tapirent un peu à l'écart, dans un fourré. Une heure durant, ils n'entendirent d'autres bruits que ceux de la forêt et des pierres qui s'éboulaient. Puis, soudain, sans qu'aucun bruit ne se soit fait entendre, un faisceau lumineux balaya les ruines, découvrant les silhouettes des hommes qui attendaient, figés et étonnés. La voix gouailleuse et tonnante d'un officier allemand s'éleva dans la nuit. Elle fit trembler les murs d'où roulèrent quelques pierres. Cette diversion permit aux fugitifs de s'éparpiller comme une nuée d'oiseaux malgré une rafale de mitraillette. Joseph et Louis comprirent qu'eux aussi devaient décamper et se mirent à courir à travers les ronces et les baliveaux. Deux jeunes Anglais les avaient rejoints et, guidés par leur instinct de survie, ils continuèrent leur course effrénée. Ils atteignirent un village qui semblait dormir et où ils reprirent leur souffle. Leurs autres compagnons avaient dû être touchés dans la fusillade.

— Nous avons été dénoncés, dit Joseph, personne ne pouvait nous retrouver.

Il leur fallait trouver un refuge rapidement et ils décidèrent de frapper à la première porte. Au moment où Joseph, le bras en suspens, allait frapper, un chat miaula. Dans l'obscurité, seuls ses yeux étaient visibles. Joseph fit signe aux autres de le suivre et ils emboîtèrent le pas au félin.

— Joseph, dit Louis, pourquoi t'obstines-tu à suivre ce chat ?

— Il va forcément chez son maître, il va nous y mener !

Ils empruntèrent tout un dédale de ruelles jusqu'à une porte devant laquelle le chat se mit à miauler plus fort. Une faible lueur filtrait à travers les interstices. Le verrou grinça et une voix d'enfant se fit entendre.

— Minette, enfin te voilà !

Les quatre jeunes hommes, la peur leur nouant les entrailles, retenaient leur souffle. Joseph s'avança vers l'enfant d'une dizaine d'années qui tenait une bougie à la main.

— Bonsoir, petit, lui dit-il, n'aie pas peur, je voudrais te demander un abri pour cette nuit pour mes amis et moi.

— Bien sûr, entrez vite !

Ils s'engouffrèrent à l'intérieur, l'enfant souffla sa bougie et, après avoir refermé la porte au verrou, il leur dit :

— Je ne dormais pas, ma Minette était partie depuis deux jours ! J'étais inquiet et je laissais une bougie allumée tous les soirs.

Tout en disant cela, l'enfant ne cessait de caresser l'animal qui ronronnait de plaisir.

Ce brave chat les avait mis sur le chemin de la Providence, c'est ce que pensait Joseph.

— Vous avez frappé à la bonne porte, je vais réveiller grand-père qui va s'occuper de vous.

Une porte grinça et, distinguant une silhouette dans l'obscurité, ils entendirent une voix qui demandait :

— Thomas, que se passe-t-il ?

La lueur vacillante de son briquet éclaira son vieux visage.

— Ces hommes, c'est Minette qui les a conduits jusqu'ici !

— Bien, dit le grand-père ; qui est le responsable ?

Joseph s'avança timidement.

— C'est moi, monsieur.

— Ici, pas de monsieur, je suis le père Bigle à cause de mes pauvres yeux ; tout le monde me connaît, mais j'ai aussi des ennemis et je me méfie ! Vous êtes déserteurs et vous voulez passer là-bas. C'est ça ? Il me faut quarante-huit heures, et pendant ce temps vous allez rester cachés ici. Thomas s'occupera de vous, surtout ne sortez à aucun prix et ne faites pas de bruit.

Il tendit sa main à Joseph.

— Tape là mon garçon !

Joseph serra cette paume vigoureuse et comprit que le vieillard était un vrai chef. L'enfant ralluma une bougie et leur demanda de le suivre. Ils traversèrent une pièce tout en longueur qui servait de remise, une odeur de poussière les fit tousser. Ils s'arrêtèrent devant une porte, Thomas souffla la bougie et leur fit signe de ne pas parler. Il ouvrit la porte donnant sur l'extérieur, sûrement un jardin d'où leur parvint une délicate odeur de rose dont ils s'emplirent les poumons. Tout était calme. L'enfant reprit son chemin durant quelques mètres jusqu'à un fournil dans lequel ils pénétrèrent. Une odeur de farine et de pain chaud les saisit.

— Ici, vous serez en sûreté, grand-père a creusé une cachette. On cuit le pain de tout le village, mais personne ne peut s'imaginer ce qui se passe derrière.

L'odeur délicieuse fit saliver les jeunes gens qui avaient le ventre creux. L'enfant se glissa par une ouverture qu'ils n'avaient pas repérée et les invita à le suivre. Ils se retrouvèrent dans un long tunnel noir taillé dans le calcaire. Toujours guidés par la minuscule flamme de la bougie, ils parcoururent au moins une vingtaine de mètres. Joseph était intrigué et se demandait où cela allait aboutir. L'enfant se retourna :

— Voilà, dit-il, c'est la fin du parcours.

Le long couloir débouchait sur une pièce minuscule taillée dans le roc. Cet abri semblait avoir été fréquenté, une odeur de tabac y stagnait et tout était aménagé pour y vivre dans le plus parfait isolement.

— Si vous avez faim, vous trouverez ce qu'il vous faut dans le petit buffet ; il y a des couvertures et vous devez pouvoir dormir dans le lit en vous serrant un peu ! Maintenant, je vais vous quitter ; grand-père sera de retour demain matin, et moi je reviendrai vous donner des nouvelles.

Dans le buffet, Thomas prit une bougie qu'il alluma à la flamme de l'autre avant de repartir.

— Soyez patients, grand-père va vous tirer de là !

Un grand silence se fit après le départ de Thomas, la flamme de la bougie éclairait largement la pièce. Les quatre jeunes gens se regardèrent et éclatèrent de rire, mais ce rire sonnait faux, il les libérait de toute la tension accumulée. Leur rire s'arrêta aussi vite et ils décidèrent de se restaurer en attendant la suite des événements. Joseph sortit une boule de pain, du fromage de chèvre et un pot de rillettes. Ils s'installèrent sur des tabourets de bois autour de la petite table et se décontractèrent devant ces mets, se sachant à l'abri dans cette cache. Anéantis de fatigue, ils se roulèrent ensuite dans la couverture et s'endormirent d'un sommeil profond.

Ce fut la voix de Thomas secouant Joseph qui les réveilla.

— Monsieur, monsieur, je vous apporte à manger !

Ils se réveillèrent en sursaut, sur la défensive.

— Ce n'est que moi, dit l'enfant, n'ayez aucune crainte.

Thomas déballa son sac dans lequel il y avait du café, du sucre, du pain, du fromage, ainsi qu'une grosse tranche de jambon.

— Votre départ est prévu pour ce soir minuit, voilà une montre, leur dit Thomas en leur tendant une chaîne en argent au bout de laquelle elle brillait.

Ils virent qu'elle indiquait midi.

— Je vous souhaite bonne chance à tous, je ne reviendrai pas, c'est grand-père qui vous ouvrira à minuit pile ; adieu, mes amis.

L'assurance de l'enfant qui parlait comme un chef les laissa pantois. Ils se rassasièrent des provisions apportées, puis la longue attente démarra. Joseph indiquait l'heure de temps à autre. Les deux Anglais parlaient à peine le français, mais ils arrivèrent néanmoins à se faire comprendre. Louis puisait sa force et son courage chez son ami Joseph auquel il devait son salut. Sans lui, jamais il ne serait parvenu jusque-là. Joseph avait considérablement mûri au fil de ces quatre années de guerre, il était devenu un homme courageux et responsable, prenant les bonnes initiatives, ne montrant jamais sa frayeur, cherchant à protéger les autres.

Au fur et à mesure que l'heure tournait, ils sentirent monter leur anxiété, leur nervosité, impatients qu'ils étaient de se retrouver à l'air libre. Ils étaient tous les quatre aussi oppressés, ils avaient parfois l'impression d'être enterrés vivants tant ils étouffaient sous cette voûte de pierre où pourtant tout avait été prévu pour que l'air y circule. A minuit moins le quart, ils ne parlèrent plus, respirant à peine, épiant, scrutant le pas du grand-père. Lorsque la montre marqua minuit, personne n'était là et, se regardant, ils purent lire sur leurs visages un immense sentiment d'abandon.

— Mes amis, dit Joseph, calmons-nous, nous sommes en sécurité, nous devons faire confiance à cet homme.

La lueur d'une bougie les éclaira bientôt, le grand-père de Thomas était là, aussi silencieux qu'un chat. Ils refirent le chemin à l'envers dans ce long couloir. Lorsqu'ils sentirent la fraîcheur de la nuit les inonder de ses senteurs douces, ils eurent l'impression de sortir d'une tombe.

Le vieil homme ne les fit pas passer par le village, ils longèrent un petit bois en effrayant ses hôtes. Les quatre jeunes hommes se tinrent par la main en suivant le grand-père qui marchait à grands pas. Lorsqu'ils se retrouvèrent devant un grand champ, leur guide les regroupa.

— Ici, il faut faire vite, notre sécurité en dépend.

Malgré l'épaisseur de la nuit, on pouvait apercevoir leurs ombres mouvantes, et la région était étroitement surveillée.

— Après cette traversée, nous serons à l'abri, dit-il en leur donnant le départ.

Ils se mirent à courir à grandes enjambées, leurs pas étouffés par l'herbe. Ils atteignirent la haie, essoufflés mais heureux.

— Maintenant, nous allons gagner une petite maison où nous changerons de vêtements et d'identité.

Un peu plus tard, ayant suivi un petit ruisseau, ils furent devant un petit hameau dont toutes les maisons semblaient jumelles. Le grand-père frappa deux coups secs à la porte de la deuxième, puis deux autres plus fort. Sans doute était-ce un signal. La porte s'ouvrit.

— C'est moi, Bigle !

Ils entrèrent tous dans la maison où régnait l'obscurité la plus totale. Une lumière fusa bientôt et ils distinguèrent une femme au profil aristocratique, d'une trentaine d'années, les traits réguliers, un petit chignon serré sur la nuque.

Après avoir salué discrètement les quatre arrivants, elle s'adressa au vieil homme :

— Bigle, la situation s'aggrave, nous ne pourrons bientôt plus passer personne. La Gestapo a perquisitionné partout dans les villages alentour.

— Merci de m'avertir, Noémie, répondit-il, songeur, je trouverai bien un autre passage, mais, pour cette nuit, il faut que mes amis passent avant l'aube.

Noémie soupira en considérant ces quatre garçons qui risquaient leur tête. Joseph admira cette femme qui faisait partie de la Résistance, elle aussi mettait sa vie en péril.

Ils changèrent de vêtements pour devenir de simples civils. Joseph pensa à Maria. Penser à elle, murmurer son prénom, revoir son visage, c'était se donner le courage de se battre et de vaincre. « Seigneur Dieu, gardez-moi en vie pour revoir celle que j'aime. »

Dix minutes plus tard, ils repartirent dans la nuit, ils devaient parcourir encore deux kilomètres pour rejoindre le passeur.

Ils arrivèrent sur un petit pont. Le ruisseau venait se jeter en bas du ravin dans une rivière sur laquelle ils distinguèrent une barque. Un grand gaillard à la barbe grise qui lui descendait sur la poitrine les attendait. Un par un, ils montèrent dans la frêle embarcation après avoir chaudement gratifié le grand-père d'une poignée de main et de mille remerciements.

— Si vous passez de l'autre côté, le code sera : « La fumée est sortie, les sauterelles ont toutes leurs pattes. » Maintenant, bonne chance, les enfants, dit-il d'une voix pleine d'émotion.

La barque s'engagea dans le courant à la force des poignets du rameur, tangua, oscilla sous la pression des flots. Assis sur les planches, ils se laissèrent glisser silencieusement. L'aurore, à l'horizon, commençait à se dessiner. Le passeur se mit à ramer plus vite, appréhendant le retour du jour.

Le courant grossit et la barque menaçait de chavirer. L'homme pestait devant la difficulté à mener l'embarcation. Puis on distingua la masse sombre de l'arche d'un pont. Sur un signe du passeur, ils se couchèrent tandis que la barque approchait du pont en frôlant les branches d'un grand vergne. L'homme connaissait parfaitement les lieux, et la barque était encore sous l'arche lorsque des bruits de moteurs annoncèrent le passage d'un convoi.

L'aube se levait lorsque le petit groupe atteignit enfin le bourg où ils purent se mêler aux habitants. L'homme, qui jusque-là n'avait rien dit, montra à Joseph un individu qui était penché sur le parapet et lui dit d'une voix bourrue :

— Va vers lui, ici finit ma mission.

Le passeur disparut dans le clapotis de ses rames. Celui qu'il venait de lui désigner vint à leur rencontre d'un pas tranquille, en fumant sa pipe.

— Bonjour, je m'appelle Jean, je suis maçon et vous allez travailler avec moi.

— D'accord, répondirent-ils.

Jean les emmena chez lui, à l'entrée du bourg, où il les invita à s'asseoir et à déguster un café avec des tartines grillées servies par son épouse.

— Je vous laisse la matinée pour vous reposer, vous avez tout ce qu'il vous faut ici. Nous irons sur le chantier cet après-midi.

Ils tombèrent sur le lit, épuisés et heureux d'être arrivés jusque-là sans encombre.

Puis ce fut la découverte du chantier que dirigeait Jean, un entrepreneur de maçonnerie qui avait de nombreux ouvriers. Ils allaient essayer de passer inaperçus pendant une huitaine de jours avant de pouvoir s'embarquer pour l'Angleterre.

Ils mirent toute leur hargne dans le travail éreintant qu'ils devaient accomplir. Le soir, ils se cachaient sous les sacs de ciment pour rentrer chez Jean. Ils croisaient souvent des convois de blindés allemands. Le dernier jour, ils partirent vers un chantier situé au bord de la côte.

— Le grand départ est pour ce soir, les enfants ! leur dit Jean.

Un paquebot devait quitter le port cette nuit. Cette dernière journée parut la plus longue, Joseph et ses camarades étaient nerveux, les Allemands étaient de plus en plus hargneux et la prudence serait de mise.

— C'est l'heure, les enfants, nous partons, dit Jean avec une certaine tension dans la voix.

Ils montèrent à l'arrière du camion et se cachèrent parmi les sacs de ciment comme ils avaient coutume de le faire. Jean fila vers le port, à une bonne heure de route. Le soir tombait en distillant cette couleur rouge qui incendiait le ciel.

Jean préféra emprunter les routes secondaires. Arrivés sur le port, les jeunes gens furent secoués par un grand coup de frein. Joseph, par réflexe, serra sa médaille et l'implora de les protéger. Des voix allemandes se rapprochaient, puis celle de Jean, calme, se fit entendre. Cachés derrière les sacs, Joseph et ses amis cessèrent de respirer. Ils ne comprenaient pas la discussion, mais ils percevaient le martèlement des bottes sur le bitume. Soudain, ils sentirent le ciment les recouvrir, manquant les étouffer. Les Allemands avaient éventré les sacs qui laissaient s'infiltrer la poussière par les trous d'air, elle allait les asphyxier s'ils ne sortaient pas de là au plus vite. Puis les Allemands disparurent et ils purent s'extraire de leur cachette, toussant et crachant, recherchant l'oxygène.

La nuit était tombée et le port illuminé projetait ses lueurs jaunâtres. Joseph sauta du camion et chercha Jean. Il avait disparu.

— Ils l'ont emmené, dit-il à ses compagnons, nous devrons tenter notre chance seuls.

Le bateau était à quai. Ils se dirigèrent vers lui. Sur le quai, des sacs de ciment attendaient leur chargement. Attirant ses camarades, Joseph se mêla aux dockers. Il fut remarqué par l'un d'eux.

— Hello, camarade, viens ici, on a besoin de main-d'œuvre !

Joseph saisit l'opportunité et tira Louis à lui.

— Viens, nous allons suivre les palettes, elles vont dans la cale du bateau, tu comprends ?

Et tous les quatre, avec l'aide des dockers, parvinrent jusqu'à la cale du navire où, camouflés derrière des palettes, ils attendirent le départ. Au bout d'une heure, transis de peur, de fatigue et d'émotion, ils virent arriver celui qui les avait embrigadés.

— Je vous accompagne, c'est moi qui suis chargé de vous aider à gagner l'Angleterre, mais qu'avez-vous fait de Jean ?

— En arrivant, nous avons été arrêtés par un convoi et Jean a disparu. Les Allemands l'ont sûrement emmené, répondit Joseph.

— Mon Dieu, je savais qu'un jour il se ferait prendre !

La sirène du bateau retentit.

— Pauvre Jean, que va-t-il devenir ? Avec lui, c'était si facile, combien d'hommes lui doivent la vie !

Il tira des victuailles de son sac et les engagea à manger, ils auraient besoin de forces. L'émotion du départ qui leur serrait l'estomac se dissipa grâce au pain et au saucisson. Dans le tangage du bateau qui, à présent, fendait l'eau pour leur ouvrir le chemin de la liberté, ils avalaient presque machinalement. Le temps où Joseph labourait dans la ferme de Petite Maria lui semblait si loin. Il s'y évada quelques instants, et, dans cette cale qui le berçait comme une tendre mère, il ne tarda pas à s'endormir. Ses rêves le ramenèrent dans la lointaine Charente où, blotti entre les bras de Petite Maria, il vivait le bonheur suprême.

Quelques jours plus tard, Joseph, toujours accompagné de Louis, était enrôlé dans la grande armée française. Il prit la main de Louis et la déposa sur sa médaille en lui disant :

— Tu sais, Louis, cette médaille nous a protégés jusqu'à maintenant. Touche-la, mon ami, et tu verras, nous passerons à travers la honte de répandre le sang.

IV

La nouvelle de la mort du père de Joseph parvint en Charente au début de l'hiver 1941. Devant la petite maison qui avait hébergé les membres de la famille, Julien, assisté d'Elodie et de Petite Maria, planta un pied de buis en leur mémoire.

— Ce buis, dit Julien, sera toujours vert, hiver comme été, ainsi il perpétuera leur souvenir.

1941, puis 1942 s'écoulèrent dans la tension de cette guerre qui devenait le centre des préoccupations de chacun. A la campagne, on mangeait encore à sa faim, mais certaines denrées commençaient à faire défaut. L'essence devenait difficile à trouver, mais ni Julien ni Dominique n'en avaient besoin ; quant à Monsieur Jean, il ne semblait pas en manquer.

Il y avait tout près, à quelques kilomètres seulement, cette ligne qu'on appelait de démarcation et qui coupait le pays en deux, surveillée par des patrouilles, balisée de poteaux aux couleurs du Reich. Dieu merci, les fermes de Julien et de Dominique, ainsi que la forêt de Petit Justin, étaient situées dans la zone dite libre, ils n'avaient donc pas besoin de laissez-passer pour se rendre les uns chez les autres. Ils estimaient avoir beaucoup de chance de ne pas être soumis aux tickets de rationnement et à la réquisition au profit de l'ennemi, qui obligeait de livrer le bétail, les volailles, les pommes de terre et les fruits sans rechigner, en échange de reçus avec paiement aléatoire.

Le café était devenu introuvable, alors on se débrouillait avec des glands séchés et concassés que l'on mélangeait à de l'orge. Mais ce qui était plus pénible encore, c'était l'absence de nouvelles de Petit Justin. Le doute planait, l'angoisse étreignait les cœurs et s'installait au fil des semaines et des mois qui passaient inexorablement.

L'année 1943 pointa son nez en semant encore plus l'incertitude et le trouble dans les esprits, et, lorsque cette fameuse ligne de démarcation fut supprimée, la France entière dut subir le joug de l'ennemi. Se conduisant en vainqueur, l'occupant se plaisait à imposer le respect et la crainte, en faisant vrombir ses chenillettes, ses camions, ses motos et ses side-cars qu'il garait au centre du village, semant l'effroi. Les plus terrifiants étaient les SS sanglés dans leurs uniformes noirs. Ils faisaient régner l'ordre et la discipline, ils surveillaient tout le monde, à l'affût des renseignements qu'ils savaient susciter par n'importe quel moyen. Les drapeaux nazis flottaient sur les kommandanturs ; des panneaux indicateurs en allemand fleurissaient partout, défigurant le paysage et ajoutant à l'humiliation. On se méfiait de tout le monde, on manquait de tout, on subissait l'affront. Et, si, depuis le début, Toussaint soupçonnait Monsieur Jean de collaborer, jamais il n'en aurait touché le moindre mot à quiconque.

Les résistants formaient des réseaux, de mieux en mieux organisés, qui mettaient en place des filières d'évasion pour les Juifs et les prisonniers, ou assuraient les transmissions de lettres, de tracts ou de journaux avant de poursuivre leurs actions par des actes de sabotage et des attentats beaucoup plus élaborés.

L'hiver 1943 avait enfin quitté son triste manteau. De timides bourgeons pointèrent leurs corsets vers ce soleil si lent à percer. Mais, plus hardis, les noisetiers offraient déjà le charme jaune de leurs chatons qu'un vent frisquet s'amusait à torturer. Les saules aussi s'habillèrent de grappes rousses bien vivaces. Dans le lierre, déjà les merles exhibaient avec audace leur robe noire sous l'œil attentif de Cibelle et de Bouton-d'Or. Toussaint avait passé une partie de l'hiver dans la forêt où une coupe pressante avait requis sa présence. C'est à peine s'il avait perçu les premiers signes de ce printemps, tant l'activité avait été dense. Il n'avait aucune nouvelle de Julien et de

Dominique, pas plus que de Jeanne ; le gel et la neige avaient bloqué tous les chemins et il n'aurait été guère prudent de s'aventurer dans la forêt.

Comme les autres ouvriers, après le travail pénible de la journée, Toussaint s'enfermait dans sa chambre où Paul entretenait un bon feu. Paul, autour duquel on se réunissait à la cuisine et qui réconfortait tout le monde grâce à sa bonne soupe, qui s'occupait de l'écurie et qui prodiguait des conseils qu'une longue expérience lui avait enseignés. Toussaint se reposait entièrement sur lui pour la direction du chantier.

La fonte de la neige rendit les chemins boueux et difficilement praticables. Pourtant, Toussaint sentit son âme vagabonde reprendre le dessus en ce mois de mars déjà bien entamé où la douceur invitait à la rêverie.

— Ne sois pas inquiet, Paul, si je rentre tard, je vais faire un tour en forêt de l'autre côté du chantier, lui dit Toussaint.

— D'accord, mais reviens avant la nuit, lui répondit-il en le regardant s'éloigner.

Malgré tout cet hiver passé ensemble, Toussaint restait pour lui une énigme.

Toussaint s'aventura dans la forêt, libre et détendu dans cet univers où il se sentait si bien. Ses sabots s'enfonçaient dans ce tapis de feuilles à moitié décomposées, tandis que le lierre terrestre recouvrait les racines des gros chênes comme une robe froissée. Alors qu'il se rapprochait d'une souche, il vit qu'elle abritait un terrier de renard. L'abri était tout frais, l'animal s'y terrait depuis peu, à moins que ce soit pour tromper l'ennemi. Les oiseaux s'égayaient sur les branches des chênes que le lierre avait enlacées sauvagement et dont les baies noires constituaient une nourriture appréciable à cette saison. Toussaint respira et se sentit soudain heureux, laissant pénétrer dans ses poumons cet air qui le purifiait de sa longue hibernation. Il marchait sans savoir où ses pas allaient le conduire. La forêt sentait si bon la sève nouvelle, et à ce parfum subtil se mêlait celui des chatons et du lierre. Le soleil infiltrait sa lumière à travers les branches encore nues.

Dans ce silence bruissant de vie, un vrombissement tira soudain Toussaint de sa rêverie. Il tenta de situer l'avion dont le moteur crachotait, s'interrompait, puis repartait. Il vit son ombre passer au-dessus de lui à une vitesse vertigineuse, comme un grand oiseau. Il rasait le faîte des arbres en lâchant une nuée de fumée noire et épaisse. Le cœur de Toussaint cessa de battre quand il entendit une explosion, suivie d'une seconde encore plus violente accompagnée d'un grand bruit d'arbres qui s'écrasaient lourdement et dont l'écho résonnait dans la forêt. Une immense fumée monta vers le ciel, obscurcissant les lieux. Toussaint était figé par la peur et l'émotion.

— Mon Dieu, quelle triste destinée pour ces pauvres gens !

Son corps tremblait tant qu'il resta quelques minutes incapable de réagir. Puis, réussissant à se contrôler, il marcha machinalement vers le lieu du désastre. Une odeur de brûlé lui parvint et le fit toussoter. Le vent, insensible, poussait le feu et la fumée, n'arrêtant sa terrible haleine que pour mieux reprendre de la vigueur. Toussaint ne pouvait pas s'approcher du brasier qui faisait éclater l'écorce des arbres dans un crépitement sinistre. Il resta un temps appuyé contre le tronc d'un chêne. La nuit tombait et le vent fraîchissait, il frissonna et prit conscience de la brutale réalité. L'avion s'était consumé et, dans le rougeoiement des braises, il aperçut des fragments de la carlingue tordue et noircie. Le pilote était-il dans ce qui ne serait bientôt plus que des cendres ? Pourquoi Toussaint restait-il là ? Il contourna le brasier et, levant les yeux, il ne distingua plus la voûte céleste éclaboussée par une gigantesque tache d'encre. Il essaya d'escalader quelques grosses branches que l'avion, dans sa chute, avait entraînées, et, lorsqu'il lui sembla entendre un gémissement, il bloqua sa respiration pour s'assurer qu'il n'avait pas rêvé. Mais une autre plainte retentit à ses oreilles, provenant justement de cet enchevêtrement de branchages. La lumière du brasier était loin, et dans la pénombre il ne pouvait pas se diriger vers le blessé. Pourtant, il y avait urgence, il devait tenter quelque chose. Alors il se mit à parler d'une voix calme et rassurante qui l'étonna lui-même.

— Ne bougez pas, mon ami, je sais que vous êtes là, je vais essayer de vous secourir, mais il faut que vous m'aidiez, car je ne vous vois pas.

Pour toute réponse, il n'obtint qu'un faible gémissement qui lui sembla plus douloureux encore. Toussaint avait le cœur chaviré, comme l'estomac, et ne savait comment opérer. Avec ses mains, il écartait les branches, se glissant à travers les troncs écartelés, guidé par les gémissements du blessé. Il avançait à tâtons, à quatre pattes, à plat ventre, ruisselant de sueur, se débattant dans cet enchevêtrement pour retrouver le rescapé. Puis il trouva une cavité qu'un arbre déraciné avait formée grâce à la souche, et là il sentit le corps qui avait été protégé d'une mort certaine. Toussaint haletait, il était à bout de forces. Il toucha le visage de l'homme.

— Je vais vous sauver, mon ami, je croyais que vous aviez péri dans l'incendie ; pouvez-vous parler ?

L'homme gémit encore, sa peau brûlait sous les doigts de Toussaint qui chercha une de ses mains.

— Je vais chercher des secours. Si vous m'entendez, serrez mes doigts.

Mais Toussaint ne reçut aucun signe. L'homme avait peut-être sombré dans le coma. Toussaint ne perdit pas de temps, il parvint à s'extraire de cet amas de branchages et entreprit de refaire le chemin à l'envers. Jamais il n'aurait pensé que la forêt fût si lugubre. Les chats-huants et les chouettes ululaient à faire perdre la tête. Des animaux sauvages au galop incertain rebroussaient chemin en sentant l'odeur de l'homme. Le bois mort roulait sous ses pas et la lune refusait de se montrer pour éclairer son chemin. La peur d'arriver trop tard lui tordait les entrailles, il entendait ces douloureux gémissements qui résonnaient à ses tympans. Qui était donc cet homme que Dieu avait mis sur sa route ? Toussaint, qui aimait la nuit, détesta celle-là. Enfin, après la clairière où l'effraie se plut à planer lourdement au-dessus de sa tête en poussant son cri affreux, il sut qu'il était proche du but. Il était exténué, ses sabots pesaient lourd quand il déboucha dans le sentier et aperçut la lumière de la cuisine. Poussant la porte, il s'affala sur le dallage et Paul se précipita.

— Là-bas, il y a un homme blessé dans l'avion qui a explosé, parvint-il à articuler malgré ses tremblements.

Il était plus de minuit et Paul, inquiet, avait attendu avant de se coucher, mais les autres étaient depuis longtemps au lit. Il se hâta d'aller les réveiller. Les quatre hommes, bien qu'abrutis de fatigue, se levèrent promptement en entendant Paul réclamer leur aide.

Toussaint but un peu de gnôle pour se remettre de ses émotions et raconta, avec des mots qui s'embrouillaient parfois, ce qu'il avait découvert.

— Attelez le cheval, filez chez madame Elodie et ramenez un docteur, dit Paul aux deux ouvriers les plus âgés. Avec Toussaint, nous allons retrouver le blessé.

Toussaint avala une assiettée de soupe et fit chabrot, puis, en essuyant d'un revers de manche sa grosse moustache, déclara être fin prêt à affronter de nouveau le chemin de la forêt. Les deux jeunes ouvriers avaient improvisé un brancard avec deux longues perches et une couverture munie de sangles de cheval. Paul emporta une fiole de gnôle, seul moyen pour ranimer le blessé.

Ce fut un calvaire pour les vieilles jambes de Toussaint de refaire ce long trajet dans la nuit sombre, mais, guidé par sa volonté, il devait mener ses amis jusqu'au blessé. Tout le monde avançait en silence, seules les branches qui craquaient sous leurs pas et les ululements des oiseaux nocturnes troublaient la paix de la nuit. Ils se dirigeaient vers le sud du massif, dans une contrée encore inexploitée. Paul semblait inquiet, se demandant comment Toussaint avait pu s'aventurer si profondément dans cette forêt immense et s'ils ne faisaient pas fausse route. Dans cette obscurité à peine trahie par quelques étoiles, il était facile de s'égarer.

Ils marchèrent pendant deux bonnes heures qui leur parurent une éternité. Puis une odeur de roussi les rassura. Toussaint leva sa lampe-tempête et dirigea ses amis vers l'amoncellement de branchages. Les deux jeunes gens posèrent la civière et, sur les indications de Toussaint, escaladèrent cet amas de troncs. Aucun son ne leur parvenait, ils appréhendaient de trouver un cadavre. Puis ils trouvèrent l'arbre couché dont la souche avait protégé le pilote. Toussaint voulut descendre le premier. Il se coula près du corps inerte et leva sa lampe au-dessus du visage dont la pâleur le déconcerta. Un mince filet de sang avait coulé le long de ses lèvres.

— Mon Dieu, pourvu qu'il ne soit pas trop tard ! articula Toussaint.

Paul s'était glissé près de son ami et, prenant la main du blessé, sentit son pouls battre faiblement.

Alors commença pour ces hommes un véritable sauvetage. Dégageant les vêtements accrochés aux branches, ils lui relevèrent la tête et perçurent un faible gémissement, puis un soupir. Le blessé semblait apprécier la nouvelle position qu'on lui donnait et qui dégageait ses poumons comprimés. Toussaint se mit à parler, ne sachant ce qu'il racontait, mais il voulait susciter une réaction dans ce cerveau endormi. Le blessé entrouvrit les yeux à la lumière de la lampe, puis il poussa un cri et esquissa quelques mots dans un langage qui leur était inconnu, avant de retomber dans l'inconscience.

— C'est un Anglais, dit Paul. Il a dû être effrayé par la lumière et revoir l'incendie.

Au prix de gros efforts, ils réussirent à extraire le pilote, avec beaucoup de délicatesse, de la cavité où il avait été projeté et à le déposer sur la civière. Recouvert de la chaude couverture, il fut porté par les deux jeunes bûcherons. Ils firent quelques haltes, buvant une rasade pour retrouver des forces. Le blessé ne geignait plus. Avait-il compris qu'il était en de bonnes mains et qu'on tentait de le sauver ?

L'aube rosissait l'horizon quand, fourbus, ils atteignirent le sentier. Un filet de fumée s'échappait de la cheminée. Elodie était là et sa présence les rassura. Ils franchirent la porte, le cauchemar allait prendre fin. Elodie fit déposer le blessé sur le lit de Petit Justin pendant que Paul obligea Toussaint, ivre de fatigue, à rejoindre le sien.

— Le docteur ne devrait pas tarder à arriver, dit Elodie, il a été retenu par un accouchement difficile.

Le galop d'un cheval se fit entendre. Une belle journée ensoleillée s'annonçait, ternie par les souffrances et les misères qu'engendrait la méchanceté de certains hommes.

Le blessé, selon le médecin, souffrait de plusieurs fractures et surtout d'un traumatisme crânien dont on ignorait l'issue. Il était intransportable.

— Pourtant, dit Paul, nous l'avons transporté sur au moins deux kilomètres en forêt ; pourvu que cela n'aggrave pas la situation !

— Ce que vous avez fait, vous ne pouvez pas vous le reprocher, bien au contraire : il serait mort si vous l'aviez laissé, dit le médecin.

Il semblait inquiet et recommanda à Elodie de faire tout ce qu'il lui avait dicté.

— Je repasserai dans deux jours.

Il but un café chaud avant de remonter sur son cheval. Bien sûr, tout le monde avait reçu la consigne de rester muet sur l'événement qui avait perturbé le cours de la nuit. La forêt, qui s'égayait d'un tapis de violettes et de jonquilles, referma dans son sein ce secret.

Toussaint devait avertir Julien qu'Elodie allait s'installer pour un temps indéterminé dans la forêt. Il resterait quelque temps à la ferme pour oublier les émotions de cette aventure. Elodie fut peinée de voir combien son ami avait vieilli en peu de temps.

— Va, dit-elle, dis à mon Julien tout ce qui s'est passé et va te faire dorloter par Petite Maria. Et, quand tu reviendras, espérons que ce pauvre homme sera sorti de sa nuit.

Il partit sous l'œil attendri de Paul et d'Elodie, laissant un peu de lui dans le souffle du vent qui fouetta ses cheveux et sa barbe. Il avait tout l'après-midi pour arriver à destination.

Dans la calèche, Toussaint contemplait les nuages qui ressemblaient à de grands manteaux blancs parcheminés de bleu. Le soleil perçait et les bourgeons gonflés de vie ne tarderaient pas à libérer les feuilles toutes neuves qu'ils renfermaient. Toussaint soupira d'aise en découvrant cette nature qu'il trouvait si belle et se surprit même à rire en voyant un papillon jaune se poser sur sa barbe. Il prit la décision de passer par la clairière, puis chez Jeanne. Après tout, il n'était pas à une heure près. Comme si le cheval avait deviné son intention, il s'engagea dans le sentier herbu et fila sans s'occuper des jeunes pousses qui fouettaient les mains et le visage de son maître. Toussaint constata que l'hiver avait apporté sa désolation en arrachant quelques troncs qui gisaient çà et là en travers du sentier, l'obligeant à dégager le passage à l'aide de sa hache.

— Quel plaisir d'être ici malgré ces quelques embûches ! Regarde comme tout respire la vie ! dit Toussaint à son cheval qui dressa les oreilles comme pour mieux saisir les paroles de son maître.

Des oiseaux effrayés s'envolaient, alertant la gent ailée du danger. Des corbeaux surgirent et tournoyèrent au-dessus de la calèche en croassant. En arrivant dans sa clairière, Toussaint vit que ce n'était pas sa présence qui les effrayait, mais celle d'un renard qui se faufila derrière la haie, portant une proie dans sa gueule. Le cheval aussi avait reniflé cette présence hostile et hennit pour manifester son irritation.

— Décidément, c'est un vrai repaire d'animaux sauvages !

Mais le charme de l'endroit ne le fascina que plus. Tenant son cheval par la bride, il s'enivrait de cette majestueuse beauté, de ce tapis de lierre, de ces touffes de houx, de ces chatons de noisetier d'un vert tendre, de ces touffes de *palène* qui avaient reverdi, de ces ajoncs qui cachaient leur régal de fleurs jaunes, de ces genêts aux grappes d'or minuscules. Toussaint remplissait son regard de ce paysage dont il ne pouvait pas se lasser et remonta dans la calèche en laissant échapper des soupirs de regret.

Toussaint arriva chez Jeanne, la surprenant dans sa solitude. Sa joie et celle de son fils de le revoir touchèrent son vieux cœur sensible. Elle s'inquiéta de le trouver fatigué. Elle s'enquit des nouvelles de chacun, de Petit Justin en particulier.

Il se fit pardonner sa longue absence, due à son séjour en forêt, et lui narra le crash de l'avion.

Assis sur la pierre de la porte, Jeannot écoutait, impressionné par l'histoire de l'avion.

— Comme j'aurais eu peur tout seul dans la forêt, j'aurais couru me cacher ! dit-il.

— Mais j'ai eu très peur et je me suis caché, il était impossible d'approcher !

— Enfin, il a eu beaucoup de chance et j'aimerais bien le voir pour le lui dire, reprit Jeannot, de plus en plus intrigué.

— Jeannot, va allumer le feu, oncle Toussaint boira un bol de café avant de repartir.

Jeanne ne put cacher sa tristesse lorsque Toussaint dut penser au départ. Malgré son courage, elle avait parfois des moments de désespoir.

— Ecoute, Jeanne, lui dit Toussaint, il y a chez Julien et Elodie une petite maison qu'occupait la famille de Joseph, Jeannot aurait de l'occupation et s'entendrait fort bien avec Petite Maria, je vais leur en parler dès ce soir…

— Oh ! oui, oncle Toussaint ; dis oui, maman, ce serait merveilleux ! dit Jeannot en tapant de joie dans ses mains.

Mais Jeanne, à travers son regard voilé, ne répondit pas. Il ne fallait pas rêver si un tel bonheur ne pouvait se réaliser. Toussaint repartit, peiné de laisser Jeanne si seule. Il avait lu dans ses yeux un tel cri d'angoisse qu'il ne pouvait rester indifférent. Il se promit d'agir pour apporter un peu de bonheur à Jeanne et à Jeannot.

Il y avait bien sûr Petit Justin, mais où était-il depuis tout ce temps ? Bientôt trois ans sans la moindre nouvelle. Dominique était persuadé que son fils était prisonnier en Allemagne et qu'ils n'étaient pas prêts de le revoir. Il s'était de nouveau renfermé dans sa souffrance, comme après la mort de Maria, il était redevenu taciturne et regardait à peine son petit-fils qui s'éveillait à la vie. Toussaint avait préféré ne pas en parler à Jeanne, mais il se sentait un peu responsable de sa douleur muette et poignante. C'est pourquoi, pour l'atténuer un peu, il pensait qu'elle serait mieux chez Julien et Elodie.

Les nuages avaient envahi le ciel et leur crête dorée se teintait de pourpre. Monsieur Jean, au volant de sa bruyante auto, le dépassa, donnant comme à son habitude un grand coup de klaxon qui transperçait les tympans. Comme cet homme était étrange ! Capable du meilleur comme du pire, étalant sa noblesse, reniant sa famille, tantôt cruel, tantôt généreux. Lui, le vagabond, qui avait pourtant partagé son lait avec lui, comme il le plaignait !

Le soir tombait lorsque Toussaint déboucha dans la cour de la ferme. La voiture de Monsieur Jean était là. « Mon Dieu, pensa Toussaint, que vais-je raconter ? Je vais devoir mentir. » Julien, qui sortait de l'écurie, leva le bras en découvrant Toussaint.

Toussaint raconta en peu de mots le crash et l'Anglais blessé. Petite Maria arriva bientôt, si heureuse de revoir son cher oncle, se pendit à son cou, ignorant la fatigue qui l'accablait.

— Tu sais, lui dit Julien, maman est chez Hélène qui est malade, pas un mot à ton grand-père sur le reste !

Petite Maria était suffisamment intelligente pour comprendre la situation, mais il ne serait pas facile de convaincre ce grand-père si intolérant.

— Je vais vous cuire une omelette aux pommes de terre, leur dit-elle en se dirigeant vers ses fourneaux.

Toussaint trébucha sur une pierre qui roula sous son sabot, il était encore si fatigué ! De petites chauves-souris voletaient sous la grange et par moments rasaient leurs têtes.

— Si l'une d'elles s'accroche dans tes cheveux, il faudra tout couper pour l'enlever, dit Petite Maria en riant à l'idée de voir Toussaint le crâne rasé.

Dans la cuisine, Monsieur Jean se chauffait près de la cheminée.

— Alors, dit-il sans autre préambule, tu ne sais plus conduire un cheval, un de ces jours les Allemands t'écraseront sur la route !

Petite Maria, choquée par les paroles de son grand-père, serra affectueusement le bras de Toussaint.

— Tu dois avoir faim, nous allons manger ! dit-elle pour couper court à ses réflexions désobligeantes.

Toussaint, l'espace d'un court instant, revit Maria, les joues rosies par le feu, et il oublia sa fatigue, ses craintes, la guerre et le pilote anglais, tant il était possédé par son rêve. Monsieur Jean, bien calé sur sa chaise, observait Toussaint qui mangeait sa soupe.

— Où as-tu emmené ma fille cette fois ? Pourquoi n'est-elle pas là ?

Tout le monde s'était tu. Toussaint essuya sa moustache d'un revers de main, puis il planta son regard dans celui de Monsieur Jean.

— Madame Elodie est partie soigner Hélène qui est souvent malade depuis la naissance de son enfant. Voilà la raison de son absence, mais rassurez-vous, elle sera de retour dans deux jours.

— Ah, j'avais oublié qu'Hélène a eu un enfant, il faudra que je passe un de ces jours les voir ! Alors, cette omelette, elle est prête ?

Julien soupira, il invita Monsieur Jean à rester jusqu'au retour de sa fille.

— La ferme est superbe à cette saison et il y a de belles promenades à faire, cela vous changerait les idées.

Monsieur Jean sembla trouver l'invitation à son goût et se rassasia de l'omelette.

— Très bien, Julien, pour te faire plaisir, j'attendrai Elodie, mais tes promenades ne me tentent guère… sauf si Toussaint veut bien m'emmener faire un tour en forêt, il en connaît si bien les sentiers.

Julien fut pris d'une quinte de toux ; Toussaint sentit son visage, heureusement dissimulé sous sa barbe, s'empourprer, pendant que Petite Maria remettait des bûches sur le feu. Il fallait à tout prix trouver une solution, il était hors de question que Monsieur Jean se rende en forêt. Il scrutait Julien et Toussaint comme s'il avait deviné le secret qui lui était caché. C'est Petite Maria qui brisa la glace en venant s'asseoir sur les genoux de son grand-père. Entourant son cou de ses bras, elle se fit câline et, d'une voix douce, lui dit :

— Oh, grand-père, pour une fois que tu es là pendant deux jours, tu ne veux même pas rester avec moi ! Ce serait nos vacances : on fera des balades et je te mijoterai tes petits plats préférés.

Elle lui colla un gros baiser sur la joue un peu rugueuse et reprit :

— Ici, c'est moi la patronne, tu obéis. Toussaint est fatigué, et il va dormir pendant ces deux jours. D'accord, grand-père ?

Il était impossible de résister, même quand on s'appelait Monsieur Jean. Il desserra le nœud des bras de Petite Maria et dit à Julien :

— Ta fille ressemble à sa mère, je vais être obligé de lui obéir, je vais donc rester deux jours sans bouger à me faire dorloter par la plus adorable petite-fille dont un grand-père puisse rêver.

Ainsi, l'incident fut clos grâce au charme dont Petite Maria avait usé. Lorsque Monsieur Jean fut parti se coucher, Julien prit Toussaint à part :

— Il faut que dès demain tu ailles chercher Elodie ; si l'envie prenait à Monsieur Jean d'aller chez Hélène ou dans la forêt, il découvrirait la vérité. Il faut prendre les devants.

Où allait-il conduire le blessé ? Soudain, une idée jaillit : l'abri serait des plus sûrs !

— Julien, dit Toussaint, je sais où nous allons pouvoir loger notre Anglais : chez Jeanne dans son hameau perdu.

Il repensa alors à sa promesse et exposa à Julien l'idée de faire venir Jeanne et son fils à la ferme en les logeant là où était la famille de Joseph.

— C'est une excellente idée. Il n'y a que toi pour en trouver de si bonnes et faire le bonheur des gens que tu rencontres.

Toussaint ressentit une profonde joie et regagna sa chambre où il ne tarda pas à s'endormir tant il était épuisé et éprouvé par les derniers événements.

Le printemps habillait chaque jour la campagne de fleurs nouvelles prêtes à charmer l'œil de celui qui les découvrirait. Petite Maria avait une mission à accomplir : empêcher son grand-père de partir, et, en préparant le petit déjeuner ce matin-là, elle se demandait pourquoi il restait insensible à la beauté de la campagne, des animaux ou des fleurs. Comment était sa grand-mère, la femme de Monsieur Jean, que Petite Maria n'avait pas connue ? Elle se rassura en se disant qu'au moins sa mère était comme elle, heureuse devant ses marmites, avec les animaux et dans la nature. Lorsque son père revint des écuries, un pli barrait son front.

— Toussaint va repartir aujourd'hui chercher ta mère, je n'ai aucune confiance en Monsieur Jean, ces deux jours vont être une galère ! dit-il à sa fille.

— N'aie crainte, papa, j'en viendrai à bout de ce grand-père, et puis je vais cacher la clé de sa voiture !

Ils éclatèrent d'un rire franc comme de vrais enfants. Quand Monsieur Jean se leva, la marmite de légumes qui mijotaient dégageait déjà ses arômes appétissants.

— Tu es encore plus belle qu'hier, ma petite ! Et ce soleil qui brille dans tes yeux ! Ah, que c'est beau, la jeunesse dans le printemps !

Il s'assit pesamment et Petite Maria lui servit son café.

— Après, grand-père, nous allons faire une promenade, comme promis ! rappela Petite Maria en emprisonnant son cou de ses bras.

Il grogna, avala sa tasse de café et se leva d'un seul coup.

— Je regrette, ma petite, il faut que je parte, j'avais oublié un rendez-vous avec un ami. Tant pis pour Elodie, elle n'avait qu'à être là, la place d'une femme doit être à la maison. Et puis, Hélène n'a-t-elle pas Marie à ses côtés ? Tandis que, moi, je n'ai qu'une fille et elle n'est jamais là quand j'ai besoin d'elle.

Monsieur Jean avait parlé d'une voix où transparaissait la rancune. Petite Maria était dans une situation embarrassante. Comment allait-elle retenir cet homme versatile, sans aucune parole ? Elle avait eu le temps de cacher la clé de contact, et tandis qu'il faisait sa toilette elle courut prévenir son père.

— Retiens-le jusqu'au déjeuner, je prépare l'attelage de Toussaint.

Toussaint soupira, reprendre la route n'était pas un problème. Même si le blessé ne pourrait pas être transporté avant quelques jours, Elodie devait savoir que son père était venu. Toussaint prit la musette dans laquelle Petite Maria avait glissé quelques victuailles et, après avoir fait le tour de la grange, disparut discrètement.

Le soleil était haut et la chaleur libérait le parfum des bourgeons éclatés. Pendant que le cheval galopait, Toussaint, assis sur la banquette, se restaura ; il ne pouvait s'octroyer de halte, il devait absolument arriver avant Monsieur Jean. Il était évident qu'il n'avait qu'une idée en tête : surprendre sa fille chez Hélène. Depuis le crash de l'avion, Toussaint était nerveux, comme si une menace planait au-dessus de lui ; il se sentait responsable de la sécurité du pilote et devait tout faire pour assumer au mieux sa mission. S'il se trouvait vulnérable à cause de son âge, en revanche, devant Monsieur Jean, il éprouvait une sorte de force supérieure qui émanait de son esprit libre et honnête.

Il atteignit la forêt plus vite que d'habitude. Le cheval, écumant et les naseaux frémissants, avait battu un record de vitesse. Il s'engagea dans le sentier bordé de chèvrefeuilles que le printemps avait reverdis. Dans quelques jours, la nature, complice de tous les oiseaux bâtisseurs, allait dissimuler leurs amours sous ses feuillages. Toussaint, tenaillé par la crainte, ne put savourer ces délicieux moments. Le cheval se cabra subitement en hennissant, le déstabilisant sur son siège. Il parla à l'animal pour le calmer, sans doute avait-il flairé la présence de quelque sanglier. Il reprit sa course effrénée, effrayant les oiseaux sur son passage, et Toussaint, cramponné aux ridelles, vit avec soulagement les premières maisons de bois du chantier. Paul vint à sa rencontre, surpris de le revoir si vite.

— Comment va le blessé ? demanda Toussaint.

— Beaucoup mieux, il a repris connaissance, mais toi, Toussaint, tu es tout pâle.

Il était fourbu à force d'être secoué. Soudain, il se retourna et vomit, le corps ployé par la souffrance. Elodie, accourue en entendant Toussaint, le soutint avec Paul jusqu'à la cuisine où ils lui firent prendre place devant la cheminée. Malgré la douceur du temps, Toussaint tremblait de froid.

— Elodie, Monsieur Jean est à la maison, il est bizarre et mécontent, nous lui avons menti, bredouilla Toussaint qui avait du mal à remettre ses idées en place, nous lui avons dit que tu étais chez Hélène.

— Petite Maria n'a-t-elle pas pu le retenir ?

— Non, il est trop indocile.

— Bois ça, lui dit Elodie en lui tendant un bol de tisane fumante.

Apaisé par les bienfaits des plantes et la chaleur, son corps cessa de trembler.

— Julien pense que tu dois revenir, mais nous devons d'abord nous rendre chez Hélène où Monsieur Jean croit que tu te trouves. Nous devons arriver avant lui, dit Toussaint, angoissé à l'idée d'arriver trop tard.

— Calme-toi, Toussaint, nous allons trouver une solution.

— Et le blessé, qui va le soigner ? demanda Toussaint, qui n'était pas convaincu de voir la situation s'arranger.

— Moi, dit Paul, il a encore besoin d'une semaine avant d'être transportable.

— Et si Monsieur Jean venait ici ? dit soudain Toussaint.

— Eh bien, nous l'attendrons, cet homme terrible, et je me charge de le recevoir, dit Paul calmement.

Toussaint, qui avait repris des couleurs, souhaita voir « son » blessé avant de repartir. Elodie l'entraîna en lui disant qu'il s'était endormi. Il respirait avec difficulté, son souffle était agité et laissait échapper une faible plainte. Son visage tuméfié impressionna Toussaint, mais ce qui le frappa était cette mèche d'un blond presque blanc qui s'échappait du bandage et barrait son front. Il se retira sans bruit et Elodie devina l'émotion de son vieil ami dont le cœur était si sensible.

Un peu plus tard, Elodie, un panier de provisions sous le bras et après avoir fait ses dernières recommandations à Paul, monta dans la calèche aux côtés de Toussaint. Elle aussi avait le cœur gros de quitter ce pauvre être dont le corps anéanti reprenait peu à peu un semblant de vie. Mais elle avait apprécié les qualités de Paul et lui faisait confiance pour tout. Paul qui, avant de la laisser partir, avait cueilli six boutons de roses.

— Elles finiront de fleurir entre vos jolies mains, madame Elodie !

Ces mots avaient fait rougir cet homme si peu habitué à cette présence féminine.

— Elles sont si belles, les roses de Toussaint. Merci mille fois pour tout, Paul.

La journée déclinait et la forêt prit son air magique sous le soleil qui teintait l'horizon de rose. Elodie était nerveuse en pensant à son père.

— Mon père finira mal, chaque jour je tremble d'apprendre de mauvaises nouvelles. Pourquoi ne vient-il pas vivre avec nous à son âge ? Oh, Toussaint, pourquoi n'est-ce pas toi mon vrai père ? dit-elle dans un sanglot.

— Allons, Elodie, dit Toussaint en serrant sa main, ton père a beaucoup de qualités, mais, que veux-tu ? il est comme moi, il tient à sa liberté !

— Non, Toussaint, il n'est pas comme toi ! Toi, tu es toujours à l'écoute de celui qui a besoin, tu ne cesses de te dévouer, en risquant ta vie d'ailleurs. Tandis que mon père n'aura jamais cette générosité, sauf s'il y a de l'argent car il n'y a que ça qu'il aime !

Le soleil joua à renvoyer ses reflets dorés dans les cheveux d'Elodie, Toussaint repensa à Maria. Une nuée de palombes passa dans un bruit d'ailes, battant l'air sourdement.

— Avec Julien, j'ai pensé que le blessé pourrait être transporté chez Jeanne, il serait à l'abri dans ce hameau isolé et Paul ne peut pas assumer seul tous ces soins.

— Excellente idée. L'as-tu revue ? demanda Elodie.

— Je lui rends visite de temps en temps. Tu sais, c'est une femme courageuse qui élève seule son enfant. Elle coud jour et nuit pour assurer leur existence. Tu sais, elle pourrait venir habiter la petite maison de Joseph, Julien est d'accord.

— Quel être merveilleux tu es, je t'adore !

Elodie enveloppait Toussaint de son regard bienveillant. Une légère brume s'éleva comme un voile translucide en auréolant la cime des arbres.

— Dommage que la nuit tombe, dit Toussaint, je t'aurais montré ma clairière et je t'aurais emmenée chez Jeanne !

Une odeur enivrante montait du sol et la rosée qui s'infiltrait rabattait tous les parfums du printemps, les distillant en un nuage odorant.

— Mon Dieu, pourvu que papa ne soit pas déjà là !

Ils arrivaient chez Hélène avec la nuit, créant la surprise au sein de toute la famille. Dominique, vieilli par le désespoir qui ne cessait de le ronger, sortit le premier.

— Que se passe-t-il pour que vous nous fassiez l'honneur d'une visite si tardive ?

Marie et Justin, eux aussi inquiets, entourèrent Elodie.

— Rassurez-vous, dit Elodie, nous arrivons de la forêt.

Elodie entreprit de leur raconter les événements des derniers jours et son père qui la croyait chez eux. La jeune femme fut rassurée d'apprendre que Monsieur Jean n'était pas venu. Les pleurs du petit Pierre leur parvinrent et Hélène arriva, son fils dans les bras. L'enfant leur sourit, Hélène était resplendissante et métamorphosée par la visite de Toussaint et d'Elodie.

— Je pensais si fort à vous ! dit-elle.

Ces hôtes imprévus allaient apporter un souffle nouveau et rompre la monotonie ; Dominique était si impénétrable depuis le départ de Petit Justin. Il se détendit un peu grâce à leur présence.

— Tu diras à Julien que j'ai vendu son taureau, dit-il, mais j'ai gardé un de ses fils, plus blond de robe et avec une frisure souple et ondulante sous la brosse.

Tout le monde conversait autour de la table quand des lumières vives de phares vinrent éclairer les vitres et qu'un bruit de moteur fit que les voix se turent. Elodie pâlit. Il s'agissait de son père. Elle se leva d'un bond, paniquée.

— Je savais bien qu'il viendrait me chercher. Surtout, aucune allusion au blessé.

— N'aie crainte, répondit Dominique, sans te choquer, Monsieur Jean ne fait pas partie de notre monde.

Ceci était suffisamment clair pour faire comprendre les sentiments de Dominique à son égard. Sur ce, Monsieur Jean entra, les bras en l'air, fulminant contre l'assemblée sans même prendre le temps de les saluer.

— Eh bien, en voilà deux qui n'ont pas à s'inquiéter ! Julien et Petite Maria peuvent attendre, n'est-ce pas, ma fille ? Et ton père, que fais-tu de ton père ?

Elodie, tremblante, s'avança vers lui et tenta de le calmer.

— Veux-tu manger avec nous ? Avec Toussaint, nous allions repartir, et puis viens voir le petit Pierre.

Hélène s'était levée, son enfant dans ses bras. Monsieur Jean passa du rouge au blanc. On pouvait lire sur son visage une grande émotion et, en quelques secondes, cet homme devint soumis devant cet enfant. Ce n'était pas Hélène qu'il voyait devant lui, mais Maria, qu'il avait aimée de cet amour interdit et inavouable. Elodie avait compris et, prenant son père par le bras, le fit asseoir.

— Viens, papa, tu vas manger une bonne soupe. Tu sais, Marie est une très bonne cuisinière.

Monsieur Jean était anéanti, il se sentit vieux et ridicule. Il ne pouvait détacher son regard d'Hélène et de l'enfant qui incarnaient ce que la vie lui avait interdit de posséder.

— Allez, Monsieur Jean, dit Marie, ma soupe va vous ragaillardir !

Il mangea dans un silence que seul le bruit de sa cuillère venait troubler. Monsieur Jean s'offrit à raccompagner Elodie et Toussaint. Il y mit tant d'amabilité qu'Elodie ne put refuser. Mais Toussaint, qui n'avait nullement envie de monter dans l'automobile, invoqua son cheval qui ne pouvait rentrer seul.

— Demain, mon bonhomme, je te ramènerai et nous ferons peur à tous les oiseaux de la forêt ! dit Monsieur Jean en riant de bon cœur.

Une fois encore, il avait imposé sa volonté. Avant de partir, il s'approcha d'Hélène en la regardant intensément.

— Hélène, permets-moi de t'embrasser ainsi que ton fils.

Comment cet homme pouvait-il passer du mépris à la tendresse ? Il fallait que la plaie laissée par cet amour déçu fût profonde.

Ce fut avec un soupir de condamné que Toussaint prit place à l'arrière de la traction de Monsieur Jean. Elodie n'était guère plus rassurée, connaissant la conduite brutale de son père sur une route accidentée. Bien sûr, il démarra sur les chapeaux de roues. Il y avait plus d'un kilomètre à faire sur un chemin cahoteux, qui éprouvait terriblement l'estomac de Toussaint, avant d'atteindre la route. Pourquoi était-il monté dans ce maudit engin ? Il pensa ouvrir la portière pour sauter dans le fossé. Au moment où sa main saisit la poignée, Elodie se retourna et arrêta son geste. La voiture venait de s'engager sur la route et la jeune femme obligea son père à ralentir.

— Mais, ma fille, je voulais seulement montrer à Toussaint que Monsieur Jean, lui, n'est pas un poltron !

La route défilait rapidement dans la nuit que trouaient les phares puissants. Tout à coup, ils virent un convoi allemand qui venait en sens inverse.

— Voilà du beau monde qu'il me faut saluer, dit Monsieur Jean.

Il se gara sur l'accotement et demanda à ses deux passagers de ne pas bouger. Il s'appuya sur le capot de sa voiture et attendit le passage des automitrailleuses et des camions qui défilèrent près d'eux dans le ronflement assourdissant des moteurs. Il salua chaque véhicule dans lesquels on apercevait des rangées de soldats. Elodie était furieuse contre son père et tremblait de peur devant ce défilé incessant de troupes. Une traction semblable à celle de Monsieur Jean suivait le convoi ; elle s'arrêta à leur hauteur ; deux officiers allemands aux visages impénétrables en descendirent et s'adressèrent à lui dans un français écorché.

— Bonsoir, Monsieur Jean, vous êtes en panne, pouvons-nous faire quelque chose pour vous ?

Il s'avança vers eux pour leur serrer la main, mais ses paroles étaient inaudibles en raison du moteur qui tournait. Toussaint était blême de honte. Les deux officiers, en passant près de la voiture, scrutèrent Elodie qu'ils saluèrent d'un signe de tête en portant leur main gantée à leur képi, puis ils remontèrent dans leur auto. Monsieur Jean se frotta les mains de satisfaction et ouvrit sa portière.

— Je connais bien ces officiers, mieux vaut ne pas les contrarier, dit-il en voyant sa fille terrorisée. Mais pourquoi trembles-tu, ma fille ? Avec papa, tu ne risques rien !

Puis, se retournant vers Toussaint, il lui lança :

— Tu as vu ces hommes, Toussaint ? Ce sont des conquérants, pas des vagabonds !

Toussaint était si écœuré qu'il préféra ne pas répondre. Il se considérait comme tellement humilié qu'il se jura de ne plus jamais monter en voiture avec cet homme.

Ce fut le silence qui s'établit pendant le reste du trajet. Quand ils arrivèrent, Petite Maria et Julien furent soulagés : ils venaient de passer une journée qui avait durement éprouvé leurs nerfs. Elodie tituba en descendant de la voiture ; quant à Toussaint, il pestait contre la portière qu'il ne parvenait pas à ouvrir. Ce fut Petite Maria qui vint à son secours.

— Ce pauvre Toussaint, dit Monsieur Jean en riant, voyez comme il est mal dégourdi !

Lorsqu'il réussit à s'extraire de l'auto, le visage blême et tout en sueur, il s'écarta vers la grange, ne pouvant davantage contenir son envie de vomir.

— Mais qu'as-tu fait, grand-père ? Maman est au bord de l'évanouissement et oncle Toussaint est malade !

— Eh bien, mon enfant, ce sont de petites natures. Demain, tout ira mieux !

Le sommeil d'Elodie, tout comme celui de Toussaint, fut peuplé de cauchemars qui agitèrent son corps de légers soubresauts. Le lendemain, Julien fut peiné de voir les yeux d'Elodie cernés de tristesse.

— Oublie cette nuit, Elodie, il le faut, et pense à nous, tu ne peux rien changer. C'est moi qui vais partir avec ton père chercher la calèche, je crois que ce brave Toussaint en a assez fait depuis quelques jours, il a vraiment besoin de repos.

Elodie buvait les paroles de Julien. Quel réconfort qu'un mari comme le sien ! Il se leva pour embrasser sa femme qui ne pouvait retenir ses larmes.

— Toussaint est à bout de forces et il ne supporterait pas un autre voyage dans les mêmes conditions.

Le jour dessinait déjà son aube à l'horizon, apportant le chant du ruisseau jusqu'à la ferme. Julien et Elodie oublièrent la guerre, tant à cet instant leur amour les unissait. Julien partit avec Monsieur Jean tard dans la matinée. Toussaint n'était toujours pas réveillé.

Ils arrivèrent chez Dominique après un voyage où Monsieur Jean avait conduit sagement et prudemment. Julien descendit en soupirant d'aise. Pour un peu, il aurait apprécié le voyage. Il fut accueilli par Dominique, qui oublia son mutisme et entraîna son jeune beau-frère qu'il aimait beaucoup vers l'écurie où Justin finissait le pansage des veaux. Il le mena devant le jeune taureau qu'il gardait comme futur reproducteur. L'animal portait l'emblème de la race limousine dans sa stature.

— Bravo, Dominique, lui dit Julien, c'est bien l'animal que j'espérais voir de cette descendance.

Le cheptel de Dominique était magnifique, et cela grâce au taureau de Julien et aux soins qu'il lui apportait avec Justin. Monsieur Jean ne resta pas à déjeuner, et Dominique ne chercha pas à le retenir. Le repas fut ainsi plus détendu. Les trois hommes se montraient intarissables sur leur passionnant métier de paysan. Julien admira Marie qui offrait un dévouement sans bornes ; quant à Hélène, très pâle, elle montrait une nostalgie permanente due à l'absence d'Antoine. Elle n'avait que de rares nouvelles du Stalag XI A à Altengrabow.

Le cheval reconnut son maître et hennit d'impatience en se laissant atteler. Marie glissa à Julien quelques produits de la ferme, c'était la tradition d'offrir confitures du jardin et pâtés de cochon, et, dans une cage, elle avait emprisonné un superbe coq de sa basse-cour qui régénérerait les couvées. Le beau temps était de retour, la nature s'émerveillait des bienfaits de la douceur des rayons du soleil. Julien repartait le cœur gros, sentant errer partout dans cette maison l'âme de sa sœur.

Depuis que la ligne de démarcation n'existait plus, on voyait de plus en plus de convois allemands. Et Julien fut pris dans l'un d'eux. Il ne fut pas inquiété, mais il avait senti ces regards inquisiteurs, ces rires insultants, et fut soulagé d'arriver chez lui. « Heureusement, dans notre ferme en retrait, on arrive à oublier leur présence, mais jusqu'à quand ? Ils risquent de débarquer au moment où on s'y attendra le moins ! »

Elodie était inquiète, Toussaint était malade. Julien tenta de la rassurer :

— C'est le contrecoup des épreuves de ces derniers jours, ne te tracasse pas inutilement, il va se remettre.

Julien était entré dans la chambre de Toussaint, qui souleva ses paupières et le fixa de ce regard unique.

— Quelle heure est-il ? Monsieur Jean m'attend et je ne suis pas prêt.

Julien s'assit sur le rebord du lit, prit sa main ridée et lui dit :

— Ne t'inquiète pas, Toussaint, la calèche est là, c'est moi qui l'ai ramenée, et Monsieur Jean, il est parti depuis longtemps. Tu étais trop fatigué pour refaire la route.

— Mais alors j'ai dormi pendant combien de temps ?

— Eh bien, le soleil va bientôt se coucher, alors fais le compte.

Ils rirent de bon cœur. La porte s'ouvrit sur Elodie, qui apparut dans la lumière du jour finissant.

— J'entends que l'on rit ici, alors qu'il y a du travail !

Julien repartit et Elodie s'approcha de Toussaint, embrassant son front où perlait une sueur abondante.

— Je vais t'apporter un fortifiant, puis tu te lèveras pour souper avec nous, lui dit-elle d'une voix douce.

Elle se retira en laissant derrière elle ce réconfort dont il avait tant besoin.

Lorsqu'elle revint, il était assis sur son séant, tirant nerveusement sur sa longue barbe.

— Oh, Toussaint, il faudra que tu la tailles un peu pour l'été !

— Non, répondit-il avec détermination, ma barbe et mes cheveux font partie de moi, ils seront mon linceul.

— Pardonne-moi, c'est vrai que cette parure t'honore, et sans elle tu ne serais plus mon Toussaint.

Elle lui tendit un bol fumant d'une tisane, transmise par Maria, qui redonne force et vigueur. Toussaint put souper, reposé et disposé à reprendre ses activités. Julien leur apprit que les Allemands fouillaient partout, ils appréhendaient que Monsieur Jean soit allé en forêt. Il fallait penser à transporter le blessé chez Jeanne dès que possible. Tous les quatre, ils réfléchirent à la façon de procéder.

— Demain, dit Toussaint, j'irai chez Jeanne pour décider du jour du transport. Je prendrai la grande carriole pour pouvoir le cacher plus facilement sous un chargement de bois où nous aménagerons un abri.

Le printemps maintenant explosait et les prés déroulaient leurs tapis d'herbe tendre, tandis que les haies épaisses et fournies offraient aux oiseaux des refuges pour leurs nichées. La terre ouvrait son sein aux plantations et aux semis de légumes. Julien et Petite Maria se tinrent à leur ouvrage de l'aube au crépuscule. Ils avaient planté les pommes de terre, les topinambours, semé l'orge de printemps, renouvelé la grande prairie, et maintenant c'était au tour des betteraves, du maïs et des haricots. Bientôt, ce serait la saison des foins, le temps passait si vite ! Petite Maria n'avait pas oublié Joseph, et, chaque jour, elle priait pour lui et sa famille. Elle demandait à Dieu de lui offrir la joie de le revoir.

Julien voyait parfois le visage de sa fille tendu vers un mirage, et il souffrait intensément dans sa propre chair. Il revivait sa jeunesse, son amour impossible pour Elodie, son éloignement sans retour, et Maria, sa sœur, avec ce brave Toussaint qui avaient unis leurs forces pour son bonheur. Maintenant, cette souffrance, cette attente dans l'angoisse, c'était au tour de sa fille de l'endurer. Comme la vie était triste et ingrate, faite d'un renouvellement incessant des joies et des pleurs ! Mais l'amour devait toujours être le plus fort, il fallait le vivre et le répandre autour de soi, voilà ce que se disait Julien en traçant la planche de betteraves. Il pensa à Toussaint qui, malgré son apparence un peu repoussante, n'avait de cesse de procurer le bonheur, étant nanti d'une générosité de cœur unique. Personne ne connaissait ses origines, mais le sang qui coulait dans ses veines était le plus noble qui soit. Quant à Monsieur Jean, pourquoi ne le supportait-il pas ? pourquoi éprouvait-il toujours le besoin de l'humilier ? Julien n'avait jamais compris cette aversion.

Pendant ce temps, Toussaint filait chez Jeanne sur une route déserte qui lui laissa le temps de savourer cette liberté retrouvée. Il arriva sans bruit, le pas du cheval étant étouffé par les hautes herbes du chemin. Les épines croissaient un peu plus chaque année, si bien que la petite maison était entièrement dissimulée derrière les haies et il fallait la connaître pour la trouver.

Jeannot sortait du jardinet quand il découvrit Toussaint qui attachait son cheval à la boucle du hangar.

— Bonjour, Jeannot, dit Toussaint en caressant les cheveux soyeux de l'enfant.

Le garçon entraîna son ami à la maison où le son de la machine à coudre leur parvint. Un sourire éclaira le visage pâle de Jeanne.

— Quelle surprise que votre visite par cette belle journée !

— C'est vrai, mais je vois que vous serez bientôt envahis par cette nature si abondante, répondit Toussaint.

— Oui, elle gagne toujours un peu plus, mais Jeannot est un enfant qui ne peut s'occuper de tout… Au fait, Jeannot, si tu nous préparais une omelette, oncle Toussaint va déjeuner avec nous.

Toussaint sortit le panier donné par Elodie et le tendit à Jeanne.

— Tenez, c'est pour vous, Jeanne.

Ses grands yeux s'écarquillèrent de surprise en découvrant les pâtés, les grillons, le jambon et le gros poulet prêt à rôtir qu'elle disposait sur la table sous le regard émerveillé de Jeannot. C'était tellement irréel, toutes ces bonnes choses, pour eux qui étaient si pauvres que l'enfant ne put retenir ses larmes. Ils mangèrent l'omelette et le jambon.

— Toussaint, si quelque chose ne va pas, il faut nous le dire, dit Jeanne, qui le soupçonnait depuis un moment de ne savoir formuler sa demande.

Toussaint entreprit donc de demander à Jeanne ce service concernant le blessé. Il raconta les derniers événements survenus jusqu'à l'arrivée de Monsieur Jean. Jeanne l'écoutait attentivement en souriant.

— Vous avez bien fait de penser à nous. Ici, votre protégé sera à l'abri de tout, nous lui donnerons la chambre de Jeannot, n'est-ce pas, mon fils ?

— Bien sûr, comme ça, nous aussi, nous ferons quelque chose pour notre pays, dit-il, ayant enregistré toutes les paroles de Toussaint.

— Bien, alors nous allons pouvoir organiser le transfert du blessé, dit Toussaint, soulagé. Ce ne sera pas facile, les Allemands fouillent tout, mais il faut garder confiance et espoir, Dieu nous aidera.

Il repartit le cœur plus léger, Jeanne ne l'avait pas déçu. La route du retour fut plus mouvementée, des convois d'Allemands circulaient de plus en plus souvent sur cette route si calme auparavant. Les pétarades des moteurs énervaient le cheval, et Toussaint luttait de toutes ses forces contre cette violation de sa chère campagne. Il pensa à Maria. Comme elle souffrirait, si elle était là, d'être sans nouvelles de Petit Justin ! Ses beaux cheveux en seraient devenus tout blancs !

— Oh, ma Maria, tu reposes dans la paix et notre pays s'enflamme, tuant des innocents. Tu sais, moi aussi j'aurais voulu partir avec toi, ne jamais avoir connu cet affront de l'ennemi, mais tu vois, ma Maria, j'ai un blessé à sauver et tu n'es pas là à mes côtés.

Cela lui faisait du bien de soulager sa peine et il n'éprouvait aucune honte à pleurer.

Le vent changea, il venait maintenant du sud, et sans doute apporterait-il des orages. A l'horizon, une crête de nuages que le soleil couchant avait rosie marbra le ciel de menaces. Cette promenade n'avait pas fatigué Toussaint, qui raconta au souper tout ce défilé de camions, de motos et de tractions qu'il avait croisé. Tous ces hommes sanglés dans leurs uniformes lui faisaient penser à des loups-garous. Petite Maria était terrorisée à l'idée de savoir que l'ennemi était si près.

— Un jour, dit-elle, ils débarqueront ici et fouilleront notre ferme. C'est terrible de penser que leurs ombres nous hantent partout !

Il faisait chaud ce soir-là, et quelques moustiques et hannetons pénétrèrent par la fenêtre ouverte, venant se brûler les ailes à la flamme de la lampe. Soudain, un bruit d'avions, dont les ronronnements d'abord lointains s'intensifièrent, les fit sortir. Julien éteignit la lampe, écoutant et scrutant le ciel pour distinguer l'escadrille. Il y avait là-haut des hommes courageux qui se battaient. Soudain, des effraies frôlèrent leurs têtes et Petite Maria ne put s'empêcher de crier sa peur. Les yeux toujours rivés vers le ciel, ils virent passer les avions avec leurs lumières clignotantes. Ils rentrèrent, choqués, énervés. Elodie décida de faire une tisane et Petite Maria ferma porte et fenêtres dans la crainte de croiser encore les effraies, qui la terrorisaient. Puis l'orage éclata, accompagné d'une pluie diluvienne.

Blottie contre le corps protecteur de Julien, Elodie ne dormait pas, tremblant lorsque le tonnerre résonnait plus fort. Elle se revoyait s'échappant du couvent, sous le couvert de sœur Louise, la peur au ventre. La même peur que celle qu'elle ressentait aujourd'hui, à cause de cette guerre et de ce blessé. Elle n'osait imaginer que Toussaint puisse être pris. Qu'adviendrait-il d'eux tous ? Elle pria comme elle le faisait au temps du couvent. Elle pria pour sortir toutes ces âmes de l'enfer qui les entourait, pour que Dieu répande sa grâce sur les innocents. Elle pensa aux aviateurs qui venaient de survoler la ferme. Avaient-ils subi l'orage ? Etaient-ils rentrés sains et saufs à la base ?

Après l'orage de la nuit, l'aurore fut brumeuse, ayant répandu sur toute la campagne des nuées échevelées de vapeur. Lavée de cette eau bienfaisante, la terre exhalait son parfum si tenace où se mêlaient toutes les essences de la nature. Toussaint se réveilla, surpris d'être tout ragaillardi. Etait-ce la tâche qu'il avait à accomplir qui lui donnait autant d'allégresse ?

Julien scruta le ciel encore chargé des restes de sa colère.

— Tu es sûr que l'orage n'éclatera pas encore aujourd'hui ? Avec tout ce chemin à parcourir, c'est peut-être risqué, fit remarquer Julien.

— Non, au contraire, cette brume nous abritera, et je connais toutes les astuces de la forêt.

Petite Maria mourait d'envie d'accompagner Toussaint dans ce périple, mais elle en connaissait les risques et n'osait demander à sa mère. Aussi tourna-t-elle autour des deux hommes lorsqu'ils attelèrent la carriole.

— Mais qu'as-tu donc, Petite Maria ? lui demanda Toussaint.

— Oh, c'est juste que je voudrais venir avec toi, oncle Toussaint.

— Eh bien, si tu en as autant envie, prends tes responsabilités et va avec lui, dit Julien, mais je t'avertis que ce n'est pas un amusement.

— Je sais, papa, mais je suis sûre qu'ensemble nous serons plus forts.

Toussaint fut heureux de cette décision, il faisait confiance à la jeune fille qui pouvait deviner des choses qu'un homme ne voit pas toujours.

— Es-tu sûre de tenir le coup ? demanda sa mère, qui hésitait à la laisser partir. Tu sais, ce blessé n'est pas beau à voir !

Pour toute réponse, Petite Maria sauta au cou de sa mère et l'embrassa.

— T'en fais pas, je suis comme tante Maria, j'ai du cœur à revendre !

Ils partirent au pas régulier du gros percheron avec la carriole où des outils étaient rangés. Scie, hache, passe-partout, câble, bêche, fourche, marteau s'entrechoquaient dans le cahotement des roues dans les ornières. A cette allure, ils n'atteindraient la forêt qu'en soirée. Petite Maria tenait les guides.

— Allez, fouette un peu Gaston, lui dit Toussaint, il peut trotter plus vite sans trop de fatigue.

Le cheval activa son pas lourd, faisant crisser les roues de la carriole dont les larges fers maltraitaient les petits cailloux. Malgré le risque, Petite Maria était enchantée de s'acquitter de cette mission en compagnie de Toussaint.

Ils ne rencontrèrent que quelques voitures et gagnèrent les chemins forestiers sans encombre. La brume s'éleva comme par magie, laissant des traînées blanches dans le bleu magnifique que le ciel étalait au-dessus de leurs têtes. Le chemin détrempé par l'orage ralentit le pas du percheron, les roues s'enfonçant dans la boue.

— Tu sais, dit Toussaint, pour revenir avec le blessé, nous emprunterons un autre chemin, plus herbu.

Le ciel était dégagé et l'air était moite. Julien avait raison : l'orage n'avait pas dit son dernier mot. Les grands arbres gonflaient leurs troncs d'une sève régénérante pendant que la mousse, où perlaient encore des larmes de pluie, déroulait un tapis en leur honneur. Gaston renifla, ses naseaux refoulaient des jets de vapeur et son poil roux, sous l'effort, luisait de sueur. A une croisée de sentiers, Toussaint dit à Petite Maria de stopper l'attelage afin de faire souffler Gaston. C'était aussi l'occasion de casser une croûte. Petite Maria n'avait pas faim, et, pendant que Toussaint cassait ses œufs durs, elle mit pied à terre, flatta l'encolure de Gaston et regarda autour d'elle.

— Elle est belle et grande aussi, cette forêt. Maman m'a dit que grand-père te l'avait donnée, dit Petite Maria.

— Oui, c'est une vieille histoire. A cette époque, Monsieur Jean souffrait beaucoup et il débordait d'humanité et de générosité. Il avait retrouvé sa fille et cette forêt était ma récompense, avait-il dit. Mais moi, que voulais-tu que j'en fasse ? Moi, un homme sans toit, sans attache ! Alors j'en ai fait don à mon tour à Petit Justin. Il est le seul à savoir la faire vivre et à la gérer de main de maître.

— Oncle Toussaint, dit Petite Maria, en remontant sur la banquette, tu es le plus merveilleux des hommes ! C'est quelqu'un comme toi que j'épouserai !

Toussaint, malgré l'émotion qu'il ressentit à cette marque d'affection, sourit à Petite Maria.

— Allons, petite fille, tu épouseras l'homme que tu aimes et tu laisseras parler ton cœur !

Ils reprirent la route. Gaston, reposé, avançait d'un bon pas sur le sentier moussu. La forêt était grouillante de vie, loin des hommes qui s'entre-tuaient. Puis l'écho des haches leur parvint.

— Ecoute, Petite Maria, ces coups de hache qui meurtrissent les arbres, la sève qui perle, ce sont leurs larmes pour exprimer leur profonde blessure. Si les arbres pouvaient parler, ils nous diraient : « Laissez-nous vivre en paix, reposez votre fatigue sous notre ramure, mangez nos fruits et écoutez la chanson du vent dans nos branchages. »

Petite Maria était charmée par la tirade du brave Toussaint. S'il était un vagabond, c'était pour mieux vivre son âme de poète qui vibrait dans ce monde où la nature n'offrait que pureté, beauté, amour, parfum et liberté.

Une ombre passa ; un gros nuage, noir comme une enclume, voila le soleil.

— Regarde notre ciel, il va se mettre en colère, mais il va nous laisser le temps d'arriver et, dans une heure au plus, Gaston sera à l'écurie, bien à l'abri.

Les nuages alternaient avec les éclaircies. Le ciel aussi savait jouer à la guerre en lançant ses éclairs de feu, en tonnant comme un canon pour faire trembler la terre. Gaston sentait ce phénomène, et pourtant, impassible, il se laissait mener par Petite Maria. Pour l'instant, une faible brise caressait le faîte des arbres, agitant la nouvelle robe dont ils se paraient.

— Tu sais, dit Toussaint, le regard rivé sur la crinière de Gaston, notre blessé, il n'était pas beau à voir, tout meurtri, respirant à grand-peine : il ressemblait à un de ces arbres écartelés par la foudre. Nous aurons besoin de la journée de demain pour préparer sa cache. Le trajet de retour sera long et peu adapté à ce genre de transport.

— Pourquoi ne pas le laisser chez Petit Justin ? demanda la jeune fille.

— C'est beaucoup trop risqué, avec Monsieur Jean qui fourre son nez partout, va savoir ce qu'il manigance ! Personne ne connaît Jeanne.

— Pourquoi grand-père est-il si compliqué et ne fait-il jamais comme les autres ? dit-elle d'un air triste.

— T'en fais pas, on se passera de son avis, et, tous les deux, on accomplira notre devoir !

Ils arrivèrent, laissant la forêt sous une couverture de nuages noirs. Paul les attendait. Toussaint avait le cœur serré et il demanda des nouvelles du blessé en tendant la main à Paul.

— Il va mieux, mais je ne comprends rien à ce qu'il baragouine !

Paul considéra Petite Maria et fut saisi par sa beauté.

— Bonjour, mademoiselle Maria ; votre mère, madame Elodie, est une fée, je crois qu'elle a sauvé notre jeune Anglais ! Venez, le soir tombe et vous devez avoir faim et soif.

Un éclair zébra le ciel pendant que l'un des ouvriers s'occupait de Gaston. Un long grondement, accentué par l'écho des grands bois, retentit.

Ils se rendirent au chevet du pilote qui geignait encore en entendant l'orage dont les roulements devaient lui rappeler son crash. Toussaint s'approcha et lui prit la main.

— Bonjour, mon ami, je m'appelle Toussaint ; vous êtes en sécurité ici, je m'occupe de vous.

Le blessé essayait de lire sur les lèvres de cet inconnu, puis il tourna son regard clair vers Petite Maria qui s'était approchée. C'était une merveilleuse apparition que ces grands yeux de velours dans ce visage d'ange auréolé de magnifiques cheveux noirs qui dégringolaient en cascades de boucles. Il en émit un petit cri. Petite Maria, stupéfaite de penser que sa présence avait pu susciter cette réaction, recula de plusieurs pas. Paul la rassura et, se penchant au-dessus du pilote, il essaya de lui faire comprendre qu'il était bien vivant et que cette jeune fille était là pour l'aider. Une abondante sueur inondait son front, collant cette boucle blonde qui s'échappait du bandage. Petite Maria eut un choc, elle pensa à Joseph. Si lui aussi avait besoin d'aide, était blessé ou souffrait, aurait-il autant de chance que cet étranger ? Avec la serviette posée sur la table de nuit, elle essuya délicatement le front meurtri. L'homme sembla se détendre et ferma les yeux avant de sombrer dans un sommeil réparateur.

Paul disposa le couvert. Les quatre ouvriers attendaient leur repas en regardant par la fenêtre l'eau qui tombait et l'orage qui courbait les arbres sous son haleine coléreuse. Petite Maria proposa de servir elle-même la soupe. Ils mangèrent de bon appétit et firent un effort pour se tenir dignement à table devant cette belle jeune fille qui les impressionnait.

Petite Maria, malgré la violence de l'orage, dormit comme un ange dans ce lit un peu dur. Un jeune ouvrier lui avait laissé sa chambre, modeste petit réduit dont les quatre coins étaient remplis d'objets recueillis dans la forêt. Il y avait des nids de toutes formes, des plumes d'oiseaux, des bouts de bois que la nature avait amoureusement sculptés, dont un bâton en spirale, mais aussi de petits paniers en jonc tressé et de grandes herbes séchées qui s'enroulaient autour d'un cordon de ficelle, formant un cercle comme des pétales de fleurs. Petite Maria admirait tout ce bric-à-brac en se disant que ce garçon devait aimer la nature et était sacrément habile pour réaliser tous ces objets. Rien ne laissait penser que ce jeune homme à la tignasse rousse, aux gestes maladroits, pouvait avoir autant de goût et de talent. « Je le féliciterai pour l'encourager », se dit-elle.

Le lendemain, le ciel, balayé de ses nuages par un grand vent, apparut d'un bleu un peu délavé. Paul, Toussaint et Petite Maria entreprirent d'aménager la carriole en litière. Des rondins de bois furent empilés devant et derrière, tandis qu'au centre des planches furent clouées pour faire glissière et retenir le chargement. On ne ménagea ni les efforts ni l'ingéniosité, il fallait que le blessé ait suffisamment de place tout en étant bien caché. Petite Maria appréhendait la venue de son grand-père. Excellent cavalier, il pouvait surgir à tout instant et personne ne pourrait s'opposer à ce qu'il rentre chez Petit Justin. Il lui tardait d'être au lendemain.

Le soir, les hommes revinrent du chantier et humèrent l'odeur du gros canard donné par Elodie et que Petite Maria avait mis à mijoter dans la brasière. Le garçon roux qui avait prêté son lit à Petite Maria ne disait rien, mais son regard vert suivait chaque mouvement de la jeune fille. Il était gêné et intimidé, sachant qu'elle avait découvert son trésor. Ce ne fut qu'après leur départ que Petite Maria raconta à Paul et à Toussaint ce qu'elle avait vu.

— J'avais remarqué, dit Paul, que ce jeune garçon était plus habile et plus rêveur que son frère, mais il est très discret et ne se livre jamais.

Petite Maria rendit une visite au blessé et se dirigea vers le réduit où elle dormait. Elle trouva sous la porte un mot griffonné à la hâte qu'elle déchiffra à la lueur de sa bougie : « Pitié, mademoiselle, j'ai honte que vous dormiez dans un lit aussi inconfortable que le mien ; pardonnez-moi, je suis si pauvre pour recevoir une demoiselle comme vous, mais, la prochaine fois, je décorerai cet endroit pour qu'il soit aussi beau que la forêt. » Une signature que Petite Maria ne put déchiffrer concluait le mot. Elle en fut très émue. Ainsi, ce jeune homme savait lire et écrire, mais il souffrait de sa pauvreté. Elle dormit mal, pensant à Joseph dont elle n'avait aucune nouvelle. La lune éclairait sa petite chambre ; le hibou ulula, mêlant sa voix sinistre aux autres oiseaux pour rappeler qu'il était le maître de la nuit. Le vent aussi jouait sa partition dans les feuilles. Dans les taillis et les fourrés, chaque nuit était le théâtre de luttes acharnées, de mises à mort que chaque aurore lavait de sa rosée purificatrice.

Ce fut une huppe, superbe avec sa longue crinière de plumes roses et noires, qui réveilla Petite Maria. Elle frappait contre la vitre des petits coups réguliers avec son bec. C'était un merveilleux réveil sublimé par la beauté de l'oiseau qui gonfla son plumage et hérissa sa huppe en se tournant vers elle et en entonnant un chant d'amour. Mais il s'aperçut bientôt qu'il faisait sa cour à sa propre image qui se reflétait dans la vitre et il s'envola dans un grand déploiement de plumes multicolores.

Petite Maria s'étira. Cette journée allait être belle, mais longue aussi, et si imprévisible dans son déroulement. Elle entendit les ouvriers qui partaient au chantier et se hâta. Dans la cuisine, le café l'attendait et Toussaint se chauffait les pieds devant les landiers en rêvassant. Après l'avoir embrassé, elle demanda des nouvelles du blessé.

— Paul prépare notre ami anglais pour la grande aventure, mais tu sais, Petite Maria, cette nuit, j'ai fait un mauvais rêve.

— Bois un bol de café avec moi, oncle Toussaint, et tes idées noires disparaîtront. Regarde comme cette journée va être belle !

Paul revint, l'air satisfait : le blessé pourrait supporter le voyage, et il avait réussi à lui faire comprendre qu'il partait pour un endroit sûr. Toussaint, malgré lui, revoyait les images de son rêve : Monsieur Jean et les Allemands qui renversaient le chargement et découvraient l'Anglais, puis, dans une rafale de mitraillette, les tuaient tous les trois. Il s'était réveillé tout en sueur en criant : « Non, non ! » Petite Maria surprit la pâleur de son oncle et le rassura :

— Tout ira bien, je suis là !

Le garçon roux que Paul avait requis pour les aider à transporter le blessé amenait le percheron par la bride. Paul monta sur une ridelle, enleva les planches, découvrant le lit douillet qu'ils y avaient aménagé. Petite Maria aida le blessé à s'asseoir, puis les hommes l'allongèrent sur une civière. La lumière crue l'obligea à fermer les yeux, il était encore très faible. A la force du poignet, ils hissèrent la civière par-dessus la ridelle et le glissèrent doucement sur le matelas de couvertures. Il poussa un soupir et ses yeux semblèrent dire merci.

— Ne vous inquiétez pas, essayez de dormir. Avec Gaston, vous êtes en sécurité.

Paul replaça les planches et ils garnirent le dessus de rondins. Bien malin qui pourrait deviner qu'un homme se cachait sous le chargement ! Petite Maria prit le panier de provisions que Paul lui tendait. Le jeune homme roux tenait toujours Gaston par la bride pour qu'il se tienne tranquille.

— Tu sais, lui dit Petite Maria en passant près de lui, c'est très joli dans ta chambre, tu as beaucoup de talent et il faut continuer. C'est vrai que, si tu mettais du feuillage sur les murs, on se croirait en forêt.

Le pauvre garçon était cramoisi. Que répondre à une si belle jeune fille qui représentait pour lui la fée de la forêt ? Il resta donc muet et détala pour revenir quelques secondes plus tard, tendant à Petite Maria, qui s'apprêtait à monter dans la carriole, un panier de sa fabrication. Il ne disait rien, mais ses yeux parlaient pour lui, tant ils étaient éblouis.

— Oh merci, dit-elle, émue de sa générosité, il est superbe, je le garderai toujours en pensant à toi !

Il avait détalé sans attendre les remerciements de la jeune fille. Paul avait assisté à la scène. Petite Maria détacha le ruban de ses cheveux et le lui tendit.

— Paul, vous lui donnerez ceci de ma part, ce sera l'échange avec le panier.

Paul sentit son cœur se serrer avec le départ de ses amis auxquels il s'était attaché.

— Il faudra revenir nous apporter des nouvelles, dit-il.

— Paul, sois sans crainte, je reviendrai dès la semaine prochaine, lança Toussaint en menant avec précaution la carriole et son chargement.

— Tu vois, ce soleil va nous rendre cette journée supportable.

En effet, malgré le changement de direction du vent, maintenant à l'ouest, le ciel était dégagé, seuls quelques petits nuages restaient suspendus. Par une ouverture invisible à laquelle lui seul avait accès, Toussaint pouvait avoir un œil sur le blessé qui semblait dormir. Ils passèrent par la clairière ; le chemin était plus long, mais plus sûr. Avec le printemps, la forêt reprenait sa splendeur et il sembla à Toussaint que les branches ployaient sur leur passage en guise de salut.

Tout à coup, un bruit terrifiant rompit le charme qu'opérait la nature sur Toussaint et Petite Maria. Une escadrille d'avions sillonnait le ciel au-dessus de leurs têtes, les rappelant à la réalité. Le feuillage leur garantissait un abri et ils ne purent rien apercevoir. Mais le blessé avait poussé un cri. Relevant le rideau de jute qui masquait l'ouverture secrète, ils le virent apeuré. Petite Maria mit un doigt sur ses lèvres et il se calma, prononçant quelques mots incompréhensibles. Il avait compris le dévouement de ces deux êtres.

— Tu sais, oncle Toussaint, on dirait que cette guerre empire. J'ai entendu papa et maman qui en parlaient et qui disaient qu'on allait manquer de tout ; déjà le sucre, le café, l'huile et même le pain sont rationnés. Oh, oncle Toussaint, où est le temps heureux ?

— La misère est encore plus grande dans les villes que chez nous. Vois Jeanne, elle se contente de si peu, une omelette, quelques légumes que Jeannot essaye de faire pousser ; le pain est très rare chez elle. Mais il y a des choses bien pires, et, si nous pouvons tendre la main à l'occasion, nous le ferons encore.

Lorsqu'ils arrivèrent dans la clairière de Toussaint, Petite Maria ne put retenir son enthousiasme. Jamais elle n'avait vu la nature offrir un tel charme. Toussaint arrêta Gaston, le temps de faire savourer ce cadre enchanteur à la jeune fille, qui n'avait pas des yeux assez grands pour tout voir.

— Oh, c'est un endroit magique ! Quelle harmonie, quelle générosité nous offre la nature !

Les pervenches étaient autant de taches bleues sur le tapis de lierre, les touffes de genêts déversaient leur or sur le houx qui hérissait ses tiges vert foncé où se perdaient quelques fleurs blanches. Les fougères dentelées frissonnaient dans leurs robes inachevées. Le regard de Petite Maria était comblé, tout ce qui s'y accrochait la ravissait. Un gémissement provenant de leur passager les rappela à la réalité.

— Il faudrait peut-être que nous lui donnions à boire ! suggéra la jeune fille.

Ils savaient que personne ne les surprendrait dans ce lieu, aussi dégagèrent-ils les rondins pour ouvrir le couvercle de la cache. Le blessé sembla leur dire quelque chose. Toussaint lui montra la bouteille et il fit un signe affirmatif de la tête. Petite Maria se faufila près de lui et, lui soulevant délicatement la nuque, l'aida à boire quelques gorgées. Elle tenta de lui expliquer que le voyage allait continuer encore. Ils refermèrent le couvercle et reprirent place, il fallait repartir.

Petite Maria prit les guides et fit démarrer le brave animal. Il y en avait encore pour une heure avant d'atteindre la route. Au fur et à mesure qu'ils s'en rapprochaient, Toussaint se sentait de plus en plus nerveux. D'autres avions se firent entendre dans le lointain.

— Je ne crois pas qu'on aura d'orage aujourd'hui, les nuages sont trop hauts.

Puis la route fut là, soudain, au détour d'une haie de verdure. Le bruit d'un moteur de voiture les fit s'arrêter. Ils laissèrent passer l'automobile qui roulait à vive allure, avant de s'engager sur la chaussée.

— Maintenant, allons-y, dit Toussaint, qui reprit les rênes des mains de Petite Maria.

La jeune fille avait senti le tremblement dans la voix du vieil homme. « Pourquoi a-t-il donc si peur ? » se demandait-elle. Mais le danger survient toujours au moment où on l'attend le moins et cela elle l'ignorait, elle était trop jeune. Deux voitures les dépassèrent alors qu'ils n'avaient parcouru qu'une centaine de mètres, deux tractions noires qui avaient klaxonné pour signifier que la carriole les gênait. Mais Gaston, surpris par le bruit strident, avait fait un léger écart et une roue engagée dans une saignée avait déséquilibré le chargement. Quelques rondins, peut-être mal arrimés, dégringolèrent de la carriole.

— Il ne manquait plus que ça ! pesta Toussaint.

Il sauta à terre et commença à ramasser les rondins qui avaient roulé dans le fossé ; il les tendait un par un à Petite Maria, qui devint soudain cramoisie par la peur, car d'autres voitures s'annonçaient. Deux autres automobiles arrivaient à leur hauteur et, en voyant la carriole en difficulté, elles stoppèrent. Un grand gaillard sanglé dans son uniforme d'officier allemand s'avança vers eux en faisant claquer ses bottes.

— Alors, jeune fille, on a renversé le chargement, vous faut-il de l'aide ? dit-il dans un français parfait, mais un peu haché par son accent.

— Avec tous nos remerciements, monsieur l'officier, nous avons bientôt fini et nous rentrons à la maison, répondit Toussaint qui s'était avancé vers lui.

L'officier le regarda bizarrement, intimidé par ce drôle de vieillard à la barbe rebelle et aux cheveux longs. Il leva les yeux vers Petite Maria :

— C'est votre père, mademoiselle ?

— Non, c'est mon oncle, mais je l'aide et nous vivons ensemble.

L'officier hocha la tête, déconcerté par ces deux personnages.

— C'est un rude métier pour une belle enfant comme vous, mais c'est très courageux et je vous félicite !

Puis, en les saluant dans un claquement de bottes, il remonta dans la voiture qui disparut bientôt. Petite Maria sentait ses jambes flageoler.

— Dépêchons-nous, je ne veux pas une autre épreuve comme celle-ci !

— Non, n'aie pas peur, tu vois bien qu'ils sont malins, mais faciles à tromper !

Le bois fut remis en place et bien arrimé au moyen d'une corde. Comment aurait-on pu deviner ce qu'ils transportaient ? Le blessé était pâle et tremblait. Toussaint lui fit signe que le danger s'était éloigné. Ils repartirent et quittèrent enfin cette route pour bifurquer dans le sentier qui les conduisait chez Jeanne. Ils poussèrent un soupir de soulagement.

— Te rends-tu compte, et s'ils avaient découvert notre blessé ? dit Petite Maria.

— N'y pense plus, mon enfant, regarde comme la vie est belle autour de nous. Tu vois ces grandes haies, elles nous camouflent des regards indiscrets.

Jeannot les attendait, et, depuis qu'il savait que cet homme allait arriver chez eux, il ne savait quoi faire pour se rendre utile.

— Maman, maman, les voilà ! cria Jeannot en apercevant la carriole.

Debout près de son fils, Jeanne avait le visage tendu.

— Oh, Toussaint, quel bonheur vous me faites ! dit-elle en embrassant Petite Maria.

— Va ouvrir la chambre, Jeannot, puis reviens nous aider.

Petite Maria monta sur le chargement et entreprit de faire passer à Jeanne et à Toussaint les rondins, puis ils arrivèrent au couvercle de planches. Il fallait encore enlever tout le chargement arrière pour faire glisser le malade hors de la carriole. Quelle surprise pour l'homme étendu de se sentir à l'air libre ! Il fixa Jeanne et Jeannot, puis Petite Maria. C'était donc pour lui la fin du voyage. Unissant leurs efforts, ils prirent chacun un coin de la couverture et transportèrent le blessé sur le lit de Jeannot. La porte incurvée dans le mur était dissimulée derrière un rideau.

Une bonne odeur de soupe qui cuisait devant le feu les interpella.

— Je vais m'occuper de lui donner à manger, dit Jeanne, une bonne soupe devrait le réconforter.

Quand elle pénétra dans la chambre, il la regarda, ébloui et séduit par son charme. Il pensa qu'il avait beaucoup de chance d'avoir affaire à de si belles jeunes femmes, d'abord Elodie, puis Petite Maria et enfin Jeanne, toutes plus belles les unes que les autres.

La journée s'achevait lorsque Toussaint et Petite Maria reprirent le chemin du retour. Ils avaient laissé le jeune Anglais en de bonnes mains et sur la voie de la guérison. Toussaint reviendrait d'ici une semaine pour apporter quelques provisions dont Jeanne aurait besoin.

C'est avec un grand soulagement que Julien et Elodie virent Gaston entrer dans la cour, faisant résonner les pierres avec ses lourds sabots. Cibelle aboya de joie en revoyant sa petite maîtresse qui courut se réfugier dans les bras de sa mère.

— Maman, papa, notre mission est accomplie, mais, avec oncle Toussaint, nous avons eu quelques frayeurs !

La nuit tombait, les nuages s'habillaient de pourpre et leur crête dorée les couronnait d'une majestueuse beauté. Julien était impatient de savoir comment s'était déroulé le transfert.

— Bien sûr que nous avons rencontré des Allemands, expliqua Toussaint, il aurait été difficile de les éviter, ils patrouillent partout.

Il narra la rencontre avec cet officier qui leur avait proposé son aide. Julien était inquiet.

— Penses-tu que Jeanne ne risque vraiment rien ?

— Sûr et certain, personne ne connaît Jeanne, et sa maison est tellement retirée.

Au souper, Elodie se plaignit que le café et le sucre manquaient déjà. Il lui faudrait remplacer ces denrées.

Avec le printemps chaud et humide, l'herbe avait poussé à foison dans les prés. Petite Maria aimait cette saison, bien que, depuis le départ de Joseph, elle n'eût plus la même saveur. Cet été non plus, il n'aiderait pas. Si seulement elle avait des nouvelles, mais aucune depuis l'hiver 1941.

— Tu sais, Petite Maria, dit Elodie, Toussaint va nous aider quelques jours à rentrer les foins. Deux bras de plus ne seront pas de trop !

Dans le ciel, les nuages de la veille s'étaient dissipés, poussés par un grand vent tourné au nord.

La semaine qui suivit fut ensoleillée.

— Nous allons faucher, dit Julien, l'herbe est mûre, et, avec le soleil et le vent, nous allons avoir deux alliés.

L'herbe embaumait et se courbait avec dignité sous le souffle du vent, lâchant son pollen dans un nuage léger et impalpable. Toussaint retroussa ses manches et, surpris par son endurance, il fana les recoins.

Pendant la journée, dans la chaleur tremblante de la terre qui ondulait sous ses yeux, il suivit le râteau mécanique que tirait Gaston, tandis que Petite Maria actionnait la pédale. Il était attiré par les progrès de l'outillage. Quelle invention formidable ! Ils étaient éreintés par le travail pénible et, dans le parfum de la fenaison, en oublièrent presque la guerre et leur blessé.

Le dimanche, le temps se gâta. Une grande bande noire obstrua le ciel dès le matin. Le vent chaud en devenait oppressant, l'orage était imminent, mais le foin dans le grand pré n'était pas coupé, il allait falloir se hâter. Toussaint devait partir chez Jeanne lui porter quelques vivres, comme il le faisait chaque semaine. Julien demanda à Elodie de préparer le panier de provisions et attela Gaston. Aujourd'hui, ils ne feraient pas les foins, ils s'octroieraient un peu de repos.

Toussaint se laissait bercer au rythme du pas régulier de Gaston, il le préférait au cheval de Julien, trop nerveux à son goût. Sur le tronçon de route qu'il était obligé d'emprunter, il rencontra beaucoup de voitures, mais il n'avait rien à cacher et restait confiant. Le vent lui apportait des parfums d'herbe coupée et du blé en lait. Cette odeur enivrante dans la touffeur de l'air le laissa rêveur. Et, comme à chaque fois qu'il s'évadait, ses songes l'emmenaient vers Maria. Il ferma les yeux pour mieux se concentrer sur son image et replongea vers les jours heureux. Comme il l'avait aimée ! Sa passion le dévorait, et pourtant il était toujours resté digne et maître de ses sentiments. Il était tellement absorbé par ses souvenirs qu'il ne s'était pas aperçu que Gaston s'était arrêté. Ce fut une voix forte et gouailleuse qui le ramena à la réalité. Il vit une traction qui était dans le fossé et deux Allemands qui tournaient autour de la carriole.

— Alors, vieil homme, on a trop trinqué, ou es-tu sourd ? lança l'un d'eux.

Ils se mirent à rire, puis, en se rapprochant encore, il aperçut le panier.

— Donne-moi ce panier !

Toussaint tremblait de colère, mais il ne devait surtout pas perdre son sang-froid.

— Monsieur l'officier, vous voulez que je vous sorte de là ? dit-il en désignant d'un geste la voiture. Mon cheval est fort et peut la tirer.

L'Allemand ne s'attendait pas à pareille proposition et, s'écartant du panier, lui répondit :

— Bien, vieil homme, montre-nous ce que tu peux faire !

Toussaint dételа le cheval et attrapa le câble que les Allemands attachèrent à la voiture. Il caressa le museau du cheval et lui murmura de faire son possible pour sortir cette auto. Il était dans une fâcheuse position et ne souhaitait qu'une chose : les voir repartir en lui laissant son panier. Grâce à la puissante musculature de Gaston, la voiture fut tirée du fossé en un rien de temps. Alors que Toussaint attelait le cheval, une autre voiture s'arrêta et Monsieur Jean en descendit.

— Alors, Toussaint, que fais-tu ici ?

Il n'eut pas le temps de répondre, les Allemands se chargèrent d'expliquer la situation à leur ami, Monsieur Jean.

— C'est un vieux vagabond que je connais, laissez-le partir, déclara Monsieur Jean.

— Et le panier, il faut le prendre, dit un Allemand.

— Non, laisse-lui, répondit l'officier, il est vieux !

Toussaint démarra sans brusquer son cheval et en faisant un signe de la main à Monsieur Jean. Il ne demanda pas son reste et se hâta de prendre de la distance. « Ces salauds-là, ils ont bien failli me prendre mon panier ! » Il bifurqua sur le chemin de Jeanne, soulagé de ne pas avoir rencontré d'autres véhicules. Mais il avait à peine quitté la route qu'il perçut d'autres bruits de moteurs. Il était abrité par les grandes haies lorsque le convoi passa : des files de camions chargés de soldats, rangés comme des figurines, puis les voitures des officiers. Il était effrayé par ces hommes insensibles aux ravages qu'ils laissaient derrière eux. Il pensa à tous ces jeunes gens qui laissaient leurs terres ou leurs activités et sacrifiaient leur vie pour défendre leur patrie.

Les mouches et les taons agaçaient Gaston qui secouait nerveusement la tête et tapait du sabot. Ils repartirent après le passage de la dernière voiture.

Jeannot accourut vers Toussaint, sa petite frimousse aux yeux bleus accueillait le nouvel arrivant avec un bonheur toujours renouvelé.

— Tu sais, oncle Toussaint, le blessé marche tout seul maintenant !

Toussaint lui tendit son panier et attacha son cheval.

— Il est dans le jardin, mais, quand il entend du bruit, il se cache. Je vais le chercher.

— Va, Jeannot, tu es un brave garçon !

Deux minutes après, il revenait avec l'Anglais sur ses talons. Il tendit la main à Toussaint en essayant de remercier dans sa langue celui qui l'avait sauvé. Mais Toussaint n'attendait pas de merci, c'était naturel de s'entraider et de se tendre la main plutôt que de se battre. Jeanne venait vers eux, toujours aussi belle avec son regard bleu qui entourait les trois hommes. Toussaint remarqua que son Anglais n'était pas indifférent au charme qu'elle dégageait.

— Vos soins sont efficaces, Jeanne, notre homme va pouvoir songer à repartir !

— Vous n'y songez pas, Toussaint, il est encore bien faible.

— Il faut du temps pour organiser le départ ; aussi, en s'y prenant dès maintenant, dans un mois il devrait être en état de voyager.

Jeanne regarda le ciel qui se chargeait de nuages crémeux tels des monstres géants bousculés par le vent.

— Nous allons déjeuner tout de suite, ce soir nous aurons peut-être de l'orage, dit-elle.

Jeanne s'excusa de ne pouvoir leur servir de viande. Une soupe, des pommes de terre cuites dans la marmite et une salade du jardin composaient son repas. Toussaint sortit du panier deux belles tranches de jambon.

— Et dire qu'on a bien failli me le prendre, ce panier !

Toussaint raconta les péripéties de son voyage. L'Anglais dévorait des yeux ce jambon et essaya de dire dans un français très sommaire et avec un très fort accent que ce devait être délicieux. Jeanne coupa les tranches en deux et servit son pensionnaire. Le ciel s'assombrit tout d'un coup. Toussaint se leva, inquiet, et scruta le ciel. Il ne s'agissait que d'un gros nuage qui venait de cacher le soleil.

— Je ne crois pas avoir d'orage pour le retour, dit-il.

Après le repas, Jeanne servit une tisane ; son blessé en buvait beaucoup, il adorait cela. Toussaint se félicitait de l'avoir amené chez Jeanne et, après une petite sieste à l'ombre de la haie, il s'apprêtait à rentrer. Jeannot paraissait triste, il n'avait pas quitté son ami, même durant son somme.

— Qu'est-ce qui ne va pas, mon garçon ? demanda-t-il.

— Oh, oncle Toussaint, je voudrais tellement venir avec vous pour vous aider à faire les foins. Comme les bras vous manquent, je voulais proposer les miens.

— Mais sais-tu que c'est une idée formidable, mon garçon ! répondit Toussaint en tendant sa main calleuse. Il nous reste à demander la permission à ta maman.

Jeanne cousait à la main pour ne pas perturber le repos de l'Anglais. Elle tressaillit en entendant Jeannot et Toussaint qui s'approchaient d'elle, formant un tableau charmant.

— Jeanne, dit Toussaint, pourquoi Jeannot ne viendrait-il pas avec moi ? Cela lui ferait tellement plaisir !

— Oh oui, la ferme où habite oncle Toussaint doit être merveilleuse et je pourrais apprendre à travailler !

— Très bien, répondit-elle, en serrant son fils, va prendre tes affaires.

Cette séparation d'avec son fils serait la première et elle chercha à dissimuler sa tristesse.

— Dans une semaine, je le ramènerai, Jeanne. Cela va être formidable pour ce petit bonhomme !

Elle n'était pas complètement seule puisqu'il y avait l'Anglais. Et puis, une semaine, ce serait vite passé. Elle redonna le panier d'Elodie dans lequel elle avait glissé une gerbe de fleurs sauvages en guise de remerciement. L'adieu fut muet, mais la séparation déchirante.

Elle revint vers son ouvrage en priant pour que Dieu protège son enfant. Elle entendit à côté les ronflements de l'Anglais et se ressaisit. Un souffle de parfum venant de la forêt, un regard brun qui se posait sur elle, Petit Justin occupait son esprit et ses pensées. Elle soupira et se remit à coudre avec tout l'acharnement dont ses mains habiles pouvaient faire preuve.

Jeannot ne cessait de poser des questions à Toussaint. Leur discussion était si passionnée qu'ils n'avaient pas pris garde aux nuages qui s'amoncelaient dans le ciel. Lorsqu'un éclair zébra cette masse de plomb et que Gaston se cabra, Jeannot se mit à trembler. Mais Toussaint le rassura en calmant le cheval.

— N'aie crainte, ces nuages ne sont pas pour nous, ils vont suivre le courant de la rivière.

Jeannot scrutait le ciel sombre et était épouvanté par la lutte acharnée qui se livrait au-dessus de leurs têtes entre les nuages noirs et ceux aux crêtes dorées. Le tonnerre gronda et quelques grosses gouttes s'écrasèrent sur eux.

— Oncle Toussaint, nous allons être trempés !

Une rafale de vent, d'une force qui les surprit, balaya tous les nuages.

— Tu vois, Jeannot, l'orage se partage, nous sommes sauvés !

En effet, les nuages s'étaient écartés, formant une longue traînée à l'horizon et laissant apparaître le bleu du ciel et les rayons du soleil. Jeannot était muet d'admiration devant ce phénomène de la nature si imprévisible. Gaston continuait son chemin, impassible, ses petites oreilles dressées, toujours à l'affût. Ils ne rencontrèrent point de convoi de soldats allemands, seulement quelques voitures bruyantes sur la grande route.

Comme tous les enfants de son âge, Jeannot était curieux de tout ce qu'il ne connaissait pas et pressé de découvrir le monde de la ferme. Et, lorsqu'ils entrèrent dans la cour de la ferme, Jeannot fut stupéfait, il ne savait où porter son regard tant il y avait de choses à voir, mais aussi à entendre et à humer. Sautant au bas de la carriole, il sursauta à l'approche de Cibelle.

— Caresse-la, Jeannot.

— Mon Dieu, dit Elodie, mais quel est ce beau et solide petit garçon que tu nous amènes, Toussaint ?

— C'est Jeannot, qui vient nous aider à finir les foins !

— Et courageux aussi ! dit-elle en l'embrassant et en passant sa main sur sa chevelure claire. C'est Petite Maria qui va être heureuse d'avoir un compagnon tel que toi !

Petite Maria adopta tout de suite le garçonnet rouge de confusion. Le prenant par la main, elle lui dit :

— Jeannot, je te ferai connaître toute la ferme ; tu vas voir, c'est formidable de vivre ici, on n'a pas le temps de s'ennuyer, il y a tellement d'amis, je veux dire d'amis animaux !

Elle avait gagné un admirateur. Jeannot découvrit une maison aisée et accueillante où on se sentait aussitôt bien, lui qui était si seul et si pauvre ! Et cette si bonne soupe qui fumait dans son assiette, comme elle était délicieuse ! Et que dire quand il vit arriver sur la table le poulet aux pommes de terre ! Il était subjugué par cette belle cuisine avec sa grande cheminée et toutes les marmites aux gros ventres noirs. Il était émerveillé par Petite Maria, si belle et si douce, mais aussi si imprégnée de cette vivacité et de cette gaieté qui appartiennent encore à l'enfance, et il en ressentit une impression curieuse. Il repensa à sa maman dont le regard était si triste et qui devait toujours penser à travailler.

Elodie décida d'accompagner Toussaint chez Jeanne la semaine suivante, elle serait heureuse de revoir son blessé et de constater les progrès de sa convalescence.

Ce soir-là, Petite Maria guida Jeannot dans la nuit, elle voulait lui montrer ce qu'était le charme d'une nuit d'été. Il y avait d'abord les étoiles qui éclataient sous la voute céleste.

— Regarde, Jeannot, toutes ces étoiles, ce sont nos âmes, et, quand une nouvelle apparaît, c'est une âme qui naît, expliqua Petite Maria.

— Tu sais, dit Jeannot, quand une étoile tombe du ciel, c'est quelqu'un qui meurt, c'est maman qui me l'a raconté.

A ce moment-là, une lumière se détacha des étoiles et fila à une vitesse vertigineuse en direction de la terre, laissant dans son sillage une traînée blanche. Ils restèrent muets et instinctivement firent le signe de croix.

— Tu sais ta prière, Jeannot ?

— Oui, Petite Maria, maman me l'a apprise en même temps que l'école. Tu sais, je sais lire, écrire, compter et même chanter, mais ce que je préfère, c'est dessiner.

Petite Maria s'accroupit devant Jeannot.

— Mais tu es un petit bonhomme formidable, je sens que nous allons bien nous entendre tous les deux.

Petite Maria avait oublié l'effraie, qui soudain les survola de si près qu'ils frémirent lorsqu'elle poussa son cri.

— Quel sale oiseau ! Viens vite, rentrons ! dit-elle.

Prenant la main de son nouvel ami, la jeune fille courut vers la maison. Julien et Elodie les virent tout pâles et tout tremblants.

— C'est cet oiseau, je ne m'y habituerai jamais ! Son cri est trop effrayant.

Jeannot était encore sous le choc ; l'étoile, sa maman, l'oiseau fou, pourquoi la terreur régnait-elle partout ? Jeannot s'endormit en pensant à sa maman, il eut un remords de l'avoir laissée, mais fut rassuré en pensant à l'Anglais.

La journée du lendemain fut chaude et lourde. Julien et Toussaint fauchèrent toute la matinée. L'herbe s'abandonnait dans un cliquetis de lame, remplie de promesses.

Une nuée de papillons et de sauterelles tentait d'échapper au massacre. Toussaint, attentif à toute cette vie, posait sa faux et leur laissait la liberté. Car Toussaint fauchait les endroits inaccessibles, comme les bordures des haies et les recoins. A midi, Jeannot et Petite Maria leur apportèrent le déjeuner. Julien détela les vaches, Toussaint coinça sa faux dans les épines, et tous deux se frottèrent les mains dans une poignée d'herbe encore humide de rosée. Ils s'installèrent à l'ombre d'un vieux chêne, là où Petite Maria venait d'étaler un torchon blanc et disposait le pain, le pâté, le jambon, des œufs durs et une bouteille de cidre frais.

Jeannot n'avait jamais assisté à pareille dégustation dans un tel cadre.

— Ici, tu vas voir, dit Petite Maria, le pain n'a pas le même goût qu'à la maison. Il se gorge de la saveur de la rosée, du parfum de l'herbe et se gonfle de la chanson du vent. Regarde les vaches comme elles se régalent.

Un papillon fatigué de son vol vint prendre appui sur le bout du sabot de Jeannot. Ses ailes se mirent à battre l'air d'un mouvement régulier et gracieux. Jeannot ne voulait pas l'effrayer et n'osait pas bouger. Puis il s'envola, sans doute effrayé par les voix des hommes.

Jeannot mordit à pleines dents dans sa tartine, il oubliait tout dans cette nouvelle vie.

Vers deux heures, Elodie vint chercher Julien.

— Les Allemands sont à la maison, ils veulent te voir, dit-elle, inquiète.

Julien pâlit. Que lui voulaient-ils ? Il demanda à Petite Maria qui fanait avec Jeannot de le remplacer à la faucheuse, il fallait avoir fini à midi et au diable ces Allemands ! Cibelle marchait sur leurs talons, toute penaude, et elle n'aboya pas.

Polis, les Allemands saluèrent Julien et expliquèrent leur visite impromptue.

— Nous recherchons un pilote anglais, nous savons qu'il se cache quelque part dans cette campagne, nous devons perquisitionner.

Julien et Elodie tremblaient de colère, mais ils restèrent calmes et sereins.

— Messieurs, leur dit Julien avec politesse, je vous en prie, fouillez ; chez nous, les portes ne ferment pas à clé.

Après un ordre donné avec sévérité et sécheresse, l'officier se retourna vers Julien et Elodie et leur dit :

— Soyez tranquilles, mes hommes savent respecter les braves gens.

Puis il se tut, regardant cette belle ferme avec convoitise. Julien et Elodie, la main dans la main, attendaient ; Cibelle, assise à leurs pieds, grognait. Cette odeur ennemie lui hérissait le poil. Au bout d'un quart d'heure de silence, le gradé commençait à transpirer sous la chaleur du soleil.

— Bonne journée pour le foin, n'est-ce pas ? dit-il dans un mauvais français.

A quoi Julien répondit par un signe de tête, ne pouvant émettre de son tant sa gorge était nouée. Puis les hommes revinrent, ayant fouillé toute la ferme, l'air penaud de ne pas avoir découvert ce qu'ils croyaient sûrement trouver. Leur chef s'excusa le plus poliment possible auprès de Julien.

— A l'avenir, je ferai en sorte que vous ne soyez plus embêtés, mais je devais faire mon devoir en perquisitionnant.

Ils repartirent, effrayant au passage toute la basse-cour. Elodie et Julien se serrèrent très fort, muets et paralysés par la peur. Pourquoi étaient-ils venus chez eux ? Ils cherchaient sûrement leur Anglais. Qui avait bien pu les envoyer ici ?

— Julien, ne dis rien devant Jeannot, cet enfant serait traumatisé, étant donné que cet homme est chez lui. Mon Dieu, quelle histoire !

— Je retourne au champ, mais je le mettrai au courant, il faut qu'il sache et qu'il puisse le mettre en garde.

Ce fut durant le repas de midi que Julien expliqua ce qui s'était passé.

— Ils n'ont pas le droit, dit Petite Maria en explosant, fouiller comme ça chez les gens !

— N'aie aucune crainte, Jeannot, dit Toussaint qui observait dans son regard une terreur bien réelle. Il ne risque rien là où il est, personne ne le trouvera.

Puis, regardant Elodie :

— Je vais trouver le responsable, je crois que Monsieur Jean peut nous y aider.

Toussaint, encore une fois, allait tenter de démêler ces fils qui troublaient leur sérénité.

— Mais comment peux-tu penser que mon père va nous aider ? dit-elle d'une voix pleine de détresse, l'angoisse lui broyant les entrailles.

Quand tout le foin fut engrangé, Toussaint leur dit qu'il partirait dès le lendemain matin chez Monsieur Jean.

A l'aube, il attela le cheval à la calèche de Julien et laissa derrière lui la ferme endormie. Monsieur Jean allait être surpris de cette visite inattendue. Il lui fallait trois heures pour atteindre la maison. Une appréhension lui serrait le cœur, il y avait si longtemps qu'il n'était allé dans cet endroit où, enfant, il avait appris le rude métier de la vie. C'était effectivement lorsque Elodie était au couvent et qu'il était venu chercher son salaire que Monsieur Jean l'avait chassé comme un vagabond.

Quand le soleil embrasa l'ombre de la route, Toussaint se sentit envahi par une vague de courage. Il lui faudrait affronter celui qui les avait dénoncés ; cela, il le savait depuis le début, mais Elodie devait l'ignorer.

C'est à peine s'il reconnut les lieux, tout était envahi par la végétation, les épines et les orties. Pourquoi ce mauvais entretien ? Où étaient les haies bien taillées dont il était jadis si fier ? Il descendit et, menant son cheval par la bride, s'enfonça dans l'allée d'herbe folle où des roues de voiture avaient laissé une empreinte bien visible. Lorsqu'il fut dans la cour, il constata le même délabrement, mais la voiture de Monsieur Jean luisait sous le soleil déjà haut. Tous les volets de la maison étaient fermés, seule la porte de la cuisine laissait penser qu'il y avait un semblant de vie. L'herbe, qui lui caressait les mollets, étouffa son pas, et, lorsqu'il fut devant la porte de la cuisine, il fut surpris de découvrir une vieille femme. Des mèches grises qui s'échappaient de dessous son fichu entouraient un visage ridé et jaunâtre. Sous un tablier gris aux poches décousues, une grande jupe noire recouvrait ses sabots sans ferrures. Elle le regarda fixement et bizarrement, et il lut dans ce visage fané de la peur. Mais il était vrai que Toussaint, pour qui ne le connaissait pas, n'avait rien d'engageant. Avant qu'il eût le temps d'entrer et de se présenter, elle lui claqua la porte au nez et poussa le gros verrou.

Toussaint se retrouva devant cette maison à l'abandon qui était jadis si belle, remplie d'ouvriers sous les ordres de Monsieur Jean, si élégant dans son bel habit. Si Elodie revoyait sa maison natale, comment réagirait-elle ?

Un volet grinça, Toussaint leva les yeux et vit Monsieur Jean, hirsute, bâillant à s'en décrocher la mâchoire et qui s'aperçut de sa présence.

— Tiens, Toussaint, que fais-tu là ? Quel bon vent t'a poussé jusque-là ?

— J'ai à vous parler, Monsieur Jean, c'est Elodie qui m'envoie.

— Attends un peu, vagabond, que je reprenne mes esprits !

Puis, se penchant, il cria :

— Fantine, ouvre cette porte, c'est Toussaint : il est affreux, mais pas méchant !

Le verrou se desserra, la porte s'ouvrit timidement et Fantine, plissant les yeux à cause de la lumière crue du soleil, osa enfin faire entendre sa petite voix fluette.

— Mon maître va descendre, vous pouvez attacher votre cheval à l'ombre là-bas, dit-elle en désignant de la main un vieux cerisier.

Toussaint la remercia, et, lorsqu'il revint, Monsieur Jean l'attendait.

— Alors, qu'as-tu donc à me dire ?

Puis, s'adressant à Fantine :

— Sers-moi mon déjeuner, Toussaint va manger avec moi !

La pauvre femme semblait mal à l'aise et malhabile dans ses vieux jupons, intimidée par la présence de Toussaint.

— Alors parle donc ! dit Monsieur Jean en mordant dans une tartine de pain beurré.

— Voilà, Monsieur Jean, les Allemands sont venus, il y a deux jours, perquisitionner à la ferme, ils cherchaient un aviateur anglais que Julien était censé cacher. Elodie est bouleversée et elle m'a demandé de venir vous demander si vous saviez qui les avait dénoncés.

— Ah, ce serait donc cette histoire d'avion tombé dans la forêt… J'en ai entendu parler par des amis, en effet, mais de là à soupçonner Julien ! Tu vas dire à Elodie que cela ne se reproduira plus. Cet Anglais, je m'en fiche, mais, ma fille, je désire qu'on ne l'inquiète plus ! Si elle abritait un Anglais, et elle en serait bien capable avec l'éducation qu'elle a reçue de Maria, il serait si bien caché que même moi, son père, je n'en saurais rien !

Toussaint écoutait le récit, mais était incapable d'avaler une miette, il avait le cœur trop serré. La cuisine n'avait pas changé, mais elle était mal entretenue et dans un désordre indescriptible. Monsieur Jean sembla lire dans ses pensées.

— Ne prends pas garde à tout ça ; maintenant, je suis vieux et ici c'est mon gîte où je viens me terrer comme un vieux loup. Après moi, ils feront ce qu'ils voudront, mais je ne t'autorise pas à raconter ce que tu vois là à ma fille ; tu m'as compris, vagabond ? Maintenant, assez parlé, j'ai à faire et toi aussi.

Il se leva, tapa sur l'épaule de Toussaint et lui dit encore :

— Allez, file d'ici ! Tu as de la chance que je sois de bonne humeur aujourd'hui, mais ne t'avise pas de revenir trop souvent, tu pourrais le regretter.

Toussaint ne demanda pas son reste, trop heureux de partir, mais il salua Fantine en repartant. Son cheval était lui aussi impatient de reprendre la route. Monsieur Jean le suivait en voiture et, dès qu'ils furent sur la route, il le dépassa dans un grand coup de klaxon. Toussaint vit qu'il riait au volant de son auto qu'il lança à grande vitesse. Toussaint dut se ranger sur le bas-côté pour laisser le passage à d'interminables convois militaires. « Mon Dieu, disait-il, notre pays va-t-il rester soumis encore longtemps ? » Il pensa à Antoine et à Petit Justin, éloignés de leur famille, dans cette sauvagerie où la mort rôdait.

Il arriva à la ferme, l'esprit encore tout encombré de ses tristes pensées. Cibelle l'égaya par ses aboiements d'amitié et il se réconforta en glissant ses doigts dans son poil soyeux.

L'odeur du foin montait de la grange ouverte. Elodie vint vers lui, le visage tendu.

— Alors, tu as vu mon père, que t'a-t-il dit ?

— Tu sais, Elodie, ton père était en colère d'apprendre ce qui s'est passé, et très impressionné par cette visite, puis il est parti, il a beaucoup à faire, m'a-t-il dit.

— Que me caches-tu, Toussaint ? demanda Elodie, qui considérait l'air las de Toussaint.

— Rien, seulement je suis un peu fatigué et puis j'ai faim !

— Oh, je suis impardonnable, après tout ce trajet ! Viens te reposer, dit-elle en l'entraînant vers la cuisine.

Petite Maria et Jeannot avaient préparé la table. Ils avaient disposé un petit bouquet de fleurs sauvages devant chaque couvert, pour fêter la fin des fenaisons. Jeannot était impatient de voir revenir son vieil ami et il l'accueillit en se jetant dans ses bras.

Tous se délassèrent dans la fraîcheur de cette soirée d'été, qui entrait par la porte et les fenêtres. Elodie et Julien avaient un peu oublié leur angoisse grâce à Toussaint qui refoula dans le secret de son âme l'épreuve qu'avait été cette journée. Leur tranquillité fut troublée par le passage des avions dont les ombres massives et bruyantes les firent trembler. Elodie se leva pour fermer porte et fenêtres.

— Mon Dieu, cela ne finira-t-il donc jamais ? soupira-t-elle.

Les jours qui suivirent, Petite Maria et Jeannot ne se lassèrent pas d'explorer la ferme dans tous les recoins.

— Tu sais, on est très heureux que tu viennes t'installer ici avec ta maman ; ainsi, ni vous ni nous ne serons plus seuls, dit Petite Maria en désignant la petite maison de Joseph.

La ferme était splendide sous cette journée d'été, parée de ses vignes vierges et de ses glycines dont les fleurs éclaboussaient l'air de leur parfum et où se vautraient abeilles et bourdons. Le jardin, qui bordait la cour fleurie de dahlias, croulait sous les légumes, et le verger, sous ses fruits.

— Il fait si bon vivre ici, continua Petite Maria en prenant la main de Jeannot, que j'espère qu'on ne se quittera plus jamais.

L'enfant jeta son regard clair et limpide, ébloui et émerveillé autant par les propos de la jeune fille que par sa vue.

— Oh oui, murmura-t-il, mais il faut encore que maman s'occupe de l'Anglais et que les Allemands ne le trouvent pas.

— Dès le départ de l'Anglais, avec Toussaint, nous irons vous chercher, j'en fais le serment, dit Petite Maria en embrassant Jeannot. Tu es content ?

Ils rirent pour mieux cacher leurs craintes, ne sachant vraiment quand leurs espoirs pourraient se réaliser.

La semaine passa comme dans un rêve pour cet enfant, mais il avait tout de même hâte de repartir vers sa mère. Elodie prépara les vivres, et ils remplirent quelques paniers que Jeannot emporta dans la carriole. Ils les cachèrent sous un ballot de foin pour ne pas exciter la convoitise de certaines personnes peu recommandables. Elodie appréhendait les retrouvailles avec son blessé dont elle gardait une image effroyable qui hantait ses nuits. Jeannot agita sa main en direction de Petite Maria et de Julien, il laissait une grande part de lui-même. C'était comme la journée en forêt avec Petit Justin, mais pourquoi n'était-il pas revenu ? Pourtant, il avait bien vu qu'il avait de l'amitié pour eux. Sûrement cette guerre était-elle responsable de sa si longue absence.

Elodie était nerveuse et essayait de se distraire du babillage de Jeannot.

— Toussaint, pourquoi ne m'as-tu pas tout dit sur mon père ? J'ai peur pour lui, pour nous, dit-elle en le regardant, remplie de désarroi.

Son intuition féminine ne l'avait pas trompée. Toussaint soupira en encourageant Gaston à trotter plus vite.

— Tu sais, il n'est pas malheureux, il mène sa vie comme il l'entend, et puis, comme à son habitude, il m'a congédié brutalement. Il ne faut plus y penser, d'autres êtres ont besoin de nous et c'est vers eux que nous allons.

— Tu as raison, mais je ne peux pas m'empêcher de frémir d'angoisse en pensant à lui.

C'était une belle journée de juin avec son soleil qui dorait la campagne parée de ses plus beaux verts. La brise charriait des quantités de parfums, ajoutant encore à cette plénitude cette douce sensation olfactive. Soudain, Jeannot se dressa sur son siège, prêtant l'oreille.

— Ecoutez, ce sont des Allemands !

Derrière eux, un cortège de voitures et de motos firent pétarader leurs moteurs.

— Il ne manquait plus qu'eux, dit Elodie.

Toussaint ralentit et se rangea pour les laisser passer et, surtout, pour ne pas attirer leur attention. Jeannot, saisi, ne bougeait pas, mais ouvrait grands les yeux. Depuis si longtemps qu'il en entendait parler, il voulait voir à quoi ressemblaient ces êtres qui semaient la terreur et qui passèrent près de la carriole sans y jeter un regard, alors que la route tremblait sous leur passage et dégageait un nuage de poussière.

Ils poussèrent ensemble un grand soupir en reprenant leur chemin quand le dernier motard fut loin. Elodie était impressionnée, elle n'en avait jamais vus autant et de si près.

— C'est vrai qu'ils ont l'air méchant. Notre pauvre blessé, il ne faut pas qu'ils le prennent. Je jure que jamais je ne parlerai et que j'aiderai mon pays ! dit Jeannot en levant sa main vers le ciel.

Pendant sa semaine d'absence, Jeannot avait mûri, il était devenu un petit homme qui commençait à perdre son regard innocent ; une étincelle de fierté brillait dans ses yeux. Qu'allait en penser Jeanne, qui ne manquerait pas de s'en apercevoir ? Il sembla à Jeannot que sa maison avait encore vieilli, ensevelie sous son vieux toit croulant sous la mousse.

Poussant la porte qui n'était pas fermée, Jeannot vit sa mère assise devant sa machine à coudre. Leurs retrouvailles, après cette première séparation, furent un enchantement. Puis Jeannot lui demanda où était l'Anglais.

— Sûrement dans le jardin, il essaie de s'occuper comme il peut, mais, en entendant la carriole, il s'est sûrement caché.

Jeannot prit la main de sa mère et l'entraîna vers la porte.

— Oncle Toussaint et madame Elodie sont là, dit-il.

— Où ai-je la tête ! Mais je suis si heureuse de te retrouver, mon Jeannot !

Elodie et Toussaint déchargeaient les paniers pendant que Gaston mâchonnait son mors en soufflant. Les deux femmes se regardèrent, émues. Elodie trouva Jeanne d'une beauté si fragile qu'elle ressentit aussitôt envers elle une grande amitié. Comment cette femme pouvait-elle vivre ici toute seule et élever son enfant ? Quel courage elle avait ! Toussaint avait compris les sentiments d'Elodie, qui embrassa Jeanne, les deux femmes retenant l'émotion qui faisait briller leurs yeux. Pendant ce temps, Jeannot était parti à la recherche de l'Anglais, à qui il essaya d'expliquer qu'ils avaient apporté de quoi manger et aussi que madame Elodie était là. Lorsqu'ils arrivèrent, l'Anglais eut la surprise de trouver une autre belle femme ; il ne gardait d'elle aucun souvenir des premiers jours où elle l'avait soigné. En revanche, il avait gardé dans sa mémoire l'image de Petite Maria qui représentait la fraîcheur, le repos, l'oubli. Elodie ne reconnaissait pas son blessé dans ce jeune homme à la mèche rebelle. C'était impressionnant de voir à quel point la nature répare vite les méfaits qu'on lui inflige. Elle s'avança vers lui et lui tendit la main. Il mit un genou à terre devant elle et lui baisa les doigts en lui disant dans un français au fort accent britannique : « Merci, merci. »

Puis, quelques instants plus tard, tout le monde se retrouva autour de la table. Jeannot ne tarissait pas d'éloges sur la ferme, sur Petite Maria et sur tout ce qu'il avait découvert là-bas. Elodie considéra la pauvreté de Jeanne qu'elle associa aussitôt à Maria qui, comme elle, avait su rester digne dans sa misère. Elodie coupa le pain, servit le pâté, déballa le gros poulet tout cuit. Toussaint essaya de faire comprendre à l'Anglais que le vieux curé du bourg s'occupait de faire passer des hommes de l'autre côté de la Manche.

— Je vais le contacter la semaine prochaine, il est prudent de partir au plus tôt.

L'Anglais, qui mangeait avec appétit, acquiesça, bien que la compagnie de Jeanne ne lui déplût pas.

— Toussaint a raison, notre vieux curé a une filière qui est sûre, et, de par son activité, il passe inaperçu.

Elodie quitta Jeanne à regret, mais avec l'assurance que bientôt Toussaint viendrait la chercher. Les adieux furent tristes pour Jeannot, qui avait du mal à se séparer de sa nouvelle famille. L'Anglais aussi était ému, quelle chance pour lui d'avoir découvert des êtres aussi charitables et humains ! Ils l'avaient sauvé et s'occupaient maintenant de sa fuite.

— Toussaint, brave homme ! parvint-il à dire à Jeanne.

Quelle surprise pour Elodie, lorsque la carriole entra dans la cour de la ferme, de voir son père qui faisait les cent pas autour de sa voiture ! Elle avait réussi à ne plus penser à lui durant cette journée.

— Alors, dit-il en s'avançant vers elle, tu es toujours sur les routes à ce que je vois ! Où t'a-t-il encore entraînée aujourd'hui ? Qu'a-t-il de plus que moi pour que ta préférence aille vers lui ?

Il était rouge de colère. Elodie était prise au piège, ne sachant quoi répondre. Son père lisait dans son regard comme dans un livre ouvert. Elle éclata alors en sanglots, ne pouvant davantage contenir son chagrin. Monsieur Jean changea subitement de comportement.

— Allons, mon enfant, dit-il en la prenant dans ses bras, pardonne-moi, je suis une vieille brute de te faire ainsi de la peine.

Pendant ce temps, Toussaint avait dételé et rentré Gaston à l'écurie, puis déchargé les paniers vides que Monsieur Jean n'avait pas vus. Toussaint demanda à Julien, qui pansait les vaches, si le père d'Elodie était là depuis longtemps.

— Un quart d'heure, répondit Petite Maria, mais il s'est mis en colère de ne pas trouver maman alors, avec papa, on l'a laissé tout seul.

Les belles limousines beuglaient de retrouver leurs veaux. Toussaint resta aider Julien, tandis qu'Elodie était dans la cuisine avec son père. Ce qu'ils avaient à se dire, Toussaint préférait l'ignorer. Tout en étalant de la paille fraîche, Julien dit à Toussaint que les choses devenaient de plus en plus dangereuses et qu'il faudrait voyager de nuit.

— Dès demain, j'irai au bourg.

Ils entendirent la voiture qui démarrait et Monsieur Jean dit en passant devant Toussaint :

— Alors, vagabond, à quand la prochaine aventure ?

Toussaint et Julien restèrent interdits par ses propos. Que voulait-il dire ? Julien posa sa fourche et, d'un pas déterminé, car fort inquiet, partit retrouver Elodie. Elle avait le visage caché dans ses bras repliés sur un coin de la table et sanglotait amèrement.

— Elodie, ma femme, que se passe-t-il ? dit-il tendrement en entourant ses épaules.

— Oh, Julien, dit-elle en hoquetant, mon père est un monstre ! Il sait où est l'Anglais ! Il m'a dit qu'il y avait longtemps qu'il voulait se débarrasser de Toussaint et qu'il lui donnait deux jours pour disparaître avec l'Anglais, sinon après il les fera prendre par la Gestapo !

Julien était fou de rage. Comment cet homme, qui était le père de sa femme, pouvait-il être aussi abject, inhumain et cruel ?

— Très bien, je vais prévenir Toussaint et il va partir tout de suite. Ne t'en fais pas, ils vont s'en sortir ! dit Julien d'une voix calme et rassurante.

Quand il revint à l'écurie, le cœur brisé, il vit Petite Maria et Toussaint qui riaient et qui s'émerveillaient devant un veau dont le museau était recouvert de mousse de lait. Ils relevèrent la tête et, devant le visage figé de Julien, comprirent qu'un danger les menaçait.

— Toussaint, tu dois partir immédiatement chercher l'Anglais, je ne sais comment, mais Monsieur Jean sait tout et vous donne deux jours pour disparaître !

La nouvelle venait de tomber comme un couperet. Toussaint avait blêmi en entendant les paroles de Julien.

— Dieu ! Mais qu'ai-je fait à cet homme pour qu'il me déteste à ce point ? Mais, cela, jamais je ne pourrai lui pardonner !

Petite Maria était bouleversée ; ses grands yeux, brouillés par les larmes qu'elle ne pouvait refouler, allaient de son père à Toussaint. La situation était désespérée. Pourquoi tant de méchanceté entre ces hommes ? Comment pourrait-elle encore aimer son grand-père après cette trahison ?

— Il y a dans la forêt une clairière ; tu la connais, Petite Maria, je t'y ai emmenée. A cette saison, nous pouvons y vivre pendant quelque temps et nous débrouiller. C'est là que je vais emmener l'Anglais.

— Va, oncle Toussaint, dit-elle en lui prenant la main, là-bas tu seras à l'abri.

Silencieuse et résignée, mais la mort dans l'âme, Elodie prépara la musette de Toussaint.

La nuit tombait, il devait faire le chemin à pied, il n'y avait pas d'autre moyen. Cibelle accompagna Toussaint jusqu'à la route.

— Brave bête, lui dit-il, retourne auprès de tes maîtres ; c'est si compliqué, tu sais, d'être un homme.

Il marcha à travers les prés fauchés, le chaume séché craquait sous ses sabots malgré la rosée. Toussaint connaissait tous les sentiers, tous les détours et les bois. Malgré sa fatigue, sa détresse et l'affront qu'il subissait, il ne put s'empêcher d'admirer cette céleste nuit d'été qu'illuminaient des myriades d'étoiles. Il leur parla, les astres avaient toujours été ses amis. Le chant des grenouilles et des grillons accompagna son pas, puis ce fut celui, si pur, d'un rossignol. En longeant l'orée d'un petit bois, il entendit les ronronnements des avions : la chasse à l'homme continuait.

A cette saison, les prés fauchés lui facilitèrent la marche : il franchit aisément les rigoles asséchées qui traçaient leur ligne noire dans le chaume. Il ne serait pas chez Jeanne avant minuit, mais ils auraient le temps de se mettre à l'abri dans la clairière avant le jour. Ses yeux habitués à l'obscurité le guidaient à travers cette campagne sauvage, et, lorsqu'un hibou effrayé par son pas s'envolait, il se disait : « Toi au moins, tu es libre, et la guerre des hommes te laisse indifférent. Pourquoi sommes-nous plus bêtes que toi ? »

Le passage le plus délicat pour gagner le hameau de Jeanne était cette portion de grande route d'un bon kilomètre, et c'était ce qui l'inquiétait le plus. Il espérait n'y rencontrer aucune voiture. L'air frais qui lui fouetta le visage lui rappela ces années où Maria était près de lui. Ce souvenir le rasséréna et anéantit son angoisse au moment d'emprunter la route. Il marcha vite, attentif au moindre bruit qui annoncerait l'arrivée d'une voiture, prêt à sauter dans le fossé. Après dix minutes de marche, il aperçut la grande haie qui formait dans la nuit une masse sombre. Il ressentit un tel soulagement qu'il se mit à courir, comme pris de panique, presque honteux de s'avouer que la peur le tenaillait. A l'abri dans la quiétude du sentier, il marqua une pause nécessaire à son cœur essoufflé qu'il soumettait à rude épreuve.

Lorsqu'il arriva devant la petite maison de Jeanne, il vit une faible lueur qui filtrait sous la porte. Jeanne travaillait encore. Il frappa quelques coups.

— Toussaint ! s'exclama-t-elle en ouvrant quelques secondes plus tard, mais que faites-vous là à cette heure ?

— Jeanne, dit-il, il faut réveiller l'Anglais. Nous devons partir aussitôt pour le cacher ailleurs, Monsieur Jean nous poursuit !

Jeanne chancela sous la nouvelle et Toussaint dut la soutenir et l'aider à s'asseoir. De légers tremblements agitaient son corps, puis elle reprit ses esprits.

— Bien, Toussaint, nous allons faire vite.

Mais l'Anglais, qui avait entendu et reconnu la voix de Toussaint, s'avança vers eux. Il avait compris la gravité de la situation.

— Les Allemands ? balbutia-t-il.

— Oui, répondit Toussaint, la Gestapo nous poursuit, il faut partir vite.

L'Anglais réagit vite et, moins d'une minute plus tard, il était prêt. Le visage impassible, il regardait Jeanne intensément. Il ne la reverrait sans doute jamais, et sa mémoire voulait graver son visage au fond de son cœur.

D'une voix brisée par l'émotion et la soudaineté des événements, il remercia Jeanne pour tout. Ils se serrèrent quelques instants dans les bras l'un de l'autre et se séparèrent. Jeannot, réveillé par les voix, surprit les deux hommes sur le départ. Lui aussi venait de tout comprendre.

— Nous t'avons réveillé, Jeannot, dit Toussaint.

— Je sais, oncle Toussaint, tu vas dans ta clairière !

— Tu devines tout, j'espère que tu nous rendras visite !

Puis la nuit les happa. Toussaint avait pris le sac de l'Anglais pour lui permettre de mieux s'appuyer sur son bâton, car sa marche était encore incertaine. Toussaint le soutenait parfois de son bras pour qu'il ne trébuche pas sur les pierres ou dans les ornières. Le chemin était long pour un homme encore affaibli et qui boitait. La lune guidait leurs pas, sa clarté tamisée par un gros cercle blanchâtre. Cette pâleur ajoutait du mystère à cette nuit, et les ombres se firent plus lourdes et plus menaçantes. Des enchevêtrements de ronces rendaient impossible l'accès à la forêt, aussi fallait-il emprunter une nouvelle fois ce tronçon de route qu'appréhendait Toussaint. Il serait très difficile de se cacher, même dans le fossé, et son compagnon peinait à marcher. Toussaint pensa qu'après le virage un fourré leur permettrait de quitter la route et de prendre par un chemin plus sûr. Un nuage obscurcit la visibilité et empêcha Toussaint d'apercevoir une traction noire dans le tournant, sur l'accotement. Il arriva presque dessus et se figea avant de reculer de quelques pas.

L'Anglais avait déjà eu l'instinct de se coucher à plat ventre dans le fossé. Tout était silencieux et l'automobile semblait avoir été abandonnée. Toussaint en fit le tour, scruta l'intérieur et ne vit rien. Sans doute la voiture était-elle en panne. Un peu rassuré, il fit signe à l'Anglais de se relever et de se hâter de repartir.

Quelques mètres plus loin, ils se perdirent dans un épais fourré de fougères et de baliveaux sur lesquels ils s'accotèrent pour reprendre leur souffle et se remettre de leurs émotions. Toussaint se sentait plus rassuré, mais il faisait si sombre qu'il devenait difficile de se guider, et il dut faire appel à son sens de l'observation pour se sortir de ce hallier. Il prit une corde qu'il avait toujours dans sa musette et en mit un bout dans la main de son ami afin qu'ils ne se perdent pas.

Toussaint avançait en foulant les fougères et les herbes sauvages, contournant de gros buissons d'épines noires, surprenant parfois quelques animaux en chasse. De ce lieu se dégageait une odeur dont Toussaint s'enivra, car elle lui rappelait sa jeunesse vagabonde. Son ami peinait et parfois geignait sous l'effort qu'il devait fournir pour avancer à travers cette végétation si dense, voire hostile, pour qui n'y était pas accoutumé. Des bruits de moteurs leur parvenaient de la route. Soudain, ils débouchèrent dans une clairière de fougères presque aussi hautes qu'eux. Dans la clarté de la lune, Toussaint aperçut le visage torturé de son ami, ce qui lui imposa de faire une pause. Il écrasa avec son bâton et ses sabots les tiges des fougères. Puis ils posèrent leurs sacs et, comme un pantin désarticulé, l'Anglais se laissa tomber sur ce lit improvisé en poussant un profond soupir et se mit à prier.

Ils se laissèrent gagner par le sommeil dans cet environnement protecteur, mais furent réveillés par les avions qui rasaient les arbres de la forêt dans un vacarme épouvantable.

Le jour se levait, ils avaient bien dormi et ils devaient penser à repartir. L'Anglais frotta ses jambes engourdies et fit comprendre à Toussaint qu'il était prêt. Auparavant, ils mangèrent un bout de pain et de pâté pour se redonner quelques forces.

Ils marchèrent toute la matinée, et ce ne fut que l'après-midi que Toussaint retrouva le sentier qu'il cherchait et qui menait à sa clairière. Il crut, à plusieurs reprises, s'être perdu en ces lieux seulement fréquentés par la gent animale. Maintenant, ils n'étaient plus très loin de son coin de paradis. D'ailleurs, son oreille perçut le clapotement de l'eau qui éclaboussait le rocher. Et en effet la clairière apparut bientôt, ravissant leurs sens au-delà de ce qu'ils auraient pu imaginer. Même Toussaint n'en finissait pas de s'emplir les yeux de cette vue si grandiose. L'Anglais écarquillait les yeux et s'extasiait devant ce prodige de la nature perdu au cœur de la forêt, cette oasis de paix et de beauté qui peuplerait leurs rêves de poésie.

— Bienvenue dans notre maison, dit Toussaint, en levant le bras pour désigner la clairière. Cela vous convient, l'ami ?

— Oui, Toussaint, répondit-il, les lèvres fendues d'un sourire satisfait.

Il comprenait mieux cet homme que la Providence avait mis sur sa route, il était là chez lui. La forêt lui ressemblait. Comme lui, elle était fière, généreuse, secrète et sauvage, mais surtout honnête, sensible et dévouée en leur offrant cet asile. Là, Toussaint était à sa place, et l'Anglais admirait son ingéniosité à construire un abri parmi les touffes de genêts. Ils mangèrent un bout de pain et burent un peu de cidre.

— Demain, nous boirons l'eau de la cascade, elle est délicieuse.

L'Anglais, fourbu, tombait de sommeil.

— Dormez bien, je vais faire un tour de reconnaissance.

Une semaine s'écoula ainsi, les deux hommes s'organisant en attendant la visite de Petite Maria. Il fit un temps superbe et Toussaint se débrouilla pour trouver quelques vivres dans cette nature hospitalière. L'Anglais acheva sa convalescence dans cette merveilleuse cache. Lorsque, la nuit, les avions passaient, il sentait son instinct de soldat se réveiller et ce besoin de partir pour accomplir sa mission. Il devait patienter.

Ce fut le dimanche après-midi que Petite Maria fit son apparition dans un froissement de jeunes pousses. Elle montait le percheron, moins nerveux que le cheval de Julien. L'animal reconnut Toussaint et hennit de plaisir.

— Oh, comme tu nous manques ! dit Petite Maria en embrassant Toussaint. Où est l'Anglais ?

— Là-bas, sous la touffe de genêts, il attend mon signal pour se montrer. Tu n'as pas eu d'embêtement pour venir jusque-là ?

— Non, ne t'inquiète pas, j'ai vu des Allemands sidérés de me voir montée sur ton cheval, mais ils ne m'ont pas vue prendre le chemin.

Flattant l'encolure de sa brave bête, Toussaint déchargea ensuite les deux musettes chargées de provisions et suspendues à la selle. Attiré par la voix juvénile de Petite Maria, l'Anglais était sorti de sa cache. Dieu, qu'elle était belle, encore plus que dans son souvenir ! Il arriva en boitillant et en ne détachant pas les yeux de cette apparition. La jeune fille comptait un admirateur de plus. Les deux hommes se régalèrent de ce qu'elle avait apporté pendant qu'elle les informait de la situation.

— Le curé a dit que la prochaine nuit sans lune serait la bonne, dans trois ou quatre jours.

L'Anglais, qui buvait ses paroles, acquiesça. Il serait prêt, il avait hâte de reprendre du service.

Petite Maria se repaissait du charme de cet endroit. Dans cet environnement unique, les paroles étaient inutiles. Ils étaient prisonniers dans un décor merveilleux où aucun rêve ne pouvait dépasser la beauté de la mélodie chantée par le vent. Ce décor avait été implanté par des doigts de fée.

— Oncle Toussaint, cet endroit, je crois que Dieu l'a créé pour toi !

Petite Maria repartit. Les jeunes pousses se refermèrent sur son passage comme pour mieux préserver le secret de ce refuge.

Les deux hommes la regardèrent disparaître derrière les énormes touffes de *palène,* tristes de se retrouver de nouveau seuls.

— Allez, viens, mon ami, dit Toussaint, il faut ranger nos victuailles.

Il était temps, les fourmis gourmandes défilaient en procession ; ils les chassèrent les unes après les autres en riant de bon cœur.

Toussaint raconta à son compagnon, qui ne comprenait pas toujours tout, cette lutte acharnée qu'avait menée contre lui Monsieur Jean, son frère de lait. Le soir tombait quand une escadrille d'avions fit taire Toussaint, intarissable.

Le sang de l'Anglais bouillonnait dans ses veines, il se morfondait dans son inaction.

— Prends patience, Julien s'occupe de toi, tu seras bientôt là-haut !

L'Anglais fit quelques pas pour calmer son impatience et laisser libre cours à ses pensées.

Toussaint se glissa sous la petite hutte de genêts en respectant sa solitude.

Deux jours plus tard, le temps chaud tourna à l'orage ; le grand départ était prévu pour la nuit suivante : Julien devait le prendre en charge et l'emmener jusqu'à des hommes de liaison. Une franche amitié et une complicité s'étaient nouées entre Toussaint et l'Anglais, et ce dernier fut très fier de serrer cette main calleuse et honnête. L'orage n'éclata pas ; le vent, dans sa colère, dispersa tous ces nuages en courbant les arbres, et aucune étoile n'osa troubler la sérénité et tout le mystère qui entourait le silence.

Après avoir rassemblé leurs musettes et détruit leur abri, Toussaint donna le signal du départ alors qu'il devait être presque minuit. L'Anglais attrapa entre ses mains une touffe d'herbe, la porta à ses lèvres et remercia Dieu de l'avoir accueilli dans cet endroit féerique qu'il n'oublierait jamais.

Ils suivirent le sentier, leurs pas frôlaient à peine l'herbe, la peur leur serrait les entrailles. L'Anglais admirait cet homme insolite dans son apparence, mais si unique, auprès duquel il avait tant appris durant ces quelques jours.

Une légère brume qui montait de la terre masquait la campagne et il fallait les yeux et l'habileté de Toussaint pour se repérer. Lorsqu'ils débouchèrent sur la route, ils aperçurent la calèche de Julien qui les attendait. Petite Maria, immobile et attentive, fit monter l'Anglais dans le coffre de la calèche, tandis que Julien tendait un panier à Toussaint qui repartirait dans la forêt. Puis ils filèrent dans la brume. Toussaint resta quelques instants immobile, ressentant un grand vide, dans cette nuit cauchemardesque. Le silence devint tout à coup oppressant pendant que le vieil homme s'en retournait. Il n'entendait plus le bruit de ses pas, le temps restait comme suspendu. Il s'adossa à un arbrisseau, ses jambes se mirent à trembler, il s'affaissa et tomba inconscient sur un tapis de mousse.

Ce fut un bruit d'avion qui le tira de sa léthargie. Tout étourdi et engourdi par sa mauvaise position, il comprit que le sommeil l'avait terrassé, il avait dépassé les limites de son endurance. Le panier de Petite Maria gisait, renversé, à côté de lui. Il ramassa le poulet que les fourmis commençaient à attaquer et le pain ramolli par la rosée. Il mangea pour se donner un peu de réconfort, ensuite il repartirait en forêt, là au moins il était chez lui.

En chemin, il pensa à son ami. Julien avait-il pu mener sa mission à bien ? Où était-il maintenant ?

Il allait bientôt atteindre le chantier de Petit Justin, mais il n'était pas seul, Maria l'accompagnait.

— Oh, ma Maria, que je suis las ! Cette guerre m'épuise, que va-t-il encore advenir ? Je serais si bien à dormir près de toi dans ce repos éternel !

V

Toussaint passa l'été 1943 en forêt, où il joignit ses efforts à ceux des bûcherons. A plusieurs reprises, Petite Maria lui rendit visite, et il sut que l'Anglais avait repris du service. Quand le mauvais temps s'installa, à la fin novembre, il resta aider Paul, sa vieille carcasse n'étant plus aussi résistante. Ils étaient deux vieux amis qui se plaisaient à évoquer dans leurs interminables discussions le nom de Petit Justin. Ils étaient très affectés par cette absence de nouvelles. Qu'était-il devenu ?

Le vent balaya les nuages, permettant à un modeste rayon de soleil de noyer de rouille les dernières feuilles. Toussaint avait une irrésistible envie de partir se promener le long des sentiers.

— Paul, j'ai besoin de respirer l'air, je serai là pour la soupe ! dit-il.

Il noua son écharpe autour de son cou, prit son bâton et s'enfonça dans le sentier opposé à celui qu'empruntaient les bûcherons. Il avait besoin d'être seul, tranquille, pour rêver et méditer.

La pluie qui était tombée suintait à travers les feuilles qui jonchaient le sol. Ses sabots s'enfonçaient avec respect dans ce tapis, pendant que d'autres feuilles tourbillonnaient autour de lui. Il marchait lentement en s'appuyant sur son bâton. Le soleil éclaira soudain devant lui une forme dont il ne distinguait pas les contours. Etait-ce un animal qui était venu mourir à cet endroit ? Il s'avança dans cette direction, osant à peine respirer, mais, au fur et à mesure qu'il s'approchait, il reconnut un corps humain presque recouvert d'un linceul de feuilles. Toussaint écarta cette couverture mouvante. L'homme avait les poings fermés comme s'il avait gratté la terre de ses ongles. Ses vêtements étaient de véritables haillons qui laissaient apparaître des blessures mal pansées, encore sanguinolentes. Il respirait faiblement et gémissait, son visage retourné était dissimulé par des feuilles. Avec délicatesse, Toussaint ôta tout ce qui gênait sa respiration et poussa un cri. Un cri si terrible que toute sa carcasse en trembla. Cet homme d'une maigreur effrayante, à la barbe souillée de terre, cet homme qui gisait à ses pieds, c'était Petit Justin !

S'accroupissant, Toussaint passa avec douceur sa main sur le visage ami.

— Petit Justin, c'est Toussaint ! C'est moi ! Réveille-toi, je t'en prie !

Il prit dans le creux de sa main un peu d'eau qui croupissait dans une fondrière et humidifia son front sans cesser de lui parler. De minuscules gouttelettes de pluie avaient trouvé refuge dans cette barbe noire et hirsute. Petit Justin revint lentement à lui, émergeant de cette inconscience où sa faiblesse l'avait plongé. Cette voix qui ne cessait de le rappeler à la vie, il la connaissait. En concentrant tous ses efforts, il réussit à ouvrir les yeux.

— Tu vas voir, Petit Justin, ces maudits Allemands, nous les chasserons !

Quel baume sur son cœur meurtri que la voix de son cher Toussaint ! Maintenant, il était tout à fait réveillé, mais ses membres semblaient comme paralysés par le froid, la faiblesse et les blessures. Toussaint l'aida à redresser son buste et à s'asseoir. Petit Justin parvint avec beaucoup de difficulté à articuler quelques mots déformés par l'émotion qui lui étreignait le cœur.

— Oh, Toussaint, il n'y avait que toi pour venir à mon secours !

Toussaint lui demanda s'il pouvait marcher en se tenant à lui. Il n'y avait que deux cents mètres jusqu'à la maison. Une fois debout sur ses jambes tremblantes, il s'agrippa à Toussaint qui le soutint de son mieux, et ils entreprirent d'avancer pas à pas, s'arrêtant souvent pour souffler. L'effort faisait transpirer Petit Justin, il était épuisé. Le soleil disparut très vite, laissant place à une sorte de brume épaisse. Petit Justin geignait, il ne pouvait plus lever ses pieds. Toussaint l'installa sur une vieille souche moussue et lui dit :

— Je vais chercher Paul, ne bouge plus.

Il recouvrit Petit Justin de sa veste et de son écharpe, et s'en retourna en courant. Les bûcherons étaient rentrés et ils se chauffaient les pieds autour du feu, les jambes allongées sur la plaque de fonte. Ils interrompirent leur discussion en voyant Toussaint, le visage illuminé et à moitié dévêtu. Paul resta lui aussi muet devant cette apparition.

— Petit Justin, dit Toussaint, il est là-bas !

Tous les hommes, dans un même élan, se mirent debout.

— Quoi ? Que dis-tu, Toussaint, Es-tu devenu fou ? Ou alors tu as des visions ?

— Non, c'est vrai, venez m'aider, il peut à peine marcher !

La lampe fut vite allumée et tous suivirent Toussaint. Petit Justin avait de nouveau perdu connaissance, et il avait roulé sur le sentier, recroquevillé, comme pour cacher sa souffrance.

— Mon Dieu, dirent-ils tous ensemble, quelle misère il a dû endurer pour être dans cet état !

Les deux plus jeunes joignirent leurs mains pour faire une chaise à leur patron et les autres le hissèrent sur ce siège improvisé pour le ramener. Toussaint marchait devant, éclairant leurs pas de sa lampe.

Ce fut la chaleur du feu qui ranima Petit Justin. Il comprit qu'il était enfin chez lui, qu'il avait atteint son but. Il considéra tous les visages tournés vers lui et soupira profondément.

— Merci, mes amis, vous m'avez sauvé, dit-il d'une voix faible. Paul, donne-moi de la soupe.

Avec l'aide de Toussaint, il ôta ses habits humides et revêtit une chemise et un pantalon secs. Son corps était marqué de profondes griffures.

— Ce sont les fameux barbelés qui ont apposé leur signature, dit-il.

Le patron était de retour, les hommes l'entouraient de leur chaleur et de leur respect. Il avala lentement son assiettée de soupe et fit chabrot, mais ne put rien manger de plus. Trop faible, il s'affala dans le fauteuil en osier et narra son aventure à ses amis, tous suspendus à ses lèvres.

— C'est le 13 juin 1940 que mes camarades et moi nous avons été pris dans une embuscade. Nous avons été emmenés en Allemagne. Certains ont été conduits dans les camps, battus comme des chiens. Avec deux camarades, j'ai été conduit d'abord chez des fermiers. Pas trop malheureux, nous commencions à accepter, quand, un matin, la Gestapo est arrivée. Nous avons été questionnés assez brutalement et accusés d'avoir eu le projet de nous évader. Nous avons alors rejoint nos autres camarades. La vie est devenue un enfer, et une idée de m'évader, qui mijotait depuis longtemps, s'est imposée à moi. Je ne pouvais vivre ainsi. C'est ce que je décidai avec deux amis ; les autres, trop faibles, étaient forcés d'y renoncer, mais ils nous soutenaient. Nous avons travaillé deux mois à élaborer notre projet. Toutes les semaines, en équipes, nous partions en forêt à la coupe du bois. Lorsque la ronde était passée, nos autres camarades devaient se mettre à chanter fort et à siffler.

Petit Justin s'arrêta, reprit son souffle, son regard fixé sur le feu qui crépitait, puis, après un soupir, reprit :

— Alors cette journée tant attendue est arrivée. Il y avait un brouillard si dense qu'on aurait pu le couper au couteau. Le cœur battant, lorsque nous avons entendu ce chant, j'ai pris mes deux amis par la main et nous nous sommes glissés parmi les stères jusqu'au sous-bois proche. Les autres attiraient l'attention des gardes en faisant mine de provoquer un accident avec une bille de bois qui devait leur rouler sur les pieds. Cette brume était favorable à notre évasion. Mais il était difficile de se diriger dans cette forêt entre les enchevêtrements d'épines. Puis nous entendîmes des aboiements de chiens, les gardes étaient lancés à notre poursuite. Je me sentais investi d'une énergie diabolique, j'appelais mes amis à continuer, mais, terrassés par la peur et l'épuisement, ils abandonnèrent. Je fonçai droit devant moi, ignorant où j'allais, seulement guidé par mon instinct de survie. J'entendis des coups de fusil et je compris alors que mes camarades s'étaient fait prendre. Puis le vent tourna, je le sentis derrière moi.

Le feu lançait des ombres rougeoyantes sur ses traits tirés, ravagés par la barbe. Petit Justin marqua une pause, demanda à

Paul un café dont il avait depuis longtemps perdu le goût et se ressourça dans le silence que respectaient les hommes assis autour de lui. Il but, à petites gorgées, ce breuvage fumant avant de poursuivre son récit. Malgré sa fatigue, il se sentait si heureux de se retrouver chez lui que cette joie l'encouragea à continuer.

Regardant Toussaint, il reprit :

— Comme j'ai souvent pensé à toi, oncle Toussaint ! Je crois que c'est toi qui as guidé chacun de mes pas. A cause du vent, les chiens ont retrouvé ma trace, mais j'ai eu la chance de rencontrer un ruisseau ; alors, oubliant le froid, je sautai dedans et c'est ainsi que je pus échapper au flair des chiens. Je marchai dans l'eau qui me montait aux mollets pendant un bon kilomètre. Et là, croyant être sauvé, je me suis heurté aux fameux barbelés qui marquaient aussi la limite de la forêt. Il y en avait cinq rangs bien tendus. Alors, regardant l'eau, j'imaginais de creuser par-dessous le ruisseau un trou pour me sortir de là. Il faisait noir, mais ma détermination était telle que je m'accroupis dans l'eau et me mis à creuser, jetant sur la rive ce que je retirais. Le jour se levait, j'étais épuisé, mais, avec un peu de chance, je pensais avoir creusé un passage assez grand sous le dernier barbelé. J'étais une loque, je ne sentais plus mon corps. Retenant mon souffle, je m'allongeai et me glissai sous l'eau. Quand ma tête ressortit de l'autre côté du barbelé, le reste de mon corps était bloqué. Alors, ayant peine à respirer, je tirai de toutes les forces qui me restaient ce corps inerte tant il était transi de froid. Est-ce mon imagination qui me joua un tour ou la réalité qui me fit entendre des aboiements de chiens ? Cette panique d'être repris décupla mes forces qui s'amenuisaient et, ne sentant qu'à peine les déchirures des piques dans ma chair, je réalisai que je venais de m'extraire de ma prison. Mon sang avait rougi l'eau du ruisseau et, en titubant, je m'affalai sur la berge et perdis connaissance. C'est le soleil qui, comme un ami, vint sécher mes plaies et redonner à mon corps endolori un peu de vigueur. J'étais sorti de la forêt et me trouvais dans une lande de jeunes sapins. Je décidai de rester une journée pour reprendre des forces et, avec l'eau qui coulait à côté, je pansai mes plaies et pus boire pour apaiser cette fièvre qui asséchait ma gorge. Quand vint la nuit, je me recroquevillai sous un sapin, réconforté par son essence odorante et, au petit matin, après une abondante transpiration, je me sentis prêt à repartir. Après ces mois d'horreur, je me retrouvai libre et heureux, respirant avec une joie immense ce parfum de résine. Ce fut un moment magique : je me croyais revenu ici. J'étais certes faible, mais décidé à m'accrocher à cette vie que je sentais palpiter dans mon corps. Je ramassai un bout de bois sur lequel je m'appuyais pour avancer. Je suivis le ruisseau, pensant trouver un village au bout de cette lande qui s'étendait à perte de vue. Je passais deux jours ainsi à errer dans cette végétation, mais je marchais si lentement ! Puis, à l'aube du troisième jour, je découvris au loin les toits d'un village. Une peur soudaine s'empara de moi. Qu'allais-je trouver là-bas ? Il y aurait des Allemands. Comment parviendrais-je à me procurer cette nourriture dont j'avais tant besoin et qui était le gage de ma survie ?

Le regard de Petit Julien se perdait dans la flamme qu'il fixait, comme pour retrouver cette chaleur qui lui avait manqué.

— En rampant, caché derrière des haies, je parvins à me faufiler à proximité des maisons. C'était un petit village bien protégé par une haute colline. Serait-il un havre de vie ou la source d'autres malheurs ? Je guettai et j'aperçus un verger dont les pommiers offraient leurs fruits tentants. Tel un animal traqué, je rampai, poussé par une faim atroce. Quel miracle de parvenir à ce paradis ! Je croquai avidement pendant que de ma main libre je remplissais ma chemise trouée. Je repartis en rampant, mais avec le jus de cette délicieuse pomme qui coulait dans ma gorge. Ce moment était tellement miraculeux que les sensations que j'éprouvais sont indescriptibles. J'étais devenu un animal affamé qui chassait pour se nourrir, qui se cachait pour échapper à ses prédateurs. Ah, si vous saviez comme je les ai trouvées bonnes, ces pommes dans lesquelles je mordais ! Puis je dus m'endormir et je me réveillai dans le noir de la nuit en frissonnant. Je pris avec moi quelques pommes et je décidai de me rendre au village. Je fus pris de vertiges et de terribles vomissements. Mais ma volonté me poussait à continuer. Je me cachai derrière le mur d'une grange à foin et j'attendis, puis je vis une porte qui permettait d'y accéder, j'entendis un chien qui grognait et vis un chat bouler entre mes jambes. A tâtons, mes mains reconnurent un vélo. C'était l'engin qu'il me fallait. Il semblait être en bon état de marche. Je me mis en selle et je trouvai entre deux maisons le chemin qui m'ouvrait la porte de la liberté. Je ne sentais plus mon corps ; j'étais devenu léger, léger. J'entendis des voix féminines, sûrement réveillées par les aboiements. Je volais sur mon vélo emprunté dans cette douceur automnale. Je ne savais pas vers où, mais ce que je savais c'est que je fuyais l'ennemi et la mort.

« Quand l'aube pointa, je me trouvais en rase campagne. J'avais la chance de bénéficier d'un beau temps ensoleillé qui m'aida à mieux résister. La nuit suivante, je me tapis dans un fourré, protégé par son épaisse végétation, je bus l'eau d'un ruisseau et je mangeai quelques fruits sauvages. Mais, le lendemain, je dus me rendre à l'évidence : mon vélo, malmené sans doute, était à plat, et c'était peine perdue que de vouloir le regonfler. Je dus marcher, tenant le vélo à la main, n'osant imaginer quel aspect je pouvais avoir avec mes vêtements déchirés et souillés. Soudain, un bruit de moteur me fit plonger dans le fossé. Il s'agissait d'Allemands qui patrouillaient. Je tremblais de peur. J'entendis des pas fouler l'herbe derrière moi. Une jeune femme, les cheveux sous un foulard noir, me regardait. Je fus frappé par son regard bleu métallique, elle mit un doigt sur sa bouche pour me signifier de ne pas bouger, une autre voiture était en vue. Puis elle me fit comprendre de la suivre. Nous communiquions avec des gestes que nous mimions. Elle me fit comprendre qu'avec mon habit d'évadé je ne pouvais pas aller loin. Je la suivis jusqu'à son village, docile comme un agneau, fatigué et affamé. Elle me prit par la main pour me faire entrer dans sa maison où il y avait un vieillard qui somnolait. Elle lui murmura quelques phrases et, ouvrant ses yeux du même bleu que la femme, il me fixa de ce regard pénétrant. Se levant péniblement, il me tendit sa vieille main ridée en disant quelque chose qui ressemblait à des mots de bienvenue. Mon cœur cognait entre mes côtes. La femme était allée chercher des vêtements civils qu'elle me donna en me menant dans une chambre. Je me changeai, roulai avec dégoût les restes de ma tenue de prisonnier. Elle me donna de quoi me laver et me raser.

« A midi arriva un jeune garçon, qui était sûrement le fils de cette femme tant il était son portrait. Je pus mieux communiquer avec lui qui connaissait un peu le français. Il allait à l'école, son père était à la guerre et il vivait avec sa mère et son grand-père. Ils me permirent de rester quelques jours à la ferme et ils réparèrent mon vélo. Ils semblaient très heureux de me rendre ce service. J'y passai deux jours, je n'étais pas trop fier, mais comme chez nous il y a de braves cœurs. Je craignais que l'enfant parle ; alors, dès que le vélo fut en état, à l'aube du troisième jour, je repris la route. Avec mon habit civil, je passais inaperçu et je réussis, grâce à Dieu, à franchir la frontière sans encombre. Mes blessures s'étaient rouvertes sous l'effort que j'imposais à mon corps. Pour manger, je volais des fruits et je redevins barbu, sale et vagabond. Mon vélo, dont les pneus étaient usés, retomba en panne et je dus continuer à pied, marchant la nuit, me cachant le jour. Je me fiais au vol des grues pour suivre une direction. Je crois que ce sont elles qui m'ont redonné l'espoir, alors j'ai continué à marcher, marcher, avec la volonté de revoir ma forêt. C'est ainsi que, trempé par la pluie, affamé, je réussis à atteindre ce sentier où tu m'as trouvé, à bout de ressources. Sans toi, oncle Toussaint, je serais mort, dévoré par les bêtes sauvages. »

Petit Justin s'était tu, des larmes silencieuses brillaient sur ses pommettes saillantes. Autour de lui, tous avaient le cœur serré par ce récit poignant, bouleversés et heureux d'avoir retrouvé leur patron. Dehors, la pluie tombait toujours dans la campagne, faisant davantage apprécier la douceur qui émanait du foyer.

Paul poussa un soupir qui libéra ses poumons oppressés et proposa de faire réveillon pour fêter ce retour tant attendu. L'enthousiasme fut général ; seul Petit Justin, trop fatigué, réclama l'aide de Toussaint pour regagner sa chambre.

VI

Pendant ce temps, Jeanne et son fils étaient venus dans le petit logement attribué à Joseph et à sa famille, et resté inoccupé depuis leur départ. Jeannot allait à l'école du bourg chaque matin, Petite Maria l'accompagnait dans la calèche. Il était heureux dans cette ferme, un vrai paradis pour cet enfant serviable épris de compagnie. Elodie avait trouvé une amie à qui elle pouvait confier ses espoirs et ses tourments. Bientôt, Jeanne sut tout de Maria, de sa nature fière et généreuse. Elle se sentait si humble face au portrait que lui en avait dressé Elodie. Le même sang coulait dans les veines de Petit Justin et son amour pour lui n'en fut que renforcé. « Mon Dieu, faites qu'il soit toujours vivant ! » implorait-elle. Il y avait si longtemps qu'ils n'avaient plus de nouvelles. Toussaint avait passé tout l'été dans la forêt après avoir rapatrié l'Anglais. Et maintenant l'automne allait finir et il n'était toujours pas revenu. « Brave Toussaint ! » dit Elodie, assise près de Jeanne qui cousait devant le feu. Le temps était si sombre en cette fin novembre qu'elles devaient se pencher sur leur ouvrage. La pluie ne cessait de tomber et crépitait le long des vitres. Cibelle, couchée entre les deux femmes, se mit soudain à aboyer, les faisant tressauter tant elles étaient toutes deux habitées par la même peur ; la guerre n'apportait guère de bonnes nouvelles. Jeannot et Petite Maria arrivèrent de la petite pièce à côté en bondissant et en criant :

— C'est oncle Toussaint ! Maman, c'est oncle Toussaint !

Surprises, elles se levèrent, posèrent leur ouvrage et se précipitèrent dehors, sans prendre garde à la pluie. Mais, malgré ce rideau de brume épaisse qui obscurcissait le champ de vision, elles virent Toussaint, monté sur le gros percheron, qui levait les bras pour saluer les enfants qui l'entouraient. Enfin il était là, quel bonheur de le revoir ! Il entreprit de descendre de sa monture, mais Petite Maria s'était précipitée pour apporter une chaise par sécurité pour son vieux corps. Ils riaient et pleuraient à la fois de le voir ainsi sur le dos du cheval. Il devait avoir une bonne raison pour avoir pris le risque de venir par un temps pareil. Julien arriva à son tour, lui aussi surpris de ce moyen de transport auquel Toussaint n'était pas accoutumé.

— Avant de vous annoncer la grande nouvelle dont je suis porteur, il faut soigner cette brave bête qui m'a mené jusqu'à vous et me réchauffer devant un bon feu ! dit-il d'un air plus que mystérieux.

— Tu vas aussi aller changer de vêtements pendant que je fais chauffer le café, et après tu nous raconteras.

Il reparut quelques instants après, vêtu de sec, le regard illuminé. Il prit place près de la cheminée. Julien entra à son tour, curieux d'apprendre cette nouvelle.

— Alors, Toussaint, que nous apportes-tu ?

— Eh bien, mes amis, une grande nouvelle, la plus merveilleuse : Petit Justin est de retour chez lui dans la forêt.

Un silence lui répondit. La stupeur frappait tous les visages. Seule Jeanne poussa un gémissement et s'écroula de la chaise où elle avait pris place.

— Mon Dieu, Jeanne, reprends-toi ! dit Elodie en lui tapotant les joues.

La couleur revint sur ses joues blêmes, et, lorsqu'elle comprit ce qui lui était arrivé, elle s'excusa, confuse d'avoir dévoilé le secret de son cœur.

— Il lui faut un sucre avec une goutte de gnôle. Ah, ce Toussaint et ses nouvelles chavirantes !

Tous accompagnèrent Jeanne en trinquant au retour de Petit Justin avec un petit réconfortant. Toussaint dut rapporter tous les détails avant qu'ils les entendent de la bouche même du héros lorsqu'il aurait retrouvé ses forces. Il fallait bien sûr garder ce retour secret, cette évasion ne devait pas être ébruitée.

— Quel tableau délirant tu nous as offert, perché sur le percheron ! dit Petite Maria en riant.

Que veux-tu ? je n'avais que ça, je n'allais pas atteler une grosse charrette ! Les Allemands que j'ai rencontrés ont rigolé !

Ce fut une soirée mémorable malgré la tristesse de cet hiver qui commençait, la maison baignait dans la chaleur et le réconfort de cette nouvelle apportée par Toussaint. On grilla des marrons et on veilla fort tard.

Le lendemain, Toussaint ressentit le besoin de se rendre au cimetière.

— Depuis tout ce temps, Maria pourra-t-elle me pardonner cet abandon ?

— Bien sûr, répondit Elodie, tiens, porte-lui ce pot de chrysanthèmes. Prends garde, il y a beaucoup d'Allemands dans le bourg.

Il attela la calèche pour s'abriter de la pluie, mais il devait accomplir seul ce pèlerinage et ne convia personne à l'accompagner. Il partit après le petit déjeuner, attiré par cet appel étrange qui le poussait vers cette tombe. Il tenait les guides, le regard fixé sur la crinière du cheval. Il était si absorbé par le souvenir de Maria qu'il ne vit pas cette auto qui fonçait droit sur lui, faisant se cabrer le cheval et déséquilibrant la calèche.

Ejecté, Toussaint gisait dans le fossé, évanoui. L'eau du fossé continuait de s'écouler en abondance sans se préoccuper de cette forme qui barrait sa route. Mais le hasard ou la Providence avait mis Dominique sur son chemin. S'en revenant de la forêt où il avait passé la nuit à veiller son fils, il voulait lui aussi annoncer la nouvelle à Maria avant de passer chez Julien et Elodie qui l'avaient déjà apprise par Toussaint, mais avec lesquels il voulait partager sa joie.

Dominique venait juste d'être dépassé par l'auto de Monsieur Jean qui conduisait comme à son habitude à vive allure. Il avait frissonné, cet homme représentait pour lui un mauvais présage. C'est alors qu'il entendit un bruit, mais sans rien voir à cause de la brume. Inquiet, il accéléra la marche de son mulet et reconnut, quelques dizaines de mètres plus loin, le cheval de

Julien, dont Toussaint se servait dans ses déplacements, qui hennissait et se cabrait. Dominique s'arrêta, sauta à terre et calma l'animal. La calèche était vide, mais il découvrit Toussaint gisant dans le fossé. Il souleva le visage que l'eau commençait à immerger.

— Toussaint, Toussaint, réveille-toi, c'est Dominique !

Il lui tapotait les joues en continuant à lui parler. Toussaint mit un certain temps avant de rouvrir les yeux et de réagir au son de cette voix qu'il connaissait, mais qui lui semblait venir de si loin.

— Dominique ? Mais que fais-tu là ? Où sommes-nous ? parvint-il à articuler.

— Viens, nous allons aller chez Elodie, nous y serons dans cinq minutes !

Dominique installa Toussaint dans sa carriole, attacha le mulet derrière et démarra. Le vieil homme, protégé par une couverture, grelottait et reprenait lentement ses esprits. Il comprit ce qui venait de lui arriver.

— Cette maudite voiture m'a foncé dessus comme si elle avait réellement l'intention de m'écraser.

Dominique préféra taire à Toussaint le nom du conducteur, il était inutile d'envenimer la situation. Mais la conduite de cet homme était impardonnable.

Elodie eut un choc en voyant Toussaint dans cet état. Ils furent tous consternés par cet accident qui, sans l'arrivée miraculeuse de Dominique, aurait pu être fatal. Elodie se sentit parcourue par un frisson, réalisant à quel point Toussaint lui était précieux. Comment pouvait-elle imaginer qu'un jour il disparaisse de sa vie ?

L'état fébrile du vieil homme nécessita quelques jours de repos au chaud. Dominique était reparti avec son secret, il ne ferait pas souffrir Elodie à cause des actes irresponsables de son père. Lui aussi portait sa croix, il avait connu le bonheur et avait vécu le grand amour avec Maria, disparue pour toujours. Où retrouver sa douceur, le goût de sa peau nacrée par le grand air dans la chaleur de son lit, Maria si noble dans ce désir qui les rendait fous ? Dominique était désormais si seul.

Pendant que le mulet battait la route de ses fers presque usés, Dominique pleura cet amour encore si vivace dans son cœur et dans sa chair, indifférent à la pluie qui se mêlait à ses larmes. Il faisait nuit quand il arriva. Les fenêtres des écuries étaient éclairées.

Justin s'occupa du mulet, dételant la carriole et bouchonnant l'animal trempé avant de lui donner sa ration.

— Va te sécher, Dominique ! lui dit Justin.

Il courut presque jusqu'à la maison, trébuchant sur les pierres. Il découvrit une image de bonheur en ouvrant la porte. Hélène et Pierre qui babillait. Dehors, le vent soufflait en fortes rafales, s'engouffrant dans la cheminée en courbant les flammes. La charpente craquait, étirée par l'effort qui lui était infligé par la tourmente.

Toussaint était brûlant, malgré les tisanes d'Elodie, la voix douce de Jeanne et les caresses de Petite Maria et de Jeannot sur ses mains. Son vieux corps luttait pour repousser les assauts de la fièvre. Le docteur lui avait prescrit un traitement, mais il se sentait attiré par un visage aimé qui lui souriait et l'appelait. Il avait une envie irrésistible de se laisser submerger par cette houle qui le berçait, de se laisser guider vers cette belle lumière qu'il entrevoyait. Il ne pensait qu'à une seule chose : dormir auprès de Maria. Elodie, assise près de lui, comprenait le message qu'il essayait de lui délivrer.

— Sois tranquille, mon ami, Maria est là.

Il se détendit en sentant la pression de la main d'Elodie sur la sienne et s'endormit. A l'aube, le vent s'était calmé, laissant un grand désordre de branches cassées et d'arbres qui n'avaient pu résister à la force de ses rafales.

Encore trop faible, Toussaint n'avait pu se rendre seul au cimetière, mais il avait presque exigé que Petite Maria l'y conduise. Dans la calèche, bien couvert sous une grosse couverture, il se laissa bercer par le trot rapide du cheval de Julien. Petite Maria était de plus en plus belle, mais un voile de tristesse presque permanent assombrissait son regard de velours. Toussaint le remarquait encore plus aujourd'hui. Dans le bourg se trouvait un convoi d'Allemands. Petite Maria contourna un pâté de maisons pour gagner le cimetière et évita ainsi de passer près de l'ennemi.

— Ils sont encore là, Petite Maria ? demanda Toussaint.

— Oui, ils sont tous massés sur la place !

— C'est la Gestapo, mon Dieu ! dit Toussaint, je suis sûr qu'ils perquisitionnent les habitations.

A cette saison, le cimetière avait un air désolé, les tombes étaient aussi grises que le ciel et ruisselaient de fines gouttelettes qui s'infiltraient pieusement dans la terre. Toussaint s'appuya sur le bras de la jeune fille pour se diriger dans l'allée. Il voyait Maria couchée dans son cercueil, si belle.

— Non, ce n'est pas possible ! Oh, ma Maria, pourquoi tout cela ? murmura-t-il.

Petite Maria, soudain inquiète, se tourna vers lui et vit qu'il pleurait.

— Oncle Toussaint, pourquoi es-tu venu si cela te donne tant de chagrin ? demanda-t-elle.

Voyant qu'il titubait, elle l'obligea à s'asseoir un instant. Elle balaya de ses mains les feuilles mortes sur la pierre. Le rosier dénudé offrait ses épines acérées, il était de plus en plus vigoureux et avait pris de l'ampleur depuis un an que Toussaint ne l'avait pas taillé.

— Je vieillis, tu sais, et je suis un peu déprimé, dit-il.

Ils prièrent en silence, puis entendirent les Allemands qui repartaient dans de grands bruits de moteurs. Ils se regardèrent et frissonnèrent. Puis la cloche sonna le glas. Ils se signèrent, glacés d'effroi d'apprendre qu'une âme venait de quitter ce monde. Ils quittèrent le cimetière, soudés par la même douleur. Ils remontèrent en calèche et passèrent par le bourg où un groupe de paysans remplaçait les Allemands.

Toussaint descendit et, saluant ces hommes qu'il connaissait, leur demanda ce qui s'était passé et quelle était cette tristesse qui marquait leurs visages.

— Tu sais, Toussaint, le vieux Toine est mort. Les Allemands sont venus chez lui, ont tout renversé en fouillant et son cœur n'a pas supporté. Il semble qu'il ait été dénoncé.

Qui avait eu la lâcheté de le dénoncer ? Quelle triste fin pour ce brave homme qui n'avait fait que son devoir de citoyen !

— Celui qui l'a dénoncé paiera à son tour, dit Toussaint.

Petite Maria n'avait pas entendu la conversation, elle essayait de faire tenir tranquille son cheval énervé par la cloche. Puis le curé apparut, il demanda aux paysans de rentrer chez eux.

— Ah, Toussaint, tu es là, je voulais te parler justement. Peux-tu entrer un instant ?

— Petite Maria est avec moi…

— J'en ai pour cinq minutes.

Toussaint demanda à Petite Maria de l'attendre et suivit le curé au presbytère. Il était anxieux et se demandait ce qu'il avait à lui dire. Dans la pénombre, malgré la bougie, il le vit fouiller dans un secrétaire, retirer une sacoche noire d'un tiroir secret et se tourner vers lui :

— Tiens, mon fils, je te remets ces documents ; garde-les précieusement avant de les remettre à Petit Justin, lui saura ce que c'est. Et maintenant va et que Dieu te bénisse !

Puis le vieux curé se rapprocha de la cheminée où quelques tisons rougeoyaient.

— Bonsoir, monsieur le curé, et merci de votre confiance !

Toussaint fourra la sacoche sous sa veste et regagna la porte à reculons. Le soir tombait sur la place déserte. Il grimpa sur la banquette auprès de Petite Maria en soupirant.

La jeune fille ne posa aucune question, mais elle coula vers lui un regard lourd d'inquiétude. Le spectre de la guerre envahissait la campagne et occupait tous les esprits.

— Petite Maria, hâtons-nous, il ne faudrait pas que nous soyons arrêtés par les Allemands, j'ai sous ma veste des documents qui signeraient bien des arrêts de mort.

Il rapporta alors les quelques mots du prêtre.

— Monsieur le curé est un homme surveillé, et c'est sûrement pour cette raison qu'il t'a remis ces documents. Demain, nous les porterons à Petit Justin.

— Tu as raison, à la ferme c'est trop dangereux.

Julien et Elodie furent saisis à la vue de la sacoche et Julien décida de la cacher dans la grange.

— C'est un grand honneur que nous a fait le brave curé ! dit-il.

La mort de Toine les bouleversa, ses deux petits-enfants travaillaient dans la forêt avec Petit Justin.

— Ils seraient bien capables de faire des bêtises quand ils sauront comment leur grand-père est mort, dit Petite Maria.

— Ils se rangeront aux décisions que Petit Justin saura prendre, décréta Julien.

Perturbé par tous ces événements, Toussaint eut une forte fièvre la nuit qui suivit.

Fragilisé par son âge, il luttait avec moins d'énergie que par le passé. Julien décida de porter lui-même ces documents à Petit Justin, à qui il voulait parler. Toussaint n'était pas assez bien remis, et d'ailleurs il en avait déjà beaucoup fait.

Petite Maria considéra le visage soucieux de son père et, face à ce regard déterminé, n'osa pas lui demander de l'accompagner.

Toussaint trouva la cuisine vide, il traîna ses vieilles pantoufles rapiécées jusqu'à la cheminée où le café était tenu au chaud. Il sentit ses mains trembler en versant le liquide et fit un effort pour avaler sa tartine. Dehors, la campagne frissonnait sous son manteau de brume. Elodie revint de l'écurie avec un seau de lait qu'elle posa sur la table.

— Tu as mauvaise mine, Toussaint, dit-elle en le dévisageant, tu dois rester au chaud. Julien est parti porter ces documents.

— Mais c'est moi que monsieur le curé a choisi comme messager ! dit-il avec du regret de ne pouvoir s'acquitter de ce devoir.

— Tu ne dois pas lui en vouloir, Toussaint, il passera plus facilement inaperçu. Et, si mon père te rencontrait, il te ferait encore du mal !

— Oh, celui-là ! Pourquoi ma vie est-elle toujours en travers de la sienne ?

— Reste au chaud, de toute façon ce ne serait pas raisonnable, et puis ici nous avons tellement besoin de toi !

Petite Maria et Jeannot, Bouton-d'Or accroché à ses épaules, arrivèrent, les joues rosies de froid. Leur jeunesse rasséréna Toussaint. Quand Jeanne, à son tour, ouvrit la porte, emmitouflée dans une grande écharpe, il reçut son regard bleu comme un ciel d'été et eut presque honte de se laisser charmer par cette jolie jeune femme. Tout le monde s'installa pour boire un grand bol de lait sucré au miel. Sur le fourneau de fonte, le lait frémissait dans la casserole. Jeanne et Jeannot avaient pris des formes et des couleurs depuis leur emménagement à la ferme. Jeannot participait à tous les travaux, il y avait tant à faire que jamais Julien et Elodie n'avaient de répit. Ses mains s'étaient d'abord couvertes d'ampoules, puis de petites callosités dont il était plutôt fier, car elles prouvaient qu'il devenait un vrai paysan.

L'état de santé de Petit Justin s'était bien amélioré, mais il restait nerveux, gardant cette sensation d'être traqué. Lorsqu'il vit Julien mettre pied à terre, il frissonna, flairant un danger. La forêt craquait sous sa couronne de cristaux de givre. De fines particules qui se détachaient des branches s'étaient accrochées dans la chevelure grisonnante de Julien, malgré la toile de la calèche. Il s'ébroua, puis serra son neveu sur son cœur. Ne l'ayant pas revu depuis son retour, il fut frappé par son regard dur qui donnait l'impression qu'il ne savait plus sourire.

Ce fut devant le feu qu'ils ouvrirent la fameuse sacoche. Elle renfermait des fausses cartes d'identité, des listes de noms que Petit Justin détaillait en écarquillant les yeux. C'était tout simplement incroyable ! Devant le regard perplexe de Julien, Petit Justin lui expliqua :

— Notre curé est à la tête d'un réseau ; si la Gestapo l'avait soupçonné et avait perquisitionné chez lui, il aurait été fusillé !

— Il y a autre chose, dit Julien, le vieux Toine est mort hier au soir. Les Allemands le soupçonnaient, ils ont perquisitionné chez lui et son cœur a lâché, il faut prévenir ses petits-fils.

Le visage de Petit Justin se crispa, ses mâchoires craquèrent sous une colère qu'il ne pouvait plus contenir.

— Paul, dit-il soudain, attelle la calèche, je vais chercher mes bûcherons.

VII

L'hiver 1944 fut rude et éprouvant. Le curé du bourg, arrêté le 22 mars et déporté, plongea toute sa paroisse dans le plus profond désarroi. Petit Justin s'était infiltré dans le réseau que le curé dirigeait et avait mobilisé autour de lui toute une équipe de jeunes volontaires pour défendre leur patrie soumise à la loi de l'ennemi.

Presque chaque soir, Jeannot et Petite Maria écoutaient passer les escadrilles d'avions. Elodie et Jeanne préparaient de grands paniers de vivres pour tous ces jeunes, avides de se battre. Petit Justin avait pris la direction d'un de ces groupes qui organisaient des attaques de convois. Ils s'étaient fait parachuter des armes et des munitions, indispensables pour pouvoir se battre comme ils le souhaitaient.

Elodie et Jeanne leur apportaient jusque dans la forêt les vivres nécessaires à leur survie, qu'elles passaient au nez des Allemands. Petit Justin avait serré Jeanne dans ses bras, mais cette étreinte n'avait plus la même chaleur. Il y avait quelque chose qui les séparait, une dette que Petit Justin devait régler avant tout. Il s'était bien fait comprendre en lui murmurant : « Plus tard, Jeanne, plus tard. » Jeanne enfouit cette tristesse qu'elle n'avait pas le droit de montrer à ces yeux qu'elle avait connus si amoureux. Le front barré d'un pli soucieux, le regard dur, Petit Justin était déterminé à repousser l'ennemi. Toutes ses forces, toute sa volonté et toute son énergie, il les consacrait à cette mission. Il ne retrouverait pas la quiétude tant qu'il n'aurait pas accompli ce devoir, même s'il devait y laisser sa vie.

Jeanne s'enivrait de cette présence aimée à chaque fois qu'elle accompagnait Elodie dans la forêt. Mais les deux femmes furent contraintes de cesser leurs visites, par crainte d'avoir été repérées et parce que le danger se faisait de plus en plus présent. Les routes étaient coupées, on ne pouvait plus circuler autrement qu'à pied, et ce fut Toussaint, grâce à sa parfaite connaissance des lieux, qui fut chargé de transmettre certains messages. Avec son inséparable musette et son bâton, il passait partout où les autres n'auraient eu l'idée de s'aventurer, porteur d'un courrier susceptible de le faire fusiller. La forêt de Petit Justin était devenue le quartier général du réseau qu'il dirigeait. Cette forêt, qui jadis charmait par le chant des oiseaux, l'appel du cerf ou le grognement du sanglier, grouillait désormais d'une activité dictée par la guerre.

Ce jour-là, Toussaint avait dû faire un grand détour pour arriver jusqu'à la maison des bois, et il accusait la fatigue de sa longue marche. Mais il était porteur d'un message important. Des voix s'échappaient de la fenêtre ouverte de la maison de Petit Justin. Il avait entendu, sans le vouloir, qu'on faisait allusion à Monsieur Jean. Et ce qu'il entendit le figea sur place. Il fit rouler une pierre et toussa pour signifier sa présence. Aussitôt, le visage de Petit Justin s'encadra dans le vide de la fenêtre.

— Oh, c'est toi oncle Toussaint ! Entre, tu dois être épuisé !

Ce printemps humide avait habillé la forêt de ses verts tendres et épaissi les sous-bois. De nombreux abris avaient été construits pour loger toute cette jeunesse qui ne cessait d'affluer et de rejoindre le réseau.

L'homme qui était avec Petit Justin regardait Toussaint qui venait de s'asseoir en soupirant d'aise. Il ne poursuivit pas la discussion, dont le caractère était trop secret, devant l'inconnu qu'il regardait avec suspicion.

— Qui est-il ? Vous recevez des vagabonds maintenant ? demanda-t-il à Petit Justin.

— Mais, mon commandant, c'est oncle Toussaint ! répondit le jeune homme en posant une main affectueuse sur l'épaule du vieil homme. Donne, oncle Toussaint, sois sans crainte.

Toussaint ne savait que penser, mais il s'exécuta. Il sortit de dessous sa vieille chemise usée jusqu'à la trame une grande enveloppe jaune cachetée qu'il tendit à Petit Justin.

— Voilà, dit-il, maintenant je vais voir Paul, car je meurs de faim et de soif.

Il se leva péniblement en s'appuyant sur son gros bâton noueux et, en regardant l'homme qui le fixait, il dit :

— J'espère que les nouvelles seront bonnes, mon commandant !

En disant cela, Toussaint l'avait regardé droit dans les yeux. Ce regard, d'une pureté, d'une limpidité où l'on pouvait lire toute la sincérité et l'honnêteté, la bonté et l'humanité qu'une nature humaine pouvait posséder, le commandant ne l'oublierait pas de sitôt.

Il s'assit, ayant soudain perdu toute son arrogance.

— Quel dévouement ! A son âge, prendre la responsabilité de transmettre ce genre de messages ! dit-il, encore bouleversé par l'impression que Toussaint avait produite sur lui.

Il ouvrit l'enveloppe remise à Petit Justin et ce dernier vit ses mains trembler légèrement en en retirant les documents. Cette missive apportait une information de taille : un train de munitions devait arriver dans la nuit du lendemain, il fallait l'intercepter avant qu'il ne parvienne à destination. Pendant que le commandant en prenait connaissance, une seconde enveloppe, beaucoup plus petite, avait glissé à terre, sous les pieds de Petit Justin. Dans la pénombre, et absorbé par les nouvelles qu'il découvrait, le commandant ne s'en était pas aperçu. Suivant un instinct qu'il ne sut expliquer, Petit Justin mit son pied sur l'enveloppe dans l'intention de la soustraire au commandant.

— Il nous faut des volontaires pour la nuit prochaine, mais nous reprendrons cette conversation plus tard, au sujet de ce Monsieur Jean dont il faut nous occuper ! dit-il en se levant et en se dirigeant vers la porte.

— Bien, mon commandant, répondit Petit Justin, je serai parmi les volontaires !

— Non, pas cette fois, vous resterez ici pour assurer le commandement en mon absence.

Il n'ajouta pas un mot et sortit rejoindre son campement. Petit Justin ne se sentait pas trop fier de lui, un peu comme un enfant qui venait de commettre une bêtise. Il sentait l'enveloppe qu'il avait maintenant glissée dans sa poche lui brûler les doigts. Que cachait-elle ? Il rejoignit Toussaint à la cuisine de Paul et en remit à plus tard la lecture. Il prit des nouvelles de la famille.

— Petite Maria se morfond, elle aimerait se rendre utile. Elodie et Jeanne sont de vraies amies, et tu sais, Jeanne, elle tremble pour toi malgré son courage à garder son secret.

— Laissons ça, oncle Toussaint, ce n'est pas le moment de penser à l'amour ! Et Jeannot, continua-t-il pour ne pas laisser paraître ses sentiments, que devient-il ?

— Jeannot est un vrai petit paysan qui se rend utile et aide de son mieux aux travaux de la ferme.

Ils mangèrent ensemble une assiettée de soupe. A partir de minuit, Petit Justin devait prendre son tour de garde. Chaque nuit, ils assuraient des rondes dans la forêt. D'ici là, il se retira dans sa chambre pour y prendre un peu de repos. Ce fut là, à l'abri des regards indiscrets, qu'il ouvrit enfin la minuscule enveloppe. Il fut glacé d'effroi par ce qu'il découvrit. Une main anonyme avait rédigé une lettre accusant Monsieur Jean, détaillant tous ses agissements, ses fréquentations avec la Gestapo, ses entrées à la kommandantur. Il était considéré comme l'espion à abattre. Cette lettre était l'arrêt de mort de Monsieur Jean que le réseau de Petit Justin devait exécuter. Le jeune homme était secoué de dégoût, une envie de vomir lui remonta dans la gorge. « Mon Dieu, le père d'Elodie ! » Pourquoi et comment pouvait-on en arriver là ? Petit Justin ne comprenait pas ce qui avait dicté la conduite de cet homme. Cette forêt avait été sa propriété, il avait eu ce geste noble en en faisant don à Toussaint, et, depuis que lui, Petit Justin, l'exploitait, combien de fois l'avait-il félicité pour sa bonne gestion de l'entreprise qu'il y avait créée. Il soupira, vaincu, dépassé par les sentiments contradictoires qui affluaient à son esprit. Il fallait en aviser oncle Toussaint, lui saurait que faire. Car cette lettre devait parvenir entre les mains du commandant si Petit Justin ne voulait pas passer pour un traître, et la pitié en temps de guerre n'existait pas.

Il revint chez Paul. Prétextant un manque de sommeil, il suggéra de prendre un café.

— Mais tu es tout pâle, Petit Justin, dit Toussaint, quelque chose ne va pas ?

Petit Justin ne répondit pas, et, après avoir avalé le liquide chaud, il entraîna Toussaint chez lui et lui tendit la lettre. Pendant ce temps, les avions survolaient la forêt, violant ses secrets et sa quiétude.

— Te rends-tu compte de ton geste, Petit Justin ? Je te croyais changé et je retrouve en toi le digne fils de Maria ! Bon, continua-t-il de sa voix au timbre si chaud, je vais essayer de tout arranger. D'abord, j'irai trouver le commandant pour lui remettre cette lettre que j'avais oubliée dans ma musette. Que veux-tu ? je vieillis !

Ils sourirent, détendant ainsi leurs traits tirés.

— Quant à Monsieur Jean, continua Toussaint, malgré son hostilité à mon égard, je vais lui montrer que je ne connais ni rancune ni haine, mais au contraire le pardon.

Refusant le lit, Toussaint se coucha à même le sol, et peu après un ronflement parvint aux oreilles de Petit Justin qui, lui, ne put trouver le sommeil. A minuit, il se leva, regarda Toussaint dormir comme un enfant et dit tout bas :

— Cher oncle Toussaint, comment ferions-nous si on ne t'avait pas !

Puis il se hâta de regagner son poste, dans la nuit noire, où l'attendaient ses camarades.

Toussaint s'éveilla quand l'aurore rosissait l'horizon. Il gagna la cuisine de Paul où un groupe de jeunes gens était déjà assemblé, les uns en costume militaire, les autres en civil. Il les connaissait tous et les salua.

— Allons, mes amis, on fait une petite place au vieux Toussaint !

Paul servit un bol de café chaud, ce n'était plus le café d'autrefois, mais un breuvage jaunâtre qui avait au moins l'avantage de réchauffer le cœur et l'estomac. Les jeunes gens étaient tous animés d'une même envie, celle d'anéantir l'ennemi et de frapper fort ; leur mission de la nuit prochaine devait réussir.

Paul prépara quelques vivres à l'intention de Toussaint. Et, quand le commandant se présenta devant la porte, tous les jeunes sortirent. Le regard haut et fier, ils se rangèrent en colonne. C'est alors que Toussaint en profita pour lui remettre l'enveloppe.

— Mon commandant, dit-il, j'ai à vous remettre une autre lettre qui avait glissé au fond de ma musette, en vous priant de m'excuser pour le retard, ma pauvre tête me joue bien des mauvais tours !

Le regard sévère et pénétrant de cet homme remercia Toussaint quand il prit la lettre et qu'il se dirigea vers ses troupes. Quelle décision allait-il prendre ? Toussaint ne perdit pas de temps à attendre, il savait ce qu'il avait à faire, il remercia Paul qui lui tendait sa musette garnie et reprit son bâton de pèlerin.

— Paul, tu diras au patron qu'oncle Toussaint fait partie de l'avant-garde, il comprendra !

Paul serra cette vieille main calleuse et s'honora d'avoir un tel homme comme ami.

Toussaint chercha à emprunter les sentes où seul un homme pouvait passer, pour tenter de circuler inaperçu. Sa solitude ainsi retrouvée le libéra de cette oppression qui le hantait. Il devait sauver Monsieur Jean du déshonneur, l'empêcher de se faire fusiller bien qu'il soit devenu un homme sans scrupules. Mais il était avant tout le père d'Elodie, et cela il ne l'oubliait pas. Ses tristes agissements ne devaient pas salir l'honneur de sa famille. Il pensa à Maria, elle aurait agi comme il allait le faire, même malgré lui : elle aurait sauvé cet homme.

Il devait faire vite, car il lui fallait atteindre son but avant la nuit, et il avançait courageusement, courbé sous sa musette, transpirant sous le soleil, de plus en plus chaud, qui montait dans le ciel. Parfois, il se perdait dans cette végétation qui appartenait aux sangliers et aux chevreuils ; alors il écoutait le souffle du vent tourné au nord et regardait le faîte des arbres pour se repérer. Son instinct le guidait dans cette forêt immense. Soudain, une biche et son faon débouchèrent à quelques mètres devant lui. Il s'arrêta et s'émut devant la grâce de cet animal qui protégeait son enfant. Pendant ces quelques instants, il oublia la guerre et sa mission.

Lorsque les bêtes se furent éclipsées, il mangea et but tout en marchant, ne voulant pas perdre une minute de ce précieux temps. L'haleine du vent rafraîchissait son front où perlait une abondante sueur. Se faufilant à travers ronces et fourrés, il peinait, mais était guidé par ce besoin impératif de sauver la vie de Monsieur Jean.

Le soleil était à son zénith lorsqu'il fut en vue de l'allée qui menait à la grande maison du père d'Elodie. Les branches des haies pendaient lamentablement et il était tenaillé par une crainte indéfinissable qu'il avait peine à contrôler. Enfin, il aperçut la voiture luisante de Monsieur Jean devant la maison. Elle gisait en plein soleil alors que l'ombre regorgeait. Tout était silencieux et les volets fermés donnaient à la maison l'aspect d'un corps sans âme. Il s'avança jusqu'à la porte de la cuisine, mais elle était close et Fantine n'était pas là. Il eut l'idée de lancer un caillou sur le volet de la chambre de Monsieur Jean. Il en ramassa un et le lança, provoquant un choc bref et sonore. Le cœur battant, il attendit, mais rien ne bougea. Il réitéra l'opération, toujours sans succès. Où pouvait donc se cacher Monsieur Jean ? Serait-il arrivé trop tard ? Il se sentit tout à coup submergé par un flot de sueur glacée. Il se dirigea vers la haie et passa devant l'auto. C'est là, en jetant machinalement un coup d'œil à l'intérieur, qu'il le découvrit. Il ronflait, le visage rouge comme une écrevisse cuite. Toussaint poussa un soupir de soulagement. Il entreprit d'ouvrir la porte, en maudissant ces engins de malheur. Un peu d'air frais y pénétra, faisant frémir les narines de Monsieur Jean, mais il ne semblait pas vouloir s'éveiller. Alors Toussaint s'arma de courage et le secoua énergiquement en le sommant de se réveiller. Monsieur Jean grogna et insulta l'intrus que dans son inconscience il n'avait pas identifié. Puis, ouvrant enfin les yeux en bâillant, il fixa Toussaint sans comprendre ce qu'il faisait là.

— Monsieur Jean, il faut sortir d'ici ! Dépêchez-vous !

Monsieur Jean se redressa d'un bond et donna à Toussaint un coup de poing magistral qui le fit tomber à la renverse. Il se mit à rire, content de son geste.

— Je t'avais prévenu, tu vois ce qui arrive quand on importune les gens ! Va-t'en et ne mets plus jamais les pieds ici !

Toussaint s'était relevé, massant sa mâchoire endolorie et fixant cet homme qui le haïssait tant.

— Monsieur Jean, vous êtes en danger de mort. Cette nuit, on va venir vous massacrer. Venez avec moi, je vais vous cacher, je vous en prie, écoutez-moi, au moins pour l'amour de votre fille.

Monsieur Jean descendit de sa voiture en titubant.

— Qui veut me massacrer, Toussaint ? Allez, dis-le-moi !

Et, sans donner à Toussaint le temps de répondre, il fondit sur lui et l'entraîna à terre où ils roulèrent. Monsieur Jean était plus fort que Toussaint et une lutte acharnée s'engagea entre ces deux hommes. Toussaint ne cessait de lui répéter qu'il était en danger, qu'il devait partir, mais il ne voulait rien savoir, rien entendre. Soudain, Monsieur Jean lâcha sa proie et tomba à la renverse en suffoquant.

— Mon cœur, cria-t-il, Toussaint, dans la voiture, les cachets !

Il avait l'air de souffrir atrocement, ouvrant la bouche, comme s'il était privé d'air.

Toussaint se précipita et vit une boîte près du volant. Monsieur Jean s'asphyxiait. Toussaint lui tendit un cachet qu'il prit d'une main tremblante et qu'il l'avala. Quelques minutes plus tard, il s'apaisa, mais, encore oppressé par la crise, il s'assit et Toussaint en fit autant.

— Mais que me veux-tu ? parvint-il à articuler. Quelle est cette histoire que tu me racontes ?

— Il faut venir avec moi, vous êtes en danger, et c'est tout de suite qu'il faut partir.

Monsieur Jean n'insista plus. Avait-il compris ?

— D'accord, Toussaint, mais c'est vraiment pour te faire plaisir et pour me faire pardonner cette raclée que je t'ai donnée !

— Il faut laisser la voiture ici et faire vite !

— Comme tu es pressé ! Nous allons d'abord remplir cette musette avant de partir ; allez, viens.

A la cuisine, Toussaint ramassa une boule de pain et un saucisson, car Monsieur Jean avait du saucisson, lui, et il remplit une bouteille d'eau.

— Tu n'emportes que ça ? Nous allons mourir de faim !

— Ça suffit ; allez, venez ! Nous trouverons dans la forêt ce dont nous aurons besoin.

Monsieur Jean eut la réelle conviction que Toussaint était devenu fou et il le suivit en pensant que cette plaisanterie allait le divertir un moment, que ce serait une récréation dans sa vie mouvementée. Toussaint coupa un bâton dans la haie et le lui tendit.

— Tenez, il vous sera utile, le chemin que nous avons à faire est dangereux.

Monsieur Jean se mit à rire, il avait oublié la crise qui l'avait terrassé quelques instants auparavant, mais Toussaint, par précaution, avait emporté la boîte de cachets. A peine sorti de l'allée, Monsieur Jean, en pointant son bâton sur la musette qui pendait dans le dos de Toussaint, commença à s'impatienter.

— Bon, maintenant c'est suffisant, j'ai envie de partir avec ma voiture et tu vas au diable si tu y tiens !

Toussaint se retourna et vit que Monsieur Jean rebroussait chemin, il entra alors dans une grosse colère, lui d'ordinaire si serein et si paisible.

— Mais vous ne comprenez pas qu'il ne s'agit pas d'une plaisanterie, mais d'un réel danger ? Et puisqu'il vous faut des explications : les maquis ont reçu l'ordre de vous exécuter et ils ne failliront pas, croyez-moi. Vous avez été dénoncé et vous passez ici pour un dangereux milicien ! Est-ce que vous êtes convaincu maintenant ?

Monsieur Jean devint tout pâle sous l'injure que lui infligeait Toussaint.

— Moi, un milicien ? On me considère ainsi dans le pays ? Je comprends maintenant. Et toi, tu veux me sauver ?

— Oui, Monsieur Jean, parce que je vous dois de la reconnaissance et que vous êtes le père d'Elodie !

— Eh bien, dans ces conditions, je t'ordonne donc de me sauver ! Allons-y !

Ils prirent le chemin de la forêt. Toussaint avait l'intention de le conduire dans la maison abandonnée de Jeanne. C'était la cache la plus sûre, mais il fallait pour y accéder éviter les sentiers trop fréquentés. Au bout d'une heure de marche, Monsieur Jean commença à donner des signes de fatigue.

— Toussaint, je n'en peux plus, arrêtons-nous ! se plaignit-il.

Il était d'une pâleur qui inquiéta Toussaint. Ils s'assirent sur les racines noueuses d'un gros bouleau, là où la mousse et le lierre se disputaient la place. Toussaint lui donna de l'eau et un cachet. Il comprit que jamais il ne parviendrait à le traîner jusqu'à la maison de Jeanne. Il était lourd et peu habitué à la marche, il ne supporterait jamais un aussi long trajet. Il décida alors de le mener dans sa clairière. Un moment après, ils repartirent en bifurquant à gauche, se frayant un passage à travers les fougères que Toussaint écartait de son bâton.

— Mais pourquoi changes-tu de direction ? As-tu envie de me faire mourir là-dedans ?

— Je vous emmène chez moi, Monsieur Jean ; plus tard, nous irons chez Jeanne.

— Tu deviens fou, Toussaint ! Je ne suis pas prêt d'oublier ce que tu me fais endurer !

Mais Toussaint ne prêtait aucune attention aux propos de Monsieur Jean et il continua à travers les fourrés et les fougères, traversant les sous-bois, sautant les fossés où dormait une eau trouble. Il faisait vivre à son frère de lait une drôle d'aventure. Monsieur Jean était stimulé par l'effet de son cachet et, pendant leur marche silencieuse, il réfléchissait. Il se rendait compte que Toussaint, avec sa seule musette, était beaucoup plus fort que lui et se demandait ce qu'il avait fait de sa vie. Il essuya son visage ruisselant avec son fin mouchoir brodé de ses initiales et eut soudain honte. D'un geste vif, il le lança dans un fourré. « Maintenant, je ferai comme Toussaint, un revers de main me suffira. »

Ils empruntèrent un chemin plus marqué qui leur facilita la marche. Monsieur Jean suivait Toussaint pas à pas. Pourquoi cet homme, ce vagabond qu'il avait toujours méprisé venait-il le sauver ? Pourtant, il savait tout le mal qu'il avait fait dans la région. C'était une belle leçon d'humilité qu'il recevait gratuitement. Il comprenait pourquoi il l'avait tant détesté, parce qu'il était son opposé, et il eut honte de lui, de son orgueil, de ses agissements.

Tout à coup, Toussaint se retourna et l'aplatit dans un geste si rapide qu'il n'eut pas le temps de comprendre.

— Surtout, pas un bruit, écoutez ! dit Toussaint à voix basse.

A une vingtaine de mètres d'eux, de jeunes paysans qui apprenaient leur métier de soldat patrouillaient en chantant. Le fourré où Toussaint et Monsieur Jean avaient trouvé refuge était suffisamment épais pour les garantir de leur vue. La clairière n'était plus très loin, et le soleil se cachait derrière un rideau de nuages noirs dont les crêtes étaient d'un pourpre presque ensanglanté.

— Que c'est beau ! Regardez, Monsieur Jean, comme la forêt honore son maître !

Le contraste entre ces deux hommes était saisissant : Toussaint, habité par la nature sauvage, secrète et majestueuse, et Monsieur Jean, qui avait l'aspect d'une herbe déracinée, flétrie par l'effort, le souffle court, comme courbée sous un vent fort.

— Tu vois, Toussaint, la forêt sait que je ne suis plus son maître, son âme ne me parle pas comme à toi. Ici, je suis un étranger, et, sans toi, elle me dévorerait comme l'intrus que je suis devenu pour elle.

Toussaint le regarda avec pitié. Sur son visage aux traits bouffis, la sueur coulait abondamment.

— Allons, ce n'est plus très loin.

Il leva le bras pour désigner les grands arbres au pourtour de la clairière dont la végétation épouvanta Monsieur Jean.

— Comment, nous allons vivre ici ? Mais nous allons être dévorés par les bêtes sauvages, les insectes et les serpents ; te rends-tu compte que j'ai horreur de tout cela ?

Toussaint souriait ; enfin il tenait Monsieur Jean, il n'était plus le hâbleur qui fanfaronnait au volant de son auto ! Il n'était rien d'autre qu'un homme tremblant devant une mouche taon ou une araignée, qui ne savait même pas boire une goutte dc rosée ! Alors que le soleil se perdait dans une apothéose de feu, Toussaint prépara l'abri de la nuit, il coupa des fougères et en tapissa le fond. Il y avait presque un an que ces genêts avaient abrité l'Anglais.

— Venez, Monsieur Jean, une litière de fougères ne vaut-elle pas mieux qu'une belle balle dans le cœur ?

Il ne répondit pas, il devint pâle et se mit à trembler. Ce Toussaint qu'il voulait faire pendre, c'était lui maintenant qui lui sauvait la vie ! Obéissant, il pénétra sous l'abri, gêné par un peu d'embonpoint. Ils se restaurèrent dans la pénombre qui envahissait peu à peu la forêt en réveillant de nouveaux bruits. Monsieur Jean frémit lorsqu'un hibou se mit à ululer non loin d'eux, qu'un bruissement, un glapissement ou un appel aux notes inconnues pour lui se manifestait.

Tandis que Toussaint, l'âme innocente et sereine, reposait dans la plus grande quiétude, Monsieur Jean vivait une angoisse atroce. Toutes sortes de pensées lui traversaient l'esprit. Ces paysans qui le haïssaient tant avaient décidé de le mettre à mort en lui faisant vivre la nuit la plus horrible de toute son existence. « Ne suis-je pas perdu d'avance ? » se demandait-il. Puis le visage de Maria s'imposa à lui, dans la beauté la plus parfaite qui soit. La blessure de son cœur se rappela cruellement à lui. « Oh, pardonne-moi, ma belle enfant, toi que j'aimais tant, quand je t'ai perdue, la bonté que tu m'avais inculquée s'est transformée en mal. Durant toutes ces années, j'ai éprouvé une joie intense à dominer, à m'imposer. Aujourd'hui, devant toi, Maria, si vaillante et si humble, je me dégoûte. Ah, je suis bien puni ! » Les larmes amères inondaient son visage ravagé par la souffrance. Il n'avait soudain plus peur de cette vie grouillante qui bruissait autour de lui. La forêt serait-elle devenue son amie, son alliée ? Il trouva enfin le sommeil en se recroquevillant contre le corps pelotonné de Toussaint.

Ce fut une odeur bizarre qui réveilla Toussaint, il se détendit comme un ressort, bousculant le corps inerte de Monsieur Jean. Il fit quelques pas dans la clairière, regarda frissonner les feuilles et constata que c'était le vent qui avait apporté cette odeur de brûlé. Toussaint comprit. « Mon Dieu, comme ils ne l'ont pas trouvé, ils se sont vengés, c'est épouvantable ! » Il n'y avait pas un instant à perdre. Il réveilla Monsieur Jean, qui grogna et qui l'insulta, mais il réussit néanmoins à le tirer de cette léthargie dans laquelle il était enlisé.

— Mais, dit-il une fois réveillé, que faisons-nous ici ? Les chasseurs vont me trouver !

Il se leva et comprit que le pardon n'existait plus. Lorsqu'il sentit cette odeur de brûlé charriée par le vent, il se mit à hurler comme un fou, arrachant les feuilles et cassant les branches que ses doigts nerveux rencontraient, vomissant des mots qui firent frémir Toussaint d'horreur.

— Oh, les traîtres, ils ont mis le feu à ma maison, ils se sont vengés, les traîtres ! répétait-il dans sa fureur.

Quand, enfin, les mots cessèrent, il se mit à sangloter comme un enfant et appela Elodie à son secours. C'est à ce moment-là que Toussaint intervint pour le rassurer et pour l'inciter à repartir sans tarder. Il savait que ceux qui avaient commis cet acte ne s'arrêteraient pas là et poursuivraient leurs recherches jusqu'à abattre le loup. Toussaint prit soin d'effacer les traces de leur passage. Il leur faudrait trouver un autre fourré pour s'y terrer durant la journée, afin d'attendre la nuit pour reprendre la route vers la maison de Jeanne. Monsieur Jean suivit Toussaint sans discuter.

Dans la musette, il restait un maigre quignon de pain et une bouteille d'eau que Toussaint avait remplie à la cascade, cette eau si pure qui s'écoulait du petit rocher. Ils se terrèrent dans un fourré d'épines, serrés l'un contre l'autre, comme les frères qu'ils étaient redevenus par la force des choses. Monsieur Jean avait honte et ne voulait pas qu'Elodie apprenne.

— Bien sûr, mais elle doit penser que vous êtes mort au milieu de ce brasier !

Quand la nuit fut suffisamment sombre, ils quittèrent leur abri comme des bêtes traquées qu'ils étaient devenus. Plus rien n'atteignait Monsieur Jean, qui avait touché le fond de l'abîme. Toussaint, malgré ses courbatures, l'encourageait et le traînait. Il trébuchait et se heurtait à cette végétation dense. Il était animé de cette farouche volonté de le sauver coûte que coûte et de le mettre en lieu sûr, dans la maison abandonnée par Jeanne, où personne ne viendrait le chercher.

Lorsqu'ils arrivèrent en vue de la route, ils marquèrent une pause pour souffler. Toussaint écouta. Seuls les oiseaux faisaient entendre leurs voix flûtées et, hormis quelques bruissements que le vent imposait aux baliveaux, tout était silencieux. Même les avions avaient renoncé à leurs raids nocturnes. Toussaint donna quelques consignes à son compagnon pour le franchissement de la route. Ce kilomètre sur la grande route était incontournable et Toussaint l'appréhendait plus que tout. Ils marchaient l'un derrière l'autre, leurs pas étouffés sur l'herbe de l'accotement, l'oreille aux aguets. La nouvelle lune n'avait pas assez de force pour éclairer, mais son mince filet argenté rassura Toussaint.

Tout à coup, un ronflement de moteur se fit entendre dans le lointain. Toussaint prit Monsieur Jean par le bras.

— Une voiture ! Couchez-vous vite dans le fossé, là, près de moi.

Il le tira par la manche pour l'entraîner, mais fut repoussé si fortement que, déséquilibré, il tomba à la renverse en roulant sur lui-même. La voiture se rapprochait, ses phares trouaient la nuit avec une puissance de conquérant. Monsieur Jean alla au-devant de l'auto en levant les bras pour faire signe au chauffeur de s'arrêter. Toussaint, à quelques mètres de là, tapi au fond du fossé, vit une chose surprenante. Monsieur Jean, quelques instants auparavant tremblant comme un agneau, de peur et de honte, monta dans la voiture en disant :

— Merci, mes amis, je vous attendais.

Il s'agissait d'une patrouille allemande que visiblement Monsieur Jean connaissait bien. Sidéré, Toussaint mit un certain temps avant de réagir. Comment un être humain pouvait-il tomber aussi bas ? Toussaint avait échoué dans sa mission, et il se releva honteux de sa faiblesse à vouloir donner toujours plus. Il devait rebrousser chemin et retourner auprès de Petit Justin pour lui en faire part. Il se retrouva dans une solitude qu'il n'avait encore jamais connue auparavant. Il s'arrêta sur un tronc moussu pour se reposer, ses jambes tremblaient. Ce fut là qu'il s'endormit dans un oubli de tout et qu'une patrouille de jeunes maquisards le trouva à l'aurore.

— Mais c'est Toussaint ! Quelle mission a-t-il accomplie pour être si fatigué ?

Ils le secouèrent et l'éveillèrent dans un sursaut qui les fit sourire.

— Oh, les enfants, quelle peur vous m'avez faite ! Je suis si vieux que je m'endors n'importe où !

— Allez, Toussaint, venez avec nous, on rentre ; notre mission a échoué, le loup n'était pas dans sa tanière.

En voyant Toussaint, Petit Justin comprit que Monsieur Jean avait désobéi, il lut dans le regard du vieil homme un profond désarroi. Il serra les mâchoires en entendant le récit qu'il lui fit de son périple. Après tout, tant pis ! Monsieur Jean avait choisi son destin. Toussaint en fut si déprimé qu'il resta une semaine cloué au lit.

Pendant ce temps, Monsieur Jean se tenait sous la protection des Allemands. Une protection qui était en réalité une surveillance rapprochée. Il y avait eu tous ces repas copieux en compagnie des officiers allemands, mais qui ne visaient qu'à lui soutirer des informations qu'il n'avait jusque-là pas pu lâcher. Monsieur Jean n'était pas sans savoir que son ancienne forêt abritait un réseau de résistance dirigé par Petit Justin et qu'il s'y tramait de nombreuses opérations contre l'ennemi. La Gestapo pressait Monsieur Jean de leur livrer les chefs. Après le déraillement du train qui avait tourné à l'avantage des maquis en leur permettant de s'emparer d'un chargement de munitions, la Gestapo se fit plus menaçante envers Monsieur Jean. Il comprit que sa vie était mise à prix d'un côté comme de l'autre.

Depuis qu'on avait brûlé sa maison, sa vie avait perdu tout son sens. Il tenta d'échapper à la surveillance à laquelle il était soumis et sauta dans une traction qu'il démarra en trombe. Quelques balles sifflèrent, mais sans l'atteindre ; il était déjà loin. Il voulait revenir chez lui, revoir sa maison même sous les cendres. Il fonçait à vive allure, la lune éclairant le ruban blanchâtre que formait la route. Et ce fut vers minuit qu'il arriva enfin chez lui. Il roula si doucement dans l'allée que les branches caressaient presque la carrosserie. Maintenant, Monsieur Jean savait que chaque seconde de sa vie était comptée. Il descendit de voiture, la lune réfléchissait sa clarté sur les ombres sinistres de ces pans de murs éboulés et de cette toiture effondrée. L'odeur âcre le prit à la gorge, une mince colonne de fumée s'échappait encore. Soudain, une pierre croula d'un mur et son corps trembla de frayeur. Sortant de l'ancien jardin, une ombre mouvante se dirigea vers lui.

— Monsieur Jean, vous êtes revenu ! Oh, mon Dieu !

Il se retourna et vit Fantine courbée en deux, s'essuyant les yeux avec le coin de son tablier. Il crut à une apparition.

— Mais que fais-tu ici, Fantine ? Je croyais t'avoir chassée.

— Pardonnez-moi, Monsieur Jean, mais, depuis qu'ils sont venus, je vous attends toutes les nuits. Je savais que vous reviendriez, que vous n'étiez pas mort ! dit-elle d'une voix entrecoupée de hoquets.

— Mais tu vas ressembler à Toussaint à vouloir t'occuper de moi, je te préviens, tu vas t'attirer des ennuis. Allez, fiche le camp et laisse-moi seul.

Mais Fantine tomba à genoux aux pieds de son maître.

— Non, Monsieur Jean, supplia-t-elle, laissez-moi m'occuper de vous, nous vivrons dans la petite maison au fond du jardin.

Il la repoussa brutalement en lui ordonnant de partir.

— Va-t'en, te dis-je, ne me mets pas en colère.

Puis elle vit son maître tituber, une main appuyée sur le capot de la voiture. Il essayait de résister, mais la douleur devait être si intense qu'il roula à terre. Fantine se redressa et courut vers lui. Elle desserra le col de sa chemise, aéra ce visage congestionné et entendit ses dernières paroles :

— Toussaint, va chercher Toussaint !

Quelques secondes plus tard, Monsieur Jean rendit l'âme. Fantine regarda ce grand corps allongé comme un pantin disloqué, cette maison dont l'âme s'était envolée avec les flammes dans un grand vent de haine, et se signa avant de prononcer le nom de Toussaint, qu'elle devait retrouver pour respecter la volonté de Monsieur Jean. Elle savait qui était cet homme, jamais elle ne pourrait oublier ce regard ! C'était un vagabond, disait son maître, toujours partout et nulle part, mais elle devait partir à sa recherche. Il était souvent dans cette forêt, peut-être est-ce là-bas qu'il se terrait. C'est pourquoi cette faible femme se prépara à affronter les dangers de la nuit. La parole d'un mort n'est-elle pas sacrée ? Et puis, que risquait-elle ? Elle n'avait plus rien ni personne à perdre. Sa vie ? A quoi tenait-elle désormais ?

Elle croisa les mains de Monsieur Jean sur sa poitrine et recouvrit le corps d'une couverture qu'elle trouva dans la voiture. Puis, rassemblant tout ce qui pouvait lui rester de courage, elle prit la route en se guidant à la clarté de la lune. La forêt, elle ne la connaissait pas, jamais elle n'avait eu le loisir de s'y promener, elle n'avait connu que le joug de ses maîtres qui l'exploitaient depuis l'enfance. Monsieur Jean n'avait jamais exercé sa tyrannie sur elle. Mangeant toujours à sa faim, elle s'était prise d'amitié pour ce maître dont les airs hautains cachaient une fragilité.

Elle s'enfonça dans la nuit, conduite par une force surnaturelle, et atteignit le sentier de la forêt assez rapidement. Sous le manteau sombre des frondaisons, la lune dessinait des ombres aux silhouettes terrifiantes qui la firent trembler de peur. Des avions survolèrent le massif, ajoutant encore de l'angoisse dans le pauvre cœur torturé de Fantine, qui plongea dans le sous-bois et se terra parmi les fougères, croyant mourir de peur. Bien que n'ayant jamais franchi la porte d'une église, elle se mit à prier avec ferveur, convaincue qu'il existait un Dieu pour guider les âmes seules comme elle. Les avions tournoyaient dans de grands éclairs de lumière et des vrombissements assourdissants. Elle ignorait qu'il s'agissait de parachutages de vivres destinés aux jeunes maquis de la forêt. Puis, au bout d'un moment, tout redevint calme. Elle reprit confiance et continua son chemin, toujours poussée par cette motivation de retrouver Toussaint. Le sentier s'élargissait, ses sabots glissèrent sur l'herbe humide de rosée. Deux hommes surgirent derrière elle :

— Eh, toi, l'espionne, que transportes-tu ?

Elle se retourna, mais, trahie par la peur, ne put articuler un seul mot. Puis, autour d'elle, d'autres hommes armés de lampes torches braquèrent sur elle cette lumière qui l'obligea à fermer les yeux. L'un d'eux la menaça de sa mitraillette qu'il pointa sur sa poitrine.

— Alors, sorcière, tu vas parler ? Que fais-tu ici ?

Son chignon s'était défait, éparpillant ses cheveux blancs, ce qui devait lui donner l'allure d'une sorcière. Son corps était secoué de tremblements nerveux, mais elle parvint à prononcer le nom de Toussaint.

— Tu veux voir Toussaint ? C'est ça ?

— Oui, dit-elle, je dois lui parler.

— Ah bon, il fallait le dire, mais ici c'est dangereux de s'aventurer seule, même pour retrouver ton ami !

Elle n'était plus seule, mais sous la bonne garde de ces jeunes soldats qui n'avaient pas l'air tendre, et c'est ainsi escortée qu'elle arriva devant la maison de Petit Justin. Le jeune homme regarda cette étrange créature que ses hommes lui amenaient en se demandant bien qui elle était et ce qu'elle pouvait vouloir à Toussaint.

— Je veux voir Toussaint, dit-elle à Petit Justin.

— Mais c'est Fantine, dit une voix derrière eux.

Elle se retourna et vit celui qu'elle cherchait.

— Comment ? Tu connais cette femme, oncle Toussaint ?

— Bien sûr, et, si elle est venue jusque-là, c'est qu'elle a quelque chose d'important à me dire ; n'est-ce pas, Fantine ?

Elle fondit en larmes, ses nerfs rudement éprouvés au cours de cette nuit venaient de lâcher. Toussaint et Petit Justin la conduisirent dans la cuisine devant le feu où Paul lui apporta un café chaud. Puis, devant les deux hommes, elle consentit à parler.

— Monsieur Jean est revenu hier soir. Il m'avait chassée, mais, comme je n'avais pas d'endroit où aller, je vivais dans la petite buanderie au fond du jardin. Je savais qu'il n'était pas mort et qu'il reviendrait. Quand je l'ai vu arriver avec une voiture de la Gestapo, qu'il a dû voler, je suis allée vers lui, mais il m'a rejetée, il était très en colère, puis son cœur a lâché, mais, avant de mourir, il a eu le temps de murmurer : « Va le dire à Toussaint. » Voilà, c'est tout.

Petit Justin et Toussaint échangèrent un regard, ils avaient tous les deux compris qu'il fallait récupérer le corps avant que la Gestapo ne le retrouve. Alors que l'aube se levait, Toussaint et les deux petits-fils de Toine grimpèrent dans la calèche que conduisait Petit Justin. Quant à Fantine, anéantie de fatigue, elle se reposa dans la maison des bois sous la surveillance de Paul.

Lorsqu'ils arrivèrent, Petit Justin descendit le premier, partagé entre le dégoût et l'aversion qu'il nourrissait envers cet homme et un sentiment d'échec. Le jeune homme n'oubliait pas qu'il lui devait la forêt dont il était aujourd'hui le maître. Sa mort, il ne l'avait pas voulue et il avait même tout fait pour le sauver. Il se dirigea vers la couverture qu'il écarta, découvrant le visage paisible, presque souriant, de Monsieur Jean.

— Mon Dieu, Monsieur Jean, soupira Toussaint qui pleurait comme un enfant, pourquoi ne m'avez-vous pas suivi ? Pauvre Elodie, quelle peine vous allez lui faire ! Adieu, frère, ajouta-t-il en serrant ses doigts glacés, quel dommage et quel gâchis !

Les deux jeunes garçons portèrent le corps raidi dans le coffre de la calèche. Puis Toussaint reprit les rênes, tandis que Petit Justin et ses deux camarades repartaient dans la forêt. Triste et désemparé, Toussaint se mit à chanter, un long soupir mélodieux montant de sa gorge. Les notes qu'il créait de sa voix cassante étaient surprenantes, et le chant qui s'élevait, dédié à celui qu'il transportait, était bouleversant de tendresse, de souffrance et de pardon. Le vent était le seul complice de son secret. C'est ainsi qu'il put suivre son chemin sans se faire arrêter, rencontrant pourtant de nombreuses voitures. Il resplendissait d'une aura protectrice. Toussaint était indifférent à tous ceux qu'il croisait, fuyant les regards inquisiteurs qui s'attardaient à dévisager ce drôle de personnage dont le vent soulevait la longue chevelure grise emmêlée. Il se laissait bercer par le pas tranquille de son cheval auquel il imposait ce rythme par respect pour celui qu'il transportait vers sa dernière demeure. Mais cette allure provoqua quelques encombrements sur cette route si empruntée. Un officier allemand, sans doute plus impatient, voulut obliger Toussaint à lui céder le passage. Descendant de son auto, il s'avança vers lui.

— Pourquoi marcher si lentement ? Votre cheval ne peut-il pas galoper ? Vous gênez notre circulation ! Nous sommes pressés !

Toussaint arrêta sa mélopée et regarda fixement l'officier en lui désignant d'un geste les nuages qui lentement s'effilochaient dans l'azur céleste.

— Monsieur l'officier, tous ces nuages sont les soldats du ciel, ils sont pressés eux aussi, comme vous, comme moi, ils suivent leur route en heurtant parfois leur haine ou leur amour pour nous. Moi, je suis l'un d'eux et je porte l'amour ; vous, c'est la haine ; et pourtant nous sommes tous semblables à ces petits nuages. Alors je vous en prie, monsieur l'officier, laissez-moi poursuivre mon chemin dans l'amour. Tenez, lui dit-il encore en lui tendant une boîte d'allumettes, rappelez-vous que la chaleur d'un cœur est plus intense que n'importe quel grand brasier. Gardez cela en souvenir du vieil homme que je suis, mais ne commettez pas l'erreur de vous en servir contre autrui, car cela se retournerait contre vous !

Eberlué, l'officier prit la boîte d'allumettes qu'il retourna dans ses mains, ébloui par la lumière qui jaillissait des paroles de Toussaint, bouleversé, lui, l'intraitable bourreau des faibles. L'Allemand pensa que Toussaint était une sorte de sorcier, un être irréel qui se matérialisait pour déjouer l'esprit de possession. Il prit soudain peur, d'autant que les nouvelles qu'il venait d'apprendre allaient peut-être changer le cours de la guerre et se retourner contre eux. Il regarda longtemps le visage de Toussaint qu'il voulait graver dans sa mémoire tout en conservant ses paroles comme un oracle, et enfonça la petite boîte dans la poche de sa veste en se promettant de la rapporter chez lui avec son histoire.

Le cheval reprit son pas tranquille et régulier et laissa passer tout un cortège de tractions noires.

Quand Toussaint arriva dans la cour de la ferme, Cibelle, sûrement avertie par son instinct, se mit à hurler. Il était l'heure du déjeuner et tous sortirent précipitamment. Quand Elodie rencontra le visage de Toussaint, elle comprit qu'un malheur était survenu. Il était muet et immobile sur son siège, ses yeux remplis de larmes. Julien s'approcha de lui :

— Qu'y a-t-il, Toussaint ?

Toussaint se leva et, ouvrant le coffre, souleva la couverture.

— Monsieur Jean est mort, Julien.

Elodie pâlit et s'approcha comme une automate de la calèche. Lorsqu'elle vit le corps sans vie de son père, elle s'effondra et Petite Maria la reçut dans ses bras comme une poupée de chiffon. Julien se précipita, suivi de Toussaint, et ils la ranimèrent.

— Mon Dieu, dit-elle lorsqu'elle fut revenue à elle, que lui est-il arrivé ?

— Transportons-le d'abord dans sa chambre, tu nous expliqueras ensuite, dit Julien.

Ils se retrouvèrent tous quelques instants après, réunis autour du corps, priant et se recueillant. Alors Toussaint, malgré son chagrin et son épuisement, raconta, en commençant par la lettre de dénonciation, la fuite vers la maison de Jeanne, la trahison, puis le retour de Monsieur Jean, et Fantine qui avait bravé la nuit et les dangers pour le prévenir.

La gendarmerie était venue leur annoncer l'incendie de la maison, leur interdisant de s'en approcher à cause de la Gestapo, mais les avait rassurés en leur disant qu'il n'y avait aucune victime. Elodie et Julien s'attendaient à ce que ce drame arrive un jour et avaient accepté cette fatalité.

Deux jours plus tard, dans une intimité voulue par ses proches, Monsieur Jean s'en fut rejoindre sa femme Edith dans le caveau familial. Il n'y eut ni larmes, ni fleurs, ni couronne, seulement un louis d'or que Toussaint glissa entre les doigts soudés par la mort. Ce louis d'or qu'il avait gardé en souvenir depuis son enfance, il le lui rendait, il serait le lien qui les unirait dans l'éternité.

VIII

Hélène vivait difficilement l'absence d'Antoine auquel elle envoyait régulièrement des colis par l'intermédiaire de la Croix-Rouge. Des biscuits, des pâtes, du chocolat, quelques boîtes de conserve pour lui permettre d'améliorer un ordinaire qu'elle devinait bien maigre. Ses cartes, soumises à une sévère censure, ne parlaient guère de lui. Elle savait seulement qu'il travaillait dans des fermes ou parfois dans des mines de sel. Il tentait de lui insuffler le courage qui lui manquait parfois, de croire en son prochain retour. Hélène avait près d'elle Petit Pierre, ce fils qu'il ne connaissait pas encore. Dominique était de plus en plus souvent en forêt aux côtés de Petit Justin. Quand la maison de Monsieur Jean avait brûlé, il avait craint que son fils n'y ait été mêlé. Mais Toussaint était venu l'éclairer sur cette fâcheuse histoire.

— Nous, les paysans, avait dit Dominique, nous nous battons, mais nous ne sommes pas des traîtres !

Puis la mort de cet homme était venue effacer tous les tourments qu'il semait autour de lui et, sans se l'avouer, chacun y trouva du soulagement.

Après le débarquement du 6 juin, les opérations se multiplièrent et s'intensifièrent pour chasser l'ennemi du pays. Furieux du tour que prenait la guerre, les Allemands furent contraints de se replier alors que les ponts sautaient, que les lignes de chemin de fer et les routes étaient coupées. Partout, les Alliés gagnaient du terrain. Tout l'été 1944 fut marqué par les nombreux sabotages, mitraillages et bombardements visant à repousser l'ennemi par tous les moyens. Dans les campagnes, la peur rendait muet, les paysans étaient inquiets, la tension était à son comble, chacun n'ayant plus qu'un seul souhait : que tout cela finisse et qu'enfin le pays soit libéré. Mais l'ennemi ne se retira pas sans laisser ruines et cendres derrière lui, sans envoyer des prisonniers dans les camps. Sa rage le poussa à des actes sanguinaires, à des actions terribles pour traquer les « terroristes ».

On parlait à voix basse, on se méfiait de tout et de tout le monde, on mesurait ses paroles. Pourtant, malgré ce climat d'insécurité, Toussaint continuait de transmettre les messages et de passer sans encombre parmi les Allemands qui ne se méfiaient pas de ce vagabond dont le regard était si troublant.

Ce soir-là, pour profiter de la lumière des jours les plus longs, Jeanne et Elodie cousaient, assises dehors sur le banc de pierre. Jeanne pensait à son amour enfoui au plus profond d'elle-même, à son interminable attente. Si elle ne voyait plus Petit Justin, elle en avait régulièrement des nouvelles. Petite Maria et Jeannot lisaient quand un bruit de moteur se fit entendre. Julien, harassé par sa journée, se reposait près des deux femmes.

— Papa, dit Petite Maria en reposant son livre, une voiture !

Tous se levèrent, inquiets, tandis que Cibelle se mettait à aboyer. La voiture s'immobilisa au milieu de la cour, Petit Justin et Toussaint en descendirent. Jeanne n'eut pas le temps de sentir son cœur bondir dans sa poitrine. Ils amenaient un de leurs hommes qui, au cours d'une opération de sabotage, venait d'être blessé.

— Il n'y a que là que nous pouvions l'amener et que vous deux pour le sauver ! dit Petit Justin en regardant les deux femmes.

Petite Maria et Jeannot préparèrent la chambre de Monsieur Jean où le blessé, qui gémissait, fut transporté avec précaution. Elodie mit à bouillir de l'eau dans laquelle elle versa quelques herbes et racines séchées dont elle tenait le secret de Maria. Jeanne était muette devant Petit Justin qu'elle dévorait des yeux, incapable de bouger. Julien proposa à souper aux deux hommes qui devaient avoir faim.

— N'aie crainte, Petit Justin, dit Julien, ici personne ne viendra te chercher.

Pendant qu'Elodie soignait les blessures du jeune homme, superficielles, mais qui lui avaient fait perdre beaucoup de sang, Jeanne s'activait à préparer une collation avec les restes de leur souper. Plusieurs fois, le regard de Petit Justin rencontra celui de Jeanne, qui n'osait lire le message que ses yeux lui transmettaient. Elle vacilla.

— Allons, Petit Justin, dit Julien, viens donc près de Jeanne, elle sera heureuse depuis le temps que vous ne vous êtes pas vus !

Petit Justin se sentit rougir, mais il put dissimuler son émotion dans la pénombre qui envahissait la pièce. Depuis cette promenade en forêt où leurs cœurs s'étaient rapprochés, il avait vécu tant de misères, éprouvé tant de souffrances, tant lutté pour rester en vie, côtoyé la mort tant de fois ! Il avait l'impression qu'une vie les séparait et il ne savait plus comment reconquérir le cœur de Jeanne.

Ce fut Jeannot qui vint à son secours. Il prit la main du jeune homme et le mena jusqu'à la chaise près de celle où Jeanne avait pris place.

— Comme j'aimerais avoir un papa comme toi ! N'est-ce pas maman ? dit-il en prenant la main de sa mère qu'il réunit à celle de Petit Justin.

Que répondre devant tant de sagesse venant d'un enfant ? Même Petite Maria resta muette de confusion. Dans le secret de son cœur, elle pensa fort à Joseph. Elle aussi se languissait. Elle revit alors ce moment où, grâce à l'effraie, elle avait trouvé protection auprès de lui, puis ses bras qui avaient serré sa taille, entouré ses épaules, et enfin ce baiser toujours si brûlant sur ses lèvres. « Je reviendrai, Petite Maria. » Ces mots, prononcés sur le quai de la gare, jamais elle ne pourrait les oublier. Personne ne pouvait se douter de ce qu'elle ressentait, mais elle attendrait, toute la vie s'il le fallait.

Toussaint sauva la situation. Noyés dans l'abîme de leur regard, submergés par les flots de souvenirs qui remontaient à leur mémoire, Petit Justin et Jeanne en avaient oublié où ils se trouvaient.

— Après une journée pareille, je serais d'avis de manger une bonne soupe.

Et puis, en s'adressant à Julien :

— N'y a-t-il pas une bouteille de ce vin qui rend gai et qui est si doux au palais ?

Julien bondit à la cave pendant que Petite Maria s'activait au fourneau. Elodie, qui venait de donner au blessé une tisane apaisante, revint en disant qu'il s'était endormi et que tout irait bien. Elle trouva que les yeux de Jeanne n'avaient jamais brillé d'une telle lumière ! Qu'arrivait-il à la jeune femme pour être ainsi transfigurée ? Elle remarqua sa main toujours emprisonnée dans celle de Petit Justin et comprit. Quel bonheur, ces promesses esquissées devenaient réalité ! Une bouffée d'oxygène envahit son cœur.

Chacun trinqua avec ce vin que Julien avait remonté de la cave.

Petit Justin devait partir, il laissa Toussaint avec le blessé et regagna sa voiture. Jeanne l'accompagna en tremblant ; elle franchissait les barrages de sa pudeur, osant profiter des dernières secondes avec cet être qu'elle aimait.

— Je ne sais quand je pourrai revenir, mais une chose est certaine : Jeanne, voulez-vous m'épouser ?

Jeanne murmura un « oui » étouffé par le baiser ardent qui scella leurs lèvres. Il avait si longtemps refoulé ses sentiments qu'il s'abandonna tout entier en emprisonnant Jeanne dans une étreinte farouche et passionnée, libérant ce trop-plein d'amour qu'il ne pouvait plus contenir.

Longtemps après que la voiture eut disparu dans la nuit, Jeanne resta au milieu de la cour, le corps brûlant de la chaleur de ses mains sur sa peau, voulant garder le plus longtemps possible le goût de ses lèvres. Elle ferma les yeux, incapable de bouger, pétrifiée par la force de son amour. Ce fut Elodie qui la ramena à la maison.

— Viens, Jeanne, il reviendra, tu peux avoir confiance en lui.

Jeanne n'attendit pas longtemps. Un mois et demi plus tard, au plus chaud de l'été, Petit Justin, blessé dans l'explosion d'un pont, trouva refuge à la ferme. Sa blessure au bras s'avéra moins profonde qu'il n'y paraissait. Mais la présence de Jeanne lui tournait les sens, il n'en pouvait plus. Et Jeanne, malgré l'acharnement qu'elle mettait à son travail, ne parvenait plus à coudre les derniers boutons d'une blouse pour Elodie. Elle attendait fébrilement, comme chaque nuit, la venue de Petit Justin, qui se glissait sans bruit dans sa chambre. Lorsqu'elle vit bouger le loquet, elle se leva avec une vive impatience.

— Comme tu as été long, mon amour ! lui murmura-t-elle en se blottissant contre lui.

Ils s'embrassèrent longuement, comme pour rattraper tout ce temps perdu.

— Marions-nous vite, lui dit-il, je n'en peux plus de vivre ainsi.

— Je croyais que tu voulais attendre la fin de la guerre ?

— Tu sais, si tu es d'accord, Julien peut aller chercher le prêtre qui nous unira dès demain.

Ils parlèrent longtemps, leurs mains unies par ce bonheur qui les avait enfin rejoints. Quand Petit Justin referma la porte derrière lui, l'aube rosissait l'horizon.

Le lendemain, le prêtre qui avait remplacé celui qui avait été déporté en Allemagne vint procéder à la cérémonie du mariage devant Elodie, Julien, Toussaint, Jeannot et Petite Maria. C'était un mariage secret, les déplacements de Petit Justin ne devaient pas être dévoilés. Cette simple cérémonie fut suivie d'un repas de roi préparé en grande partie par Petite Maria.

— Je te félicite, tu es une fine cuisinière, lui dit le curé.

Elodie essuya une larme d'émotion en voyant sa fille qui réincarnait l'âme de Maria. Elle était si heureuse pour Jeanne et Petit Justin qui pouvaient enfin vivre leur amour sans se cacher.

— Maman, dit Petite Maria en nouant ses bras autour de son cou, des larmes un jour comme aujourd'hui ! C'est un cadeau de perles que tu offres aux nouveaux mariés !

Le lendemain, Toussaint, qui était resté à la ferme, ne pensait qu'à une seule chose : aller au cimetière.

— Elodie, aujourd'hui je vais au cimetière, il y a trop longtemps que Maria n'a pas reçu ma visite ! Et puis, il faut lui annoncer le mariage de Petit Justin !

Jeanne avait entendu, elle se sentait désemparée depuis le départ de son mari quelques heures plus tôt. Elle avait un besoin irrésistible de bouger et d'aller se recueillir sur la tombe de cette Maria dont elle avait tant entendu parler.

— Toussaint, puis-je t'accompagner ? demanda-t-elle timidement.

— Bien sûr, Jeanne, ainsi Maria fera la connaissance de celle qui a séduit son fils ! Mais il va faire chaud et nous devrons beaucoup marcher.

Ils mirent de l'eau et des pommes dans la musette et partirent tôt le matin dans une légère brume qui voilait l'azur du ciel. La circulation sur la route était intense, les Allemands se repliaient. Jeanne tremblait en passant si près de leurs véhicules. Une voiture les frôla presque, déséquilibrant Jeanne, ce qui fit rire le chauffeur. Toussaint prit le bras de la jeune femme et l'entraîna à l'écart.

— Ne traînons pas, je sens que quelque chose ne va pas.

Les Allemands s'attaquaient à n'importe qui, et mieux valait ne pas se faire remarquer d'eux. Ils sentaient leur défaite proche et ne l'acceptaient pas.

Ils atteignirent le cimetière et y pénétrèrent avec soulagement, s'y sentant plus en sécurité. Toussaint conduisit Jeanne parmi les tombes jusqu'à la tonnelle de roses dont les pétales de velours pourpre avaient formé un tapis sur la pierre.

— Voilà, Jeanne, c'est ici que repose Maria.

Il s'agenouilla et, la tête dans le creux de ses mains, se mit à prier. Jeanne, dont le cœur battait comme l'aile d'un oiseau frileux, l'imita. Quel regret de n'avoir pas connu cette femme au si grand cœur !

Le bruit infernal des avions rasant les toitures les tira de leur prière, Toussaint et Jeanne se regardèrent avec épouvante.

— Pourquoi ai-je accepté de t'emmener ! C'est trop dangereux. Je ne suis pas raisonnable.

— Non, Toussaint, c'est moi qui l'ai voulu. Mais comment allons-nous repartir ? demanda-t-elle en tremblant malgré elle.

Le ciel était constellé de cercles noirâtres laissés par la fumée des avions dont l'incessant va-et-vient dura plus d'un quart d'heure. Ils s'abritèrent sous le rebord d'un caveau, burent un peu d'eau et croquèrent une pomme pour reprendre quelques forces et se donner un peu de courage.

— Tu sais, Jeanne, d'ici, on peut regagner la forêt. Nous y serons à l'abri.

L'idée de retrouver Petit Justin n'était pas pour déplaire à Jeanne.

— Mais Elodie va s'inquiéter, pensa-t-elle soudain.

— Elle sait qu'un vagabond comme moi ne se perd jamais.

Il était impossible de repasser par le bourg où les Allemands avaient encombré la route avec leurs véhicules. Alors ils filèrent par la campagne pour rejoindre la forêt, où ils arrivèrent le soir. Ils rencontrèrent une patrouille de maquisards qui les escorta jusqu'à la maison de leur chef. Ce fut Fantine qui les accueillit.

— Ils sont tous partis, monsieur Toussaint, même notre maître.

Pour Fantine, qui avait été adoptée, Petit Justin était devenu son maître. Jeanne était fourbue après cette journée de marche. Après un bouillon servi par Fantine, Toussaint l'emmena sur le lit de Petit Justin où elle s'endormit aussitôt.

Paul avait prévenu Toussaint que les maquisards étaient partis faire dérailler un train de vingt wagons. Ces jeunes paysans qui étaient tous animés de la même volonté de chasser l'ennemi se battaient avec la fougue de vrais soldats.

— Tu sais, Toussaint, la guerre va bientôt finir, les Allemands n'ont plus aucune chance !

N'ayant pas eu la joie de revoir Petit Justin, qui n'était pas rentré de sa mission, Jeanne était un peu triste lorsqu'elle repartit avec Toussaint.

— Nous allons passer par ma clairière, ce ne sera pas tellement plus long et j'ai tellement envie de te la montrer.

Ils firent le chemin, accompagnés de quatre jeunes gens qui faisaient leur ronde. Puis ils changèrent de direction en bifurquant dans le petit sentier.

— Quelle chance il a, ce vieux Toussaint, de se promener avec une si belle femme ! dit l'un d'eux en riant.

— Mais nous allons nous perdre dans ces fougères !

Jeanne se demandait où Toussaint la menait, elle marchait sur ses talons, imperturbablement, et semblait de moins en moins rassurée. Les animaux sauvages fuyaient l'odeur de l'homme ; Jeanne, terrorisée, les entendait détaler en faisant bruire les herbes. Mais Toussaint avançait toujours sans se soucier des dangers qui les guettaient. Soudain, il se retourna, tendit l'oreille et dit :

— Jeanne, écoute la cascade de mon rocher, nous serons bientôt chez nous !

Quelques dizaines de mètres plus loin, ils débouchèrent dans la clairière. Jeanne poussa un cri d'admiration tant elle était éblouie par ce qui se découvrait à ses yeux. Un petit paradis, une merveille de la nature, il n'y avait que Toussaint pour découvrir des endroits semblables. Muette de stupéfaction, ses yeux s'agrandissaient pour saisir tout ce que la nature avait su créer. Pendant ce temps, Toussaint, qui était chez lui, prépara leur repas. Il avait improvisé la table et les sièges avec des fougères. Ils dégustèrent le pain et les œufs durs de Paul avec un appétit comme Jeanne n'en avait jamais eu. Puis ils montèrent à la cascade puiser dans le creux de leurs mains cette eau fraîche et pure, limpide et délicieuse. Jeanne se sentit redevenir une enfant. Durant ces quelques instants passés dans ce lieu magique, planté comme un décor de conte de fées, elle oublia tout ; même Petit Justin ne vint pas hanter son esprit, elle errait dans une autre vie.

Lorsqu'ils rentrèrent à la ferme, tard le soir, Elodie était inquiète, mais elle pardonna à Toussaint cette incartade à cause de ces quelques moments de bonheur volés au quotidien.

L'été s'acheva et l'automne amena les semailles dans cette terre que l'on s'acharnait à retourner. Petite Maria laboura avec son petit brabant, presque autant que Julien qui était fatigué. Toussaint était toujours le messager entre les deux fermes et la forêt.

Malgré le temps pluvieux de cette fin novembre 1944, Julien emmena Jeanne, Elodie, Petite Maria et Jeannot, qui n'avaient pas vu Hélène et son fils depuis longtemps.

Hélène regardait Petite Maria transformée en une superbe jeune fille dont le regard parfois laissait planer une ombre de tristesse. Elle se demandait pourquoi elle ne parlait pas des jeunes gens de son âge. Etait-elle courtisée par quelque paysan ? Hélène se promit d'aborder le sujet avec sa cousine.

— Dis-moi, Petite Maria, belle comme tu es, n'as-tu point d'amoureux ?

Elle rougit sous le masque de velours de sa peau, regarda Hélène qui tenait Petit Pierre sur ses genoux et, devant ce tableau charmant, soupira.

— A toi, je peux bien le confier. Tu sais, Hélène, depuis longtemps mon cœur est pris. Te rappelles-tu Joseph ? Je suis sans nouvelles de lui, mais il reviendra, je le sais, il me l'a promis. Bien sûr, sans cette maudite guerre, je ne l'aurais pas connu, mais, après toutes ces souffrances, cette joie, Dieu ne peut me la refuser ! Je n'épouserai personne d'autre que lui.

Cette confession remua beaucoup d'émotions dans le cœur de Petite Maria qui fondit en larmes. Elle portait le poids de son secret depuis si longtemps qu'elle se sentait libérée de le partager désormais avec Hélène. Cela faisait plus de quatre longues années que Joseph était reparti.

Hélène caressa les boucles brunes de sa cousine en disant :

— Tu sais, nous les femmes, quand nous aimons, c'est pour toujours. Regarde, avec Antoine, nous ne faisons qu'un, et vois le résultat : un petit bonhomme qui perpétue notre lignée de paysans, que nous sommes si fiers d'être !

Elles rirent et s'embrassèrent.

Julien et les siens repartirent vers la ferme où les labours n'étaient pas encore achevés. Le lendemain, Toussaint prêta son aide à Petite Maria pour labourer. C'était là, dans ce champ, que Monsieur Jean avait rencontré Maria pour la première fois, et elle osa enfin parler de son grand-père.

— Oncle Toussaint, toi qui connais toutes les misères et les bonheurs de notre famille, je voudrais que tu me dises pourquoi ils ont brûlé la maison de grand-père.

Toussaint ne s'attendait pas à cette question, aussi soudaine que sincère. Il fallait une réponse vraie et sans ambiguïté. Il s'assit sur le versoir du brabant, lissa sa barbe en regardant Petite Maria de son regard profond et limpide.

— Que veux-tu savoir au juste ?

— Tout, il n'y a que toi pour me raconter.

— Bien. Je n'ai pas besoin de te raconter l'aventure du mariage de tes parents, tu la connais, mais ce que tu ne connais peut-être pas, c'est que ton grand-père aimait ta tante Maria. Il en était fou amoureux et il a tout fait pour qu'elle soit à lui. Mais elle, bien qu'elle ne soit pas indifférente à ce bel homme, lui a tenu tête et il ne l'en a aimée que davantage. Quand elle est morte, il a cru en perdre la tête. Lui, qui était devenu bon, généreux et sociable, s'est mis à fréquenter la mauvaise graine ; il voulait de cette façon-là se venger de sa souffrance. Quand ta grand-mère est partie à son tour, il s'est pris dans cet engrenage et n'a pas pu s'en sortir. C'est dans cette maudite guerre qu'il a touché le fond, qu'il a réellement sombré dans l'inconscience. Tu connais la suite. Mais moi, tu sais, je lui pardonne parce que j'ai compris que cette aversion qu'il me vouait n'était que la façon qu'il avait de vouloir me ressembler, d'envier mon sort de vagabond, d'homme libre sans argent. Il a tout compris et, avant d'expirer, il a prononcé mon nom.

Revivant l'instant de la mort de Monsieur Jean, Toussaint essuya une larme qui roula jusque dans le creux du sillon.

— Oh, oncle Toussaint, quelle souffrance que d'aimer !

Et Petite Maria se mit à sangloter nerveusement. Toussaint caressa de ses doigts noueux ses cheveux.

— Regarde, mon enfant, comme la nature file son voile de mariée, car demain ce que ta main va lui offrir sera l'enfant de l'amour.

Séchant ses larmes, elle sourit à Toussaint et l'embrassa.

— Et toi, oncle Toussaint, elle t'aimait, tante Maria ?

— Oui, moi j'étais son frère, son ami. Comme toi, elle me confiait ses peines, ses secrets et ses joies. J'étais plutôt chanceux pour un vagabond, tu ne crois pas ?

Le vent emporta leurs rires dans le froissement des feuilles jaunies, bien au-delà du murmure du ruisseau.

Jeanne était fatiguée, sa faible constitution l'obligeait à rester allongée, mais elle rayonnait de bonheur. Petit Justin s'absentait souvent, mais chaque nuit il était auprès d'elle.

— Notre enfant naîtra dans un pays libre, avait-il dit.

Et il s'y employait de toutes ses forces. La victoire était en marche.

IX

En ce mois de décembre 1944, Joseph et Louis étaient à Paris, sains et saufs. Au cours de toutes ces épreuves, jamais ils ne s'étaient séparés. Mais, aujourd'hui, Joseph avait pris sa décision.

— Va dans notre village, dis à ma famille que je reviendrai bientôt, mais je dois d'abord retrouver Petite Maria à qui j'ai fait une promesse.

Joseph et Louis s'étreignirent comme deux frères et partirent chacun de leur côté. Joseph avait trouvé un vélo et, nanti de sa feuille de permission, il s'achemina vers le Sud-Ouest. Il avait obtenu trois mois de liberté si chèrement acquise. Il roula pendant plusieurs jours quand son vélo rendit l'âme, une cinquantaine de kilomètres avant son arrivée. Il trouva un train pour achever son périple. Il était frigorifié et, après avoir pris son billet, il monta dans le wagon, détendit ses muscles engourdis et se réchauffa dans cette foule qui se bousculait.

Julien avait pris froid. Ce soir-là, ce fut Petite Maria qui, selon la coutume, fit le tour des écuries avant de se coucher. Une légère brume givrante voilait la lune, montrant son disque blafard dans cet océan d'étoiles. Le silence envahissait l'esprit de la jeune fille qui exhala un long soupir de détresse. Elle s'arrêta quelques instants pour observer ce voile. Elle n'avait pas vu l'effraie qui, sans bruit, sortit de la grange et plana vers elle en poussant son cri lugubre. Elle se protégea et la chassa de ses bras en maudissant ce sale oiseau auquel elle ne s'accoutumerait jamais.

Comme elle scrutait la nuit pour se garantir d'un autre vol d'effraie, elle aperçut au bout du chemin un homme qui allait entrer dans la cour. Son cœur s'arrêta lorsque la lune, libérée de la brume, enveloppa de sa clarté la silhouette de l'homme. Cette démarche… c'était lui, Joseph, enfin !

Elle courut vers lui en poussant un cri de joie. Il la serra sur son cœur. Combien de temps restèrent-ils enlacés ? Le temps s'était arrêté. Leur amour pouvait enfin exploser librement. Ce fut Elodie, inquiète de l'absence prolongée de sa fille, qui sortit et, avec sa lampe, les aperçut.

— Mon Dieu ! s'exclama-t-elle, mais c'est Joseph ! Quelle heureuse surprise, Julien va être si content !

Tout le monde, malgré l'heure tardive, fêta le retour de Joseph. Mais Jeannot comprit que plus rien ne serait pareil pour lui. Petite Maria appartenait désormais au monde des adultes. Après avoir salué poliment le nouveau venu, il repartit dans sa chambre cacher les larmes de son chagrin.

Ce fut par une journée où la campagne revêtit son manteau blanc que Petite Maria, toute frêle dans le sien, également blanc, devint, devant les hommes et devant Dieu, l'épouse de Joseph. Malgré le froid et la neige, il y avait beaucoup de paysans du village pour accompagner Petite Maria dans ce grand événement de sa vie.

Les carrioles ornées de houx, de gui et de sapin formaient un cortège de verdure sur la route enneigée menant au bourg. Les branches, ployées sous le poids de leurs cristaux, semblaient saluer d'une révérence le passage des nouveaux époux.

Toussaint, dont la barbe était constellée de gouttelettes gelées, grelottait malgré ses vêtements chauds. Elodie se laissa envahir par les souvenirs, pensant à Maria, à son père, à son propre mariage. Elle pria pour que les nouveaux époux ne connaissent jamais que la paix. Le tapis blanc que la nature avait déroulé devant eux craqua de bonheur sous leurs pieds, tandis que les cloches sonnaient à toute volée pour annoncer la nouvelle.

Elodie avait été convoquée chez le notaire au mois de février 1945, Julien l'avait conduite en calèche. Les routes avaient retrouvé leur quiétude d'antan et le cheval filait d'un bon pas. Elodie, enfant unique, héritait de son père et de sa mère qui possédaient des biens assez considérables. Elle demanda au notaire de vendre tout l'héritage venant de sa mère, la moitié de la somme recueillie irait au couvent d'Is et l'autre moitié serait employée à reconstruire la maison de son père. Ainsi, Elodie retournerait vivre dans sa maison d'enfance et laisserait la ferme à Petite Maria et à Joseph.

— Il sera fait selon la volonté de madame, déclara le notaire en bredouillant.

Elodie et Julien repartirent soulagés, le cœur allégé d'un poids qui les oppressait, en paix avec leur conscience.

Le printemps renaissait, étalant ses bourgeons, offrant ses bouquets de violettes, de crocus et de perce-neige.

Le mois de mai s'annonça avec ses senteurs de rose qu'il diffusait dans la campagne reverdie. Ce jour-là, Petit Justin était resté près de Jeanne, les premières douleurs s'étaient annoncées et, au soir, Jeanne avait pressenti que la naissance était imminente. Lorsqu'elle poussa un cri, Petit Justin n'eut que le temps de tendre ses mains pour recevoir son enfant, ce fils qu'ils avaient décidé d'appeler Adrien. Jamais Jeanne n'avait eu autant de force et de volonté dans son courage pour mettre au monde cet enfant qu'elle désirait tant. Lorsque Elodie arriva, elle eut la merveilleuse surprise de trouver Petit Justin tenant cet enfant qui criait sa joie de vivre.

— Mon Dieu, Jeanne, cria-t-elle, le bébé est né !

Au même moment, partout en France, on fêtait la Libération dans la jubilation. Le pays, de nouveau libre, allait pouvoir renaître de ses cendres, panser ses plaies et faire des projets d'avenir.

Les prisonniers regagnaient les uns après les autres leurs foyers. Hélène attendait chaque jour son Antoine. Ce fut le premier jour des foins qu'il revint, amaigri, barbu, mais vivant.

Toussaint avait été le témoin de toutes ces retrouvailles, de tous ces destins réunis dans le bonheur et la douceur de ce foyer modelé par Maria. La famille de Maria était au complet, comme elle aimait la voir.

Juin finissait dans une chaleur étouffante quand il demanda à Elodie de lui remplir sa musette.

— Pourquoi pars-tu ? Il fait beaucoup trop chaud ! protesta-t-elle.

Son désir de solitude l'emportait sur tout le reste et, prenant sa musette et son bâton, il partit à l'aube. Le ciel bleu était moutonné de petits nuages blancs auxquels se mêlait le pourpre du soleil levant. Il décida de changer de direction et, plutôt que d'aller voir Paul, il se laissa guider vers sa clairière. Il lui semblait que l'eau du rocher l'appelait.

Il marcha lentement, courbé sous le poids des ans, il sentait ses forces l'abandonner et s'arrêta plusieurs fois pour souffler. Il n'arriva dans sa clairière que le soir. La nature s'était préparée à le recevoir. Les genêts pendaient en grappes d'or que butinaient des myriades d'insectes, le houx s'était rehaussé de tiges tendres, tandis que le lierre et la pervenche continuaient de tisser leur tapis. Les noisetiers courbaient leurs branches en signe de révérence, et les frondaisons des grands arbres dispensaient une agréable fraîcheur. Il soupira, soudain apaisé et heureux. Il était chez lui. Il s'assit, sentit son corps flotter et sa vue se troubla. Il ferma les yeux, l'air ne parvenait plus dans ses poumons. Une grande déchirure lui lacéra la poitrine. Il s'effondra sur le tapis de pervenches.

Ce furent les deux petits-fils de Toine qui le découvrirent. Ils fabriquèrent une civière de branchages et, avec précaution et un infini respect, ils l'y déposèrent pour le ramener chez Elodie.

Le grand jour était enfin arrivé où il allait retrouver Maria, pour ne plus jamais la quitter.

— Demain, tu iras dormir près de Maria, lui dit Elodie.

Mais, avant de fermer le cercueil, elle retira la bague de Jacquotte qu'elle portait à la main droite et la glissa au petit doigt de Toussaint.

— Jacquotte te l'avait bien prédit : ton chemin suivra toujours celui de Maria.